Gefährtenbranding

Runenwolf Buch 1
Aimee Easterling
Ins Deutsche übertragen von Stephan Waba
Erschienen bei Wetknee Books 2024

Kapitel 1

Wann ist eine Wölfin keine Wölfin? Zu Hause, wo ich die erwachsene, aber immer noch gehorsame Tochter spielte und mein inneres Biest zum Wohle meiner menschlichen Adoptivfamilie verbarg? Oder bei der Arbeit, wo ich gefährliche Shifterclans unterwanderte, indem ich meinen pelzigen Geruch benutzte, um reinzukommen, und dabei keine offensichtlichen Waffen außer meinem tödlichen Lächeln einsetzte?

Heute Abend war ich jedoch weder zu Hause noch auf der Arbeit.

Ich musste mich jedoch noch melden, bevor ich endlich Zeit für mich selbst hatte. Ich zog meine Schuhe am Rande der weitläufigen Wüste aus, und die kühle Nachtluft ließ meine innere Wölfin in gewohnter Erregung erwachen. Bevor ich jedoch dem Verlangen nachgab, zwang ich mich, einen klaren Kopf zu behalten und meinem Boss zu schreiben.

Julius war nicht nur mein Arbeitgeber, er war auch das, was einem Vater am nächsten kam. Nicht, dass wir ständig aneinander geklebt hätten. Ihm reichte es schon, wenn er meinen ungefähren Standort wusste, falls er ihn brauchte – fünfundsiebzig Kilometer von dem Ort entfernt, an dem ich am nächsten Tag Blutmagie aufspüren sollte, und in einem

Gebiet, in dem es unwahrscheinlich war, dass ich irgendjemandem über den Weg laufen würde.

Nach dem Übermitteln der Nachricht ließ ich mein Handy auf den Fahrersitz fallen, schloss die Augen, richtete mich auf und lauschte in die Dunkelheit.

Das Ping einer Antwort zerriss die Stille, lauter, als es geklungen hätte, bevor sich meine Ohren begonnen hatten zu wandeln. Meine Finger waren aber immer noch menschlich genug, um sich das Handy zu schnappen und festzustellen, dass die Nachricht nicht von Julius, sondern von seiner Tochter stammte.

Celeste dachte schon an morgen, wenn ich wieder in die Rolle schlüpfen würde, die mich zur Geheimwaffe des Rates machte. Ich würde mir verstohlen auf die Lippen beißen und mit den Wimpern klimpern. Vorgetäuschte Unterwerfung und im richtigen Augenblick eine Nadel im Arm eines unachtsamen Alphas.

Gut, das waren in dem Augenblick meine Gedanken. Celeste dachte schon darüber hinaus an den Augenblick, in dem ich den Übeltäter geschnappt hatte und mich auf den Weg nach Hause in die beeindruckende Villa machte, die wir mit ihrem Vater teilten.

„Elspeth! Entscheide dich bitte für mich: Rom-Com oder Action-Film? Pizza oder Popcorn?"

Die Antwort war natürlich beides, alles. Mir lief schon das Wasser im Mund zusammen und für den Bruchteil einer Sekunde konnte ich das Salz auf meiner Zunge schmecken und förmlich hören, wie unser gemeinsames Lachen das Wohnzimmer erfüllte. Celeste war in vielerlei Hinsicht das

Gegenteil von mir, aber wenn wir zusammen waren, funkte es zwischen uns.

Wir verstanden uns blendend ... Solange ich menschlich blieb. Solange ich meine wilde Seite verbarg und das Bedürfnis der Wölfin in mir unterdrückte, sich so richtig auszutoben.

Solange ich mir nicht eingestand, dass ich mich in diesem Augenblick nicht nach Popcorn, sondern nach Blut sehnte.

Der ferne Geruch von Beutetieren ließ die Wölfin in mir regelrecht durchdrehen. Meine Zähne spitzten sich, während sich meine Hände zu Klauen formten und sich nach der sandigen Weite jenseits der einsamen und stillen Tankstelle ausstreckten. Ich konnte fast die verängstigten Augen des Tieres sehen, auf das ich mich bald stürzen würde, und ich konnte beinahe spüren, wie die Haut unter meinen Reißzähnen zerriss.

„Du bist mehr als eine Wölfin", hatte Julius mir schon so oft gesagt. Und das stimmte auch. Ich war viel mehr als eine Wölfin.

Aber für eine Nacht machte es mir vielleicht nichts aus, weniger zu sein.

DURCH MEINE WÖLFISCHEN Nasenlöcher roch die Wüste nach Mesquite und Beifuß. Keine Spur von Wolfspisse warnte Außenstehende, wie das in einem eroberten Gebiet der Fall gewesen wäre. Stattdessen brachte ein elektrisches Brummen, das ich bisher nur im Outpack gespürt hatte, meine Füße fast zum Fliegen, während ein bestimmter Moschusgeruch, den ich von früheren Besuchen in dieser Region kannte, mich über die Lefzen lecken ließ.

Pekaris waren richtig lecker. Und ja, ich wusste, dass Wüstenschweine scharfe Stoßzähne hatten, die deutlich mehr Unheil anrichten konnten als meine Eckzähne. Ich wusste auch, dass ihre Herden wie Wolfsrudel zusammenhielten und die größten Gruppen aus vier Dutzend Tieren bestehen konnten.

Jedoch würde ich mir den Erfolg nicht dadurch versauen, dass ich klein und zahm aussah, wie sonst im Job. *Los geht's.*

Ich senkte meinen Körper dichter an den Boden und wechselte vom Verfolgen zum Anpirschen. Mit gespitzten Ohren nahm ich das leise Grunzen und Knurren der Pekariherde wahr, deren Laute sich mit Kauen und Graben vermischten. Sie klangen nicht beunruhigt, sie hatten mich noch gar nicht bemerkt, während ich mich ihnen näherte.

Kein Mond erhellte die Landschaft. Kein Schimmer von Lichtverschmutzung erleichterte mir die Sicht. Aber ich konnte riechen. Meine Pfoten konnten fühlen. Ich konnte rohes Schweinefleisch fast schon auf meiner Zunge schmecken.

Und jetzt konnte ich die schwachen Silhouetten der Tiere ausmachen, denen ich mich näherte. Ein kleines Tier hatte sich ein gutes Stück von seinen Artgenossen entfernt. Sein Fleisch würde butterzart sein. Ich neigte mich in Richtung des Jungtiers. Spannte meine Muskeln an. Hob ab …

… und stieß direkt mit einem anderen Wolf zusammen.

Er war größer als ich und einen Augenblick lang dachte ich, unser Zusammenprall wäre reiner Zufall gewesen. Es stimmte zwar, dass der Wind so geweht hatte, dass ich ihn nicht riechen konnte, aber er hätte meine Witterung aufnehmen müssen. Doch er knurrte nicht. Hob nicht drohend die Halskrause und legte die Ohren an, wie Wölfe das bei Rangeleien normalerweise taten.

Stattdessen stellte er sich mir einfach in den Weg. Immer wieder, wenn ich versuchte, ihm auszuweichen. Ich fletschte die Zähne und obwohl er die Drohung nicht erwiderte, weigerte er sich beharrlich, mir aus dem Weg zu gehen.

Trotz meiner Bemühungen blieben wir nicht unbemerkt. Ein Pekari stieß ein Schnauben aus. Er klackte mit den Zähnen. Dann stürmten sie von uns fort und verschwanden in der Wüste. Jetzt würden sie besonders wachsam sein. Es lohnte sich nicht, sie zu jagen.

Aufgebracht wandelte ich mich. Ich blieb auf den Knien, um den Wolf an den Wangen zu packen und ihn nach oben zu ziehen, bis unsere Augen auf gleicher Höhe waren. Das war ein Zeichen von Dominanz, aber er ließ mich damit durchkommen. Ließ mich meinen Unmut rauslassen. „Blödmann!"

Erst dann gesellte er sich als Mensch zu mir und mein Griff in sein Fell verwandelte sich in Fäuste, die die Wangen umschlossen. Ein nackter Mann, nicht viel älter als ich, um die fünfundzwanzig, kniete vor mir und war mit seinen Muskeln und seiner Statur ungefähr doppelt so schwer wie ich.

Trotz seiner beängstigenden Größe duftete er süß wie eine Kaktusblüte. Seine raue Haut im Gesicht fühlte sich unter meinen Fingerknöcheln warm an. Warm und verlockend. Ich ertappte mich dabei, wie ich innerlich wankte, bevor mich die Wirklichkeit wieder einholte.

„Einzelgänger sind Abschaum", erinnerte ich mich an Julius' Stimme.

Abschaum mag vielleicht ein wenig übertrieben sein, aber ein Einzelgänger war meiner Aufmerksamkeit ganz bestimmt nicht würdig. Ich ließ mich gerade zurücksinken, als sich die Lippen des Fremden zu einem kaum sichtbaren Lächeln verzogen. Seine dunklen Augen funkelten im Sternenlicht, als er erwiderte: „Du hast also vorgehabt, mit den Schweinen anzubandeln?"

„Ich hatte vor, eines zu fressen", erwiderte ich und ließ das Temperament, das ich normalerweise verbarg, deutlicher hervortreten. Schließlich waren Wölfe, die sich alleine herumtrieben, meist zu unterwürfig, um in einem Clan zu überleben. Es war ja nicht so, dass ich viel riskiert hätte. „Vermutlich wolltest du das Gleiche", fügte ich hinzu.

Plötzlich funkelten die strahlenden Augen des Fremden und er knurrte: „Kluge Wölfe jagen Pekaris nicht allein."

Meine Haut kribbelte. Vielleicht war dieser Fremde ja doch nicht so unterwürfig. Ich hatte unüberlegt gehandelt, und jetzt war es schon zu spät, um in den Modus brünettes Dummchen umzuschalten. Ich ...

Dann verschwand der Ausdruck von Gefahr in seinen Augen so schnell, dass ich mich fragte, ob ich mir das bloß eingebildet hatte. Er hob seine Hand, ein einzelner Finger berührte nicht ganz meine nackte Haut, als er eine Linie von meiner Schulter über meinen Hals zur gegenüberliegenden Schulter zog. Die Hitze dieser flüchtigen Annäherung verschlug mir den Atem und mein Verstand spielte mir verrückte Streiche.

Was meine Augen zu sehen glaubten: ein Streifen glühender Punkte, der kurzzeitig auf meiner Haut unter der Stelle auftauchte, an der seine Hand vorbeizog. Was mein

Körper zu spüren glaubte: dieselbe Elektrizität, die mich beim Laufen durch die Wüste beflügelt hatte, floss nun durch meine Adern.

„Was tust du da?", rief ich und wich zurück, um dann zu fluchen, als sich der plötzliche Schmerz des Stachels eines Kaktus in meine Daumenkuppe bohrte. Der Ruck riss mich aus dem Sinnestaumel, den die Aufmerksamkeit des Fremden in mir ausgelöst hatte. Er brachte mich zurück in die Wirklichkeit, in der sogar die Erde zurückbiss.

Zubiss und sich verhakt hatte. Der Stachel wollte sich nicht so einfach entfernen lassen. Stattdessen trieben meine Bemühungen ihn nur noch tiefer in mein Fleisch, wobei meine ruckartigen Bewegungen kein bisschen halfen.

Ich war sauer auf irgendjemanden. Vielleicht auf mich selbst. Vielleicht auf den Fremden. Der Stachel war auf jeden Fall ein Teil davon und ich beschloss, mich nicht weiter in meine Wut hineinzusteigern.

Der Fremde vor mir ließ mich so lange an dem Stachel herumfummeln, bis mir klar wurde, dass ich mit meiner linken Hand alles nur noch schlimmer machte. Erst dann deutete er auf meine Verletzung. „Darf ich?"

Das hätte ich eigentlich nicht tun sollen, aber ich nickte. Und sobald seine langen Finger mein viel kleineres Handgelenk umschlossen, schlängelten sich leuchtende Spiralen von der Berührung aus nach oben. Sie glitten über meinen Unterarm und wanderten zu meinem Ellbogen, kitzelten auf der Haut und zerrten gleichzeitig tief in meinem Bauch.

Diesmal blieb ich jedoch hartnäckig. Was auch immer es mit dem Lichtspiel auf sich haben mochte, es schadete keinem von uns. Es war keine Bedrohung, also spielte es auch keine Rolle.

Erst als der Fremde sicher war, dass ich nicht wieder zusammenzucken würde, beugte er seinen Kopf und schloss seine Zähne um den Stachel. Ich sah gebannt zu, wie seine Lippen über meine Daumenkuppe strichen und das Leuchten sein Gesicht wie eine ganze Lichterkette zu Weihnachten erhellte.

Er war attraktiv, aber nicht auf die Art und Weise, die man erwarten würde. Das war nicht die raue Anziehungskraft eines Einzelgängers oder gar die manikürte Perfektion eines eitlen Rudelshifters. Stattdessen warfen die Lichter, die aus meiner Haut hervorbrachen, Tribal-Tattoos auf die wohlgeformten Umrisse seiner Nase und seines Kinns und verliehen seiner Schönheit etwas Jenseitiges.

Er war anders als alle anderen, die ich je kennengelernt hatte.

Vielleicht war die Vision aber auch nur eine weitere Täuschung der Nacht. Denn der Fremde riss mir mit einem schnellen Ruck den Stachel aus der Haut. Das Licht verblasste, während der Schmerz aufflammte. Kälte ersetzte die Hitze, als sich seine Hand zurückzog.

„Um deine Frage zu beantworten", murmelte er. „Ich tue gar nichts. Wir sind bloß Gefährten."

Ich fühlte mich zwar nicht besonders taff, aber das war alles, worauf ich in diesem Augenblick zurückgreifen konnte. „Gefährten?" Ich zwang mich zu einem Schnauben und erinnerte mich daran, dass Wölfe, ohne ein Rudel, nicht gerade besonders besonnen sind. Egal, wie verlockend dieser Fremde auch sein mochte, ich würde ihn nie wieder sehen.

Das bedeutete, dass es an der Zeit war, mich auf die einfachste Weise von ihm zu entfernen – mit Worten. „So kriegen also Einzelgänger auch mal eine in die Kiste", schloss ich mit einem Hauch von Sarkasmus in meiner Stimme.

Ich erwartete, dass er vor Wut explodieren würde. Schließlich gibt es nichts Schlimmeres, als einen zurückgewiesenen männlichen Werwolf.

Stattdessen umspielte wieder dieses kleine Lächeln seine Lippen. „Denk darüber nach und besuche mich doch mal. Ich lebe in dieser Richtung." Er machte eine flüchtige Handbewegung. Irgendwo im Westen. „Ich heiße Orion. Und unsere Verbindung wird dich schon dorthin bringen, wo du hin musst."

Ich war zu aufgewühlt, um zu sprechen, aber ich brauchte ohnehin keine Worte. Stattdessen trottete ich in die entgegengesetzte Richtung, in die Orion gedeutet hatte, zurück zu meinem Auto, wo Müsliriegel meinen Bauch füllen und Türschlösser verhindern würden, dass irgendjemand meinen Schlummer stören würde.

Auf dem Weg dorthin warf ich dreimal einen Blick über die Schulter, um mich zu vergewissern, dass der Fremde mir nicht gefolgt war. Und das war nicht der Fall.

Ich war seltsamerweise enttäuscht, dass es ihm so leichtgefallen war, mich gehen zu lassen.

Kapitel 2

Am nächsten Morgen täuschte ich fünfundsiebzig Kilometer weiter eine Autopanne vor. Sobald die Gestalt eines Wachtpostens in der Ferne mich vermuten ließ, dass ich in den kontrollierten Teil des Reviers des verkommenen Rudels eindrang, bremste ich scharf ab und hielt auf dem Seitenstreifen der zweispurigen Autobahn an. Beim Aussteigen tat ich so, als würde mich jemand auf meinem Handy dabei unterstützen, offensichtliche Schwachstellen am Auto zu überprüfen, was ich allerdings miserabel hinbekommen habe. Viel geschickter und raffinierter öffnete ich die Plastikabdeckung des Sicherungskastens und löste das Relais für die Benzinpumpe.

Denn dieses Rudel kann es nicht leiden, wenn Außenstehende herumschnüffeln. Aber wenn mein Auto nicht ansprang, konnten sie mich auch nicht einfach so fortschicken.

Nachdem ich damit fertig war, deutete das Geräusch eines Fahrzeugs auf der Straße hinter mir darauf hin, dass ich nicht mal zur nächsten Werkstatt laufen musste, um meinen Plan in die Tat umzusetzen. Das Fahrgeräusch wurde langsamer und der Wagen hielt dann mitten auf der Fahrbahn an – ein Hinweis darauf, dass der Fahrer aus der Gegend stammte und gut Bescheid wusste, wie viel Verkehr es gab oder eben nicht.

Inzwischen sträubten sich meine Nackenhaare. Das war nicht einfach irgendein Einheimischer. Das war ein Wolf.

„Probleme?"

Ich wandte mich um und erblickte eine Frau um die dreißig mit geflochtenen Zöpfen, die mich wild ansah. Aber ich konnte weder ihren unverwechselbaren Duft riechen, noch konnte ich den Geruch des Rudels ausmachen, der die Grundlage für diesen Duft hätte bilden müssen.

Stattdessen nahm ich etwas ganz anderes wahr. Den feinen, aber dennoch deutlichen, salzigen Geruch von Blut.

Genau damit hatte mich der Rat beauftragt. Blutmagie auf Alphaniveau, die sich auf den gesamten Clan auswirkte – eines von mehreren Problemstellungen, die zu brisant waren, als dass ein einzelnes Rudel sie alleine hätte bewältigen können. Die betroffenen Werwölfe waren nie froh, wenn man sich einmischte, aber ein rechtzeitiges Eingreifen konnte Schlimmeres verhindern, bis hin zum Krieg zwischen den Rudeln.

Ich half ihnen also, auch wenn die Frau vor mir das nicht so sehen würde. Also fragte ich nicht nach dem Blutgeruch, der durch die Handlungen ihres Anführers entstanden war. Ich stieg einfach ein, als sie mir eine Mitfahrgelegenheit anbot, und schilderte ihr meine gut vorbereitete rührselige Geschichte.

"Mein Auto wollte einfach nicht anspringen. Ob Du mir wohl einen Abschleppdienst besorgen könntest?"

„Kein Problem." Vor unseren Fenstern zog die leere Wüste vorbei, aber die Frau sah mich nicht an. Hatte sie Angst, dass ich die Wölfin hinter ihren Augen erkennen würde, die in einer ungefährlichen Situation eigentlich hätte schlafen müssen?

„Ich bin übrigens Maya", stellte sie sich vor.

„Elspeth", antwortete ich. Und weil ich dachte, ich könnte auch gleich aufs Ganze gehen, fügte ich hinzu: „Könntest du mich vielleicht zu deinem Alpha bringen? Das ist mir zwar unangenehm, aber ich weiß nicht ... Ich ..."

„Du bist eine Frau, und dazu noch allein." Sie legte ihre Hand über die Mittelkonsole und bedeckte meine, die Berührung war auf eine Weise zutiefst beruhigend, die angesichts des Blutgeruchs, der noch immer zwischen uns hing, nicht hätte sein dürfen. „Du brauchst einen sicheren Unterschlupf. Kein Problem. Du findest in der Stadt, wonach du suchst. Dort gibt es ein Café. Brauchst du Bargeld?"

Frauen waren schwieriger zu täuschen als Männer. Frauen wussten, dass ich nicht wehrlos war, nur weil ich klein und kurvig war.

Aber Frauen kannten auch begründete Ängste. Ich biss mir auf die Lippe, sah aus dem Fenster, während die Seitenstraße, die laut meinen Erkenntnissen zur Zentrale des Rudels führte, rechts an uns vorbeiführte. Dann fuhr ich fort, die Wahrheit zu erzählen – wenn auch nicht die ganze Wahrheit – und stützte mich dabei auf die Erfahrung, die ich noch immer in meinem Kopf hatte.

„Ich habe letzte Nacht im Outpack angehalten", erzählte ich Maya. „Ich ... Da war ein Einzelgänger ... Er hat sich für mich interessiert und ..." Ich schluckte.

Der Geruch von Blut wurde immer stärker. „Du befürchtest nun, dass er dir folgen könnte. Aber das wird er nicht. Wir passen auf unsere Grenzen auf."

Diese Behauptung war schwer zu widerlegen, denn Maya hatte mich nur wenige Minuten, nachdem ich so getan hatte, als hätte ich eine Panne, aufgespürt. Also widersprach ich nicht. Ich flehte sie lediglich an. „Bitte."

„Wir schicken jemanden raus, der sich um den Einzelgänger kümmert", versprach Maya. „Nur weil die Wüste auf der anderen Seite unserer Grenzen niemandem gehört, heißt das noch lange nicht, dass wir unangemessenes Verhalten von Landstreichern dulden. Beschreibe ihn mir mal."

Trotz allem wurden meine Wangen heiß. Ich hatte es vermasselt. Ich konnte doch einen Einzelgänger, der sich tatsächlich wie ein perfekter Gentleman benommen hatte, nicht Shiftern zum Fraß vorwerfen, die sich mit Blutmagie befassten. „Nein, lass gut sein. Ich übertreibe. Orion hat nichts Unangemessenes getan."

Der Name des Einzelgängers lag mir seltsam süß auf meiner Zunge, was vielleicht erklärte, warum ich Angaben gemacht hatte, die nicht unbedingt nötig gewesen wären. Mayas Antwort war allerdings noch seltsamer als mein Ausrutscher.

Das Auto kam so schnell zum Stehen, dass ich gegen das Armaturenbrett geknallt wäre, wenn mein Sicherheitsgurt mich nicht aufgefangen hätte. Dann musterte mich Maya mit einem noch wachsameren Wolfsblick hinter ihren Pupillen. „Du hast *Orion* im Outpack getroffen? Und dieser *Orion* hat dir so viel Angst eingejagt, dass du unseren Alpha um Hilfe bitten möchtest?"

Ich nickte bestätigend und sie stieß ein klägliches Jaulen aus, bevor sie das Lenkrad ganz nach links riss, um eine Kehrtwende hinzulegen.

„Wohin fahren wir?", fragte ich, als keine Erklärung in Sicht war.

Der Geruch von Blut wurde noch intensiver und Maya blickte mich nicht an, als sie antwortete. „Sieht so aus, als würde ich dich doch zu meinem Alpha bringen."

DIE ZENTRALE DES RUDELS, in das ich mich einschleusen sollte, sah aus wie jedes andere Stück Wüste, bis wir fast vor der Haustür waren. Sobald sich unser Fahrzeug zwischen den dichten Wänden des Canyons hindurchschob, tauchten getarnte Gärten zwischen dem Sandstein auf.

Auf den Satellitenfotos musste das Gebiet so aussehen, als hätten ein paar Erdhaufen den Klippenrosen und dem Wüstenginster ein Zuhause gegeben. Aus der Nähe konnte ich jedoch Erdbeeren erkennen, die von hängenden Pflanzgefäßen baumelten. Knackiges Grünzeug, das bereit war, zu Salat verarbeitet zu werden. Ein Pfirsichbaum, der sich über allem anderen erhob.

Ich war schon in Dutzenden von versteckten Zentralen von Rudeln gewesen, aber keine war so ausgeklügelt eingerichtet gewesen wie diese.

Daraufhin tat ich das, was alle lieben – ich lobte Mayas Zuhause. „So etwas habe ich ja noch nie gesehen", schwärmte ich. „Es ist wunderschön hier. Dein Alpha muss wohl einer von den Guten sein."

Anstatt sich meiner Begeisterung hinzugeben, wie ich von ihr erwartet hatte, zuckte Maya lediglich mit den Schultern, als sie unter einem Dachvorsprung anhielt. „Er ist einzigartig", stellte sie fest, als wir beide ausstiegen und uns um das einzige andere anwesende Fahrzeug, einen Van, herumgingen. Mayas lange Zöpfe wehten hinter ihr, während sie zielstrebig auf einen

Riss im Sandstein zuging, der völlig natürlich aussah ... bis wir hindurch kamen und ich feststellte, dass das Gestein, auf dem wir geparkt hatten, in Gussbeton übergegangen war.

Vor uns befanden sich schwere Metalltüren, die von Menschen zur Eindämmung von Bränden und von Shiftern zur Verteidigung eingesetzt wurden. Wenn ich Maya da hindurch folgte, würde ich dann je wieder herauskommen können?

„Ist dein Alpha nicht sauer auf dich, weil du mich hierher gebracht hast?" Es war nicht schwer, meine Stimme leicht zittern zu lassen, und ich ließ meine Schultern hängen, damit ich noch kleiner aussah, als ich tatsächlich war. „Ich kann draußen warten. Ich möchte keinen Ärger bereiten ..."

„Er wird dich auf jeden Fall sehen wollen", versprach Maya, aber sie machte sich nicht die Mühe, in meine Richtung zu blicken. Stattdessen neigte sie ihr Kinn so nach oben, dass man annehmen konnte, dass irgendwo über Augenhöhe eine Kamera zur Gesichtserkennung in die Wand eingelassen war. Ich drehte meinen Kopf schnell weg und beobachtete aus dem Augenwinkel, wie Maya auf das Klicken eines entriegelten Schlosses wartete und dann die Tür aufstieß, um mich hineinzuführen.

Es war nicht gerade vorteilhaft, einen geschlossenen Raum mit nur einer Tür zu betreten, die noch dazu verschlossen ist – vor allem, wenn ich nur wenige Anhaltspunkte hatte. Aber ich konnte den Erfolg fast riechen. Mein Herz schlug schneller, aber nicht aus Angst.

Stattdessen unterdrückte ich ein Lächeln, als ich meinen Schlachtplan durchging: Den Alpha aufspüren. Ihn allein erwischen. Dann mit dem Beruhigungsmittel überwältigen, das ich in einer meiner Taschen versteckt hatte.

Den Alpha zu finden, gestaltete sich einfach. Der Raum, in den Maya mich gebracht hatte, war eine Turnhalle mit fünfzehn Shiftern unterschiedlichen Alters, von Teenagern bis zu Sechzigjährigen. Sie trainierten Nahkampf, keiner von ihnen war besonders geschickt darin, während ein Typ mit der Aura eines Rudelführers Anweisungen rief.

Dann kippte er seinen Rollstuhl auf die Hinterräder, um sich zu uns umzudrehen, obwohl Maya ihn nicht gegrüßt oder auf irgendeine Weise auf sich aufmerksam gemacht hatte.

Das hatte ich schon geahnt, aber seine grimmigen Augen zeigten mir, dass ich mein Ziel gefunden hatte. Kein Wunder, dass er sich die Zeit nahm, mich zu mustern, und das war auch gut so, denn so hatte ich die Gelegenheit, dasselbe zu tun.

Abgesehen von diesen eindringlichen Augen eines Alphas waren seine kräftigen Muskeln das auffälligste Merkmal. Der beeindruckende Körperbau beschränkte sich auch nicht nur auf seinen Oberkörper, wie ich es von jemandem erwarten würde, der es gewohnt war, sich von A nach B zu rollen.

War die Verletzung vorübergehend? Oder war eine dauerhafte Behinderung der Grund dafür, dass der Alpha des Rudels auf Blutmagie zurückgegriffen hatte?

Man hätte leicht Mitleid mit ihm haben können, aber der Südwesten der Wüste schien Alphas hervorzubringen, die es für eine gute Idee hielten, ihre Rudelkameraden umzubringen und ihr Sterben dazu zu nutzen, ihre eigene Macht zu stärken. Das war eine Sauerei und würde jedenfalls hier nicht mehr vorkommen, zumindest nicht nach dem heutigen Tag.

Mein Adrenalinspiegel stieg weiter an, als ich zum Angriff überging ... indirekt, versteht sich.

„Sir." Ich ließ meinen Blick unterwürfig zu Boden sinken, obwohl ich spürte, dass der Blick des Alphas mich weiterhin musterte. „Vielen Dank, dass du mich herkommen lässt. Ich weiß, dass du schwer beschäftigt bist und hier eine zentrale Rolle spielst. Ich weiß, dass ich eigentlich gar kein Recht auf deine Zeit habe."

Ich brauchte eigentlich nicht viel Zeit. Nur ein paar Minuten allein mit ihm, um ihn zu überwältigen, ohne einen großen Kampf auszulösen. Danach würde sich sein Rudel in kürzester Zeit wieder erholen. Die Raffinesse ihrer Unterkunft zeugte von einer grundlegenden Beständigkeit, die auch ein paar Monate, in denen der Alpha aus dem Ruder gelaufen war, nicht völlig hatten untergraben können.

„Elspeth", erwiderte der Alpha. Die Tatsache, dass er meinen Namen kannte, ohne dass Maya ihm eine Nachricht geschickt hatte, bewies, dass der Zusammenhalt im Rudel noch stark genug war, um Mitteilungen weiterzugeben. „Das Training dauert noch ein paar Minuten. Möchtest du mitmachen?"

Ich zuckte zusammen, obwohl mein Kinn immer noch so tief gesenkt war, dass niemand die Geste erkennen konnte. Sie würden aber die Unsicherheit in meinen Worten hören, als ich murmelte: „Oh, ich weiß nicht, wie ..."

„Das solltest du aber." Das war Maya, die genervt klang. „Eine Frau, die sich nicht wehren kann, ist wie ein Fisch auf einem Fahrrad. Sue zeigt dir, wo es lang geht."

Das war ein Ablenkungsmanöver, aber manchmal musste man mit dem Strom schwimmen, um möglichst wenig Schaden anzurichten. Ich hob mein Kinn, als ich Mayas Handbewegung zu der schmächtigen Frau mittleren Alters folgte, die meine Mutter hätte sein können, wenn sie mich sehr jung bekommen hätte. Nach dem, was ich beim Reinkommen gesehen hatte, war Sue nicht die schlechteste Kämpferin, aber auch bei weitem nicht die beste. Allerdings sah die Frau für eine verängstigte Außenseiterin am harmlosesten aus.

Meine Deckung hielt stand. Maya war entgegenkommend.

Ich blickte durch meine Haare zu dem Alpha hoch, anstatt auf Mayas Angebot einzugehen. „Sir?"

„Lass deine Schuhe an der Tür", schlug er vor, und ein Hauch von Ironie erhellte sein kämpferisches Gesicht. „Wir wollen doch nicht einen weiteren Nasenbeinbruch heraufbeschwören."

In diesem Augenblick richteten sich alle Augen auf einen Teenager auf der anderen Seite des Raumes. Der Junge wurde knallrot und murmelte vor sich hin: „Das war doch keine Absicht."

Eine gutmütige Hänselei. Ich bewahrte den Teenager vor weiteren Bemerkungen, indem ich meine Turnschuhe abstreifte und mich zu Sue gesellte. Wie ein Kleinkind, das Kuckuck spielt, schlug ich die Hände vor mein Gesicht. Daraufhin gluckste jemand hinter mir.

Plötzlich wurde es so kalt in der Turnhalle, dass es sich nur um einen Befehl des Alphas handeln konnte, den ich zwar nicht hören konnte, aber dessen Ergebnis ich deutlich sehen konnte. Die Trainierenden und Maya ergriffen die Flucht, ohne sich die Mühe zu machen, nach den Schuhen zu greifen, die an der Wand neben dem Eingang aufgereiht waren. Dabei verzogen sie ihre Gesichter und wendeten ihre Blicke von mir ab, als ob es Teil des Befehls gewesen wäre, nicht nur den Raum zu verlassen, sondern sich auch ausdrücklich von mir fernzuhalten.

Das war genau die Art von übertriebenem Anführergehabe, die ich von einem Alpha erwartet hätte, der sich mit Blutmagie beschäftigte. Aber der Mann im Rollstuhl war nicht der Grund für die hektische Betriebsamkeit. Er war zusammen mit allen anderen auf der Flucht. Nachdem er sich durch die Tür geschoben und mich allein in der Turnhalle zurückgelassen hatte, als ein Mann von draußen eintrat, den ich eigentlich nicht mehr erwartet hatte.

Orion sah genauso aus wie gestern Abend und doch ganz anders. Mir war es ein Rätsel, wie ich ihn für einen Einzelgänger hatte halten können, als sein Blick mich auf eine Art und Weise musterte, wie das in der Wüste nicht der Fall war. Eindringlich. Herausfordernd. Er war zehnmal so dominant wie der Kerl im Rollstuhl.

Ich erwiderte seinen Blick, und das Tageslicht enthüllte Einzelheiten, die in der düsteren Nacht verborgen geblieben waren. Unbestreitbare Stärke, sowohl äußerlich als auch innerlich, stand im Gegensatz zu der sanften Ausstrahlung der letzten Nacht. Das Sonnenlicht, das durch die Oberlichter fiel, küsste sein ausgeprägtes Kinn und betonte seine Anziehungskraft, die ganz und gar Alpha war.

Er wartete, bis die letzten Schritte in der Stille verklungen waren, dann hob er die Augenbrauen. „Was hast du in meinem Gebiet zu suchen, Elspeth Darkhart?"

Kapitel 3

Mein Nachname war zwar nicht *Darkhart*, aber diesen Namen hatte ich das eine Mal benutzt, als mein Gesicht von der Kamera erfasst worden war. Ich muss mich berichtigen: das erste Mal *überhaupt*, dass mein Gesicht von einer Kamera aufgenommen worden war. Orion muss heute Morgen ein Foto von mir gemacht und es dann durch eine riesige Datenbank gejagt haben, um mich so schnell identifizieren zu können.

„Nimmst du das hier auf?", fragte ich und musterte die Wände und die Decke, während ich versuchte herauszufinden, wo sich die Kamera befand, die ich übersehen hatte.

„Nein." Er war plötzlich ganz nah bei mir, bevor ich ihn überhaupt kommen gesehen hatte. Bei Tageslicht war seine Masse überwältigend, eine Bedrohung und zugleich eine Verlockung. Aber sein Kaktusgeruch war mittlerweile stechender geworden – weniger Blumen und mehr Stacheln – als er seine Frage wiederholte. „Warum bist du hier?"

„Du hast mich doch selbst eingeladen." Das war die Wahrheit, aber bei weitem nicht die ganze Wahrheit. Und … es war nicht gerade einfach, auf die richtigen Worte zu achten, während Orion in Kampfstellung gegangen war, sodass ich seine Hitze auf meiner Haut spüren konnte. „Hast du etwa vor, mich zu vermöbeln?", fragte ich ungläubig.

Orions Augen verdunkelten sich, als er näher kam und mir mit seinen breiten Schultern die Sicht auf den Ausgang versperrte. „Sieht es denn so aus, als ob ich das könnte?", konterte er und versuchte, mir, mit einem seiner Füße, meine beiden beiseitezufegen.

Ich habe gesagt, dass er es versucht hat, denn ich war schon in Bewegung und wich mit einer Leichtigkeit aus, die ich schon mein ganzes Leben lang trainiert hatte. Ja, meine Hormone reagierten auf die Nähe von Orion. Mein Atem ging etwas zu schnell und mein Herz pochte heftiger als zuvor, als ich noch den Kerl im Rollstuhl für den Alpha des Rudels gehalten hatte. Aber ich schenkte dieser Anziehungskraft keine Beachtung und ließ den Schein der Ahnungslosigkeit fallen, den ich einen Augenblick zuvor aufgesetzt hatte.

Schließlich hatte ich Orion schon in der Wüste gezeigt, wer ich war. Jetzt konnte ich genauso gut ich selbst sein und den Sieg davontragen.

Um gegen einen großen und starken Kerl zu gewinnen, musste ich nicht nur schnell ausweichen. Dazu gehörte auch, meinen Gegner aus dem Konzept zu bringen. In diesem Fall lag mein Augenmerk auf der Frage, die er mir schon zweimal gestellt hatte. Die Frage, die sich hinter seinen obsidianfarbenen Augen verbarg und die ich mit meiner Behauptung, dass ich, aufgrund seiner Einladung von gestern Abend, hierher gekommen war, nicht beantworten konnte.

„Du hast mir nicht verraten, dass du ein Alpha bist", murmelte ich und versetzte ihm einen schnellen Tritt in die Seite. Celeste wäre bei diesem Schlag auf dem Hintern gelandet. Orion taumelte nur einen Schritt zurück.

Dabei knurrte er eine Frage heraus. „Macht es denn einen Unterschied, dass ich ein Alpha bin?"

Der Schlag, den er mit seinen Worten verband, zwang mich dazu, zurückzuweichen. Konzentriert versuchte ich, einen weiteren Treffer zu landen, was mir nicht gelang.

Es sah so aus, als hätte Orion meine bevorzugten Angriffe bereits durchschaut. Das bedeutete, dass ich mich noch mehr anstrengen musste, um weniger berechenbar zu werden. Ihn dort treffen, wo es wirklich weh tat.

„Ja, es macht einen Unterschied, dass du ein Alpha bist", antwortete ich und wartete auf den Augenblick, in dem er das Unvermeidliche erkennen würde: dass ich nicht nur um seiner selbst willen an Orion interessiert war, sondern dass ich ihn jetzt, da ich wusste, dass er ein Rudelführer war, unter die Lupe nehmen wollte.

Er schien mir der Typ zu sein, der von jemandem enttäuscht wäre, der auf Macht aus zweiter Hand aus war, und diese Enttäuschung würde die optimale Gelegenheit für meinen nächsten Angriff bieten.

Nur, Orion reagierte nicht. Stattdessen teilte er mir Dinge mit, zu denen er eigentlich keinen Zugang haben sollte. „Du bist vor sechs Monaten unter falschem Vorwand in ein Rudel in New Mexico eingedrungen. Deren Alpha ist an diesem Abend verschwunden und ward nie wieder gesehen."

Der nächste Schlag, den ich versuchte zu landen, war weniger wichtig als die Frage, mit der ich ihn verband. „Was würdest du sagen, wenn ich dir verrate, dass der Alpha, von dem du sprichst, Blutmagie benutzt hat, um seine Führungsposition zu festigen?"

„Ich würde sagen, dass das alles völliger Schwachsinn ist." Orions Worte waren unerbittlicher als alles, was ich bisher von ihm gehört hatte. Er griff jedoch nicht an. Er umkreiste mich nur, sein Blick war so aufmerksam, als wollte er meinen Schädel aufbrechen und in mein Gehirn blicken. „Ich habe Prince gekannt", fuhr er fort. „Sein Rudel war solide und er war ehrenhaft. Wo ist er?"

Orion hätte bei seinen letzten Worten auch körperlich zuschlagen können und ich wäre zu sehr mit meinen Gedanken beschäftigt gewesen, um richtig abzublocken. Stattdessen schlich er weiter um mich herum und wartete auf meine Antwort.

Und die Worte kamen heraus, bevor ich sie aufhalten konnte. „Keine Ahnung."

Das hatte ich eigentlich nicht sagen wollen. Aber der Duft, an den ich mich aus der Wüste erinnerte – süß wie Kaktusblüten – war jetzt noch stechender als zuvor. Orion sorgte sich ernsthaft um seinen vermissten Freund.

Und nicht nur das: Mein Hinweis auf die Blutmagie schien bei ihm keine persönlichen Gefühle hervorgerufen zu haben. Das war ausgesprochen merkwürdig, da meine Hinweise eindeutig besagten, dass der Alpha dieses Rudels schuldig war.

Mir fiel erst auf, dass meine Aufmerksamkeit abgeschweift war, als Orions Hand auf meinem Arm landete. Der Körperkontakt war trotz des dünnen Baumwollshirts, das uns trennte, unglaublich heftig. Es war auch eine Warnung, dass ich einen verhängnisvollen Fehler begangen hatte.

Ich hatte mich von jemandem anfassen lassen, der größer und stärker war. Einen solchen Anfängerfehler hatte ich nicht mehr gemacht, seit ich zwölf war.

Mein Gegner warf mich jedoch nicht zu Boden. Er zog mich auch nicht zu sich heran, um mich weiter zu bedrohen. Stattdessen wurde seine Stimme sanfter. „Warum bist du hier, Elspeth?“

Ich konnte dieses Spiel nicht offen gewinnen, also biss ich mir auf die Lippe und blickte in diese dunklen Augen, die noch vor zwölf Stunden im Sternenlicht gefunkelt hatten, jetzt aber verschlossen und glanzlos waren. Dann spielte ich meine letzte Karte aus.

VOR ZEHN JAHREN, ALS ich noch ein unbedarfter Teenager gewesen war, hatte mich unsere Trainerin nach einer Einheit zur Seite genommen. Nur mich, nicht auch Celeste, was ich verstand, sobald Gabi anfing, von Fähigkeiten zu sprechen, die für Werwölfe typisch waren.

„Und dann wäre da noch die Gefährtenbindung“, fuhr sie fort, nachdem sie die Vor- und Nachteile des Kampfes in Wolfsgestalt ausführlich dargelegt hatte.

Ich verdrehte die Augen. „Ich habe gedacht, wir reden über das Kämpfen. Hat Julius dich aufgefordert, mir von den Bienen und den Blumen zu erzählen? Ich kapiere das schon. Safer Sex. Nur einvernehmlich. Ich bin schon aufgeklärt.“

Gabis Lippen zuckten. Damals war sie Mitte zwanzig gewesen und Celeste und ich hätten beide gerne wie sie ausgesehen. Wir hatten stundenlang vor dem Spiegel ihren typischen Schmollmund eingeübt, aber die Unbekümmertheit, die Gabi an den Tag legte, hatten wir nie erreicht. „Freut mich zu hören“, hatte sie zu mir gesagt. „Aber nein, darum geht es hier nicht. Wenn du es mit männlichen Werwölfen zu tun hast, wirst du immer kleiner und schwächer sein. Mit Neckereien und Beweglichkeit kommst du nur bedingt weiter. Eines Tages wirst du einen anderen Vorteil brauchen, und dieser Vorteil ist die Gefährtenbindung."

Sie beschrieb eine Verbindung, die so stark war, dass sie selbst den stärksten Alpha für ein paar Minuten aus dem Konzept bringen konnte. „Wenn du dazu bereit bist", meinte sie noch, „dann solltest du dich damit auseinandersetzen. Letztendlich ist es eine einfache körperliche Reaktion."

„Wie ein Orgasmus", meinte ich und versuchte, genervt zu klingen.

„Sicher", stimmte Gabi zu und ihre Lippen verrieten, dass sie viel mehr über Orgasmen wusste als ich. „Heute ahmen wir die Entstehung einer Gefährtenbindung auf verschiedene Arten nach. Wir schauen mal, wie es dann um deine Kampffähigkeit steht. Später verwenden wir auch ein aufputschendes Mittel."

Ich zog die Augenbrauen nach oben. „Julius ist damit einverstanden?" Julius hatte mich und Celeste nicht mal Kaffee trinken lassen. Er hatte behauptet, es würde unser Wachstum hemmen.

Gabi nickte, was mir ermöglichte, weitere Fragen zu stellen. „Ich kann mich aber nur einmal binden. Nicht wahr?"

„Du kannst dich so oft binden, wie du möchtest", versicherte sie mir. „Löse einfach die Bindung, sobald du damit fertig bist. Einmal und fertig."

In den letzten zehn Jahren hatte ich so lange an mir gearbeitet, bis ich mir sicher war, dass ich mit allem fertig werden würde. Mit einem gebrochenen Knochen. Einem

Drogenrausch. Ja, sogar wenn ich von einer Gefährtenbindung überwältigt wurde.

Aber letzteres hatte ich noch nie selbst angewandt. Ich hatte mir eingeredet, dass ich mich zurückgehalten hatte, weil ich gerne ein Bonuswerkzeug in meinem Waffenarsenal hatte, das niemand außer Gabi jemals für möglich halten würde.

Jetzt, trotz Orions Hand auf meinem Arm, war ich nicht gerade am Verzweifeln. Warum also öffnete ich meinen Mund und teilte dem Alpha vor mir mit: „Ich bin hier, um deinen Paarungsvorschlag anzunehmen."

Kapitel 4

Orions Griff um meinen Arm wurde fester. Das muss eine unwillkürliche Reaktion gewesen sein, denn sobald ich zusammenzuckte, ließ er los und strich mit der Handfläche über den zerknitterten Stoff meines Hemdes, um sich zu entschuldigen. Dieser heiße Hauch wurde von Worten begleitet, die rauer und tiefer waren als alle anderen, die er zuvor in meiner Gegenwart von sich gegeben hatte.

„Bist du dir sicher, dass du das möchtest?" Er räusperte sich, während er schluckte, dann fügte er hinzu: „Du warst gestern nicht gerade scharf darauf, meine Gefährtin zu werden."

Ich zuckte mit den Schultern, meine Gedanken waren zu verworren, um sie in Worte zu fassen, auch wenn ich das gerne getan hätte. Denn ja, eine Gefährtenbindung mit Orion wäre eine vielversprechende Möglichkeit, ihn lange genug aus der Reserve zu locken, sodass ich die Spritze aus meiner versteckten Jeanstasche ziehen und ihn betäuben konnte, so wie ich seinen Kumpel Prince vor einem halben Jahr außer Gefecht gesetzt hatte. Aber Orions Blick war im Augenblick so sehr auf mein Gesicht gerichtet, dass ich ihn in diesem Moment wahrscheinlich auch ohne Ablenkung hätte stechen können.

Da ich versuchte, mich nicht selbst zu belügen, gestand ich mir in Gedanken ein, dass nicht allein die Arbeit der Grund dafür war, dass ich Orion aufgefordert hatte, sich mit mir zu paaren. Stattdessen war ich auf eine Weise neugierig, wie ich das zuvor noch nie gewesen war. Ich wollte wissen, wie sich Orions Hände auf meiner nackten Haut anfühlen würden. Wollte herausfinden, wie sein Körper wieder so entspannt werden würde wie in der letzten Nacht, als er nach Kaktusblüten geduftet hatte. Wollte verstehen, wie er gleichzeitig so hart und so weich sein konnte.

„Ich brauche Worte", donnerte Orion in die Stille zwischen uns. Sein Daumen zog Kreise über meinen Oberarm, während er fortfuhr: "Möchtest Du meine Gefährtin sein?"

Sozusagen, dachte ich, sagte es aber nicht. Stattdessen versuchte ich zu schlucken, aber das gelang mir nicht, weil sich etwas in mir zusammenbraute. Etwas Riesiges, Kribbelndes und Überwältigendes. Es stieg aus meiner Mitte auf, durchströmte meine Lungen und schaffte es, sich sowohl zusammenzuziehen als auch auszudehnen, während es sich seinen Weg nach oben bahnte.

Schließlich kam der Kloß in meiner Kehle mit einem einzigen Wort aus meinem Mund: „Ja."

Da löste sich Orions Hand von meinem Arm. Dass er mich nun nicht mehr berührte, war die reinste Qual, bis sich seine Finger mit meinen Fingern verschränkten. „Dann möchte ich auch dein Gefährte sein", murmelte er, und seine Worte waren eine Liebkosung.

Eine Liebkosung, die ich kaum spürte, denn dort, wo sich unsere Haut berührte, tanzten und wirbelten Ranken aus Licht. Wirbel von leuchtender Schönheit zogen sich über unsere Handrücken, schlängelten sich die Innenseiten unserer

Unterarme hinauf und verteilten sich als winzige Linien und Punkte in unseren Armbeugen.

Meine Sicht trübte sich, während mein Orientierungssinn verschwand. Es war, als wären wir in einem Sternenkosmos gefangen, und Orions Augen waren mein einziger Bezug zur Gegenwart. Jede Stelle, an der sich unsere Haut berührte, löste Freude, Staunen und ein tiefes Gefühl der Zugehörigkeit aus. Einen Augenblick lang waren wir unendlich.

Dann verblasste das Lichtspiel, hinterließ Dunkelheit auf unserer Haut und ein seltsames Gefühl der Benommenheit in meinem Körper. Als ich auf die Arme hinunterblickte, die immer noch aneinandergeschmiegt waren, sah es so aus, als ob Orion und ich beide tätowiert worden wären.

Aber Gefährten werden nicht auf wundersame Weise tätowiert. Zumindest habe ich das noch nie gesehen, als ich in den letzten Jahren als Vollstreckerin des Rates in verschiedene Rudel eingefallen bin. Ich runzelte die Stirn und versuchte, mir einen Reim auf das Ganze zu machen, doch dann wurde ich völlig überwältigt von der Wirkung, die ich in mir spürte.

Gabi war bescheuert gewesen, zu glauben, dass ich das durchstehen könnte. Meine Beine schlotterten. Die Welt geriet ins Wanken. Ich wäre hingefallen, wenn Orion nicht meine Hand losgelassen hätte, um seinen Arm um meine Taille zu legen.

"Ruhig", murmelte er, und die Hitze seines Atems auf meiner Wange war wie der Kuss eines Tornados. „Brauchst du ...?"

Plötzlich unterbrach das Knistern der Gegensprechanlage die Frage, die er mir stellen wollte. Die Stimme des Mannes, den ich zunächst für den Alpha des Rudels gehalten hatte, durchbrach die Luft wie eine kalte Ohrfeige.

„Wir haben ein Problem, Ry."

„Donovan." Orions Stimme war nur einen Augenblick lang belegt, dann räusperte er sich und wurde ganz Alpha. „Sag schon."

Es war ja nicht so, dass Orion vorher sanft zu mir gewesen wäre. Seine Stärke hatte uns beide durch den Tsunami der Gefährtenbindung aufrecht gehalten. Aber jetzt veränderte sich etwas an seiner Körpersprache. Seine Sorge um mich schwand angesichts dessen, was sich als ein Notfall für das gesamte Rudel herausstellte.

Denn das Unvermeidliche war geschehen. Vor einem Jahr hatte die Führung des Rudels gewechselt, was bedeutete, dass sich der Clan immer noch in der Phase befand, in der benachbarte Rudel auf der Suche nach Schwachstellen waren. Und jetzt drang gerade der Clan an Orions Nordgrenze ein, um das vermutlich geschwächte Rudel zu übernehmen.

ES DAUERTE NUR ZEHN Minuten, bis sich die Verteidiger des Clans gesammelt hatten, zehn Minuten, in denen Orion sich wie ein Rudelführer verhielt, der nicht unter der Entstehung einer außergewöhnlichen Gefährtenbindung stand. Ich hingegen hatte Mühe, auf so einfache Dinge wie das Atmen zu achten, und stolperte hinter Orion her, unfähig, auch nur daran zu denken, das zu tun, weswegen ich hierhergekommen war – den Alpha auszuschalten und ihn von seinem Rudel wegzubringen.

Mein Puls pochte in meinen Ohren, während sich die seltsamen, krausen Muster auf meinem Arm bewegten und verdrehten. Sie leuchteten nicht mehr, aber sie ruhten auch nicht. Ich zwang mich, die Augen zu schließen, um den dunklen Tanz auszublenden.

Ich konnte ihn aber immer noch spüren. Eine summende unterschwellige Kraft, die von der Verbindung zwischen Orion und mir zeugte. Ich verstand alles, was Orion sagte, und ich konnte seine Befehle für die Kämpfer wahrnehmen, die die Eingänge bewachten, was mir in der natürlichen Architektur des Canyons nie aufgefallen wäre. Als ich endlich die Augen öffnete, sah ich nur unbekannte Gesichter, die sich im Canyon versammelt hatten.

Nun, unbekannte Gesichter und Maya. Ihr Blick blieb an den Tattoos hängen, die sich auf Orions und meinem Arm spiegelten. Die Tattoos hatten aufgehört sich zu bewegen, obwohl sich die Haut dort, wo sie sich festgesetzt hatten, wund und empfindlich anfühlte. Sie schien die Bedeutung dieser Symbole besser zu verstehen als ich, denn sie wandte sich mit ungläubigen Worten an Orion. „Gefährtenbranding? Wirklich?"

Gefährtenbranding, nicht bloß eine Gefährtenbindung? War ich da aus Versehen in mehr hineingestolpert, als ich erwartet hatte?

Ich hatte zwar keine Ahnung, was ein Gefährtenbranding war, aber ich konnte es spüren, die neue Verbindung summte intensiv. Ein elektrischer Strom unter meiner Haut ließ das Bewusstsein für Orions gesamte Erscheinung aufflammen. Ich konnte die Worte auf seiner Zunge schon schmecken, bevor er sie aussprach.

„Ein Grund zum Feiern. Später.“

Seine Stimme war nicht lauter als damals, als er und ich im Fitnessstudio trainierten, aber die Augen seiner Rudelkameraden waren mit einer Eindringlichkeit auf das Gesicht ihres Alphas gerichtet, wie ich es noch bei keinem einzigen menschlichen Zusammentreffen gesehen hatte. Alle, die sich in Vorbereitung auf das Wandeln bereits ausgezogen hatten, hielten inne, um zuzuhören. Ein Nachzügler, der auf uns zulief, blieb auf halbem Weg stehen, damit seine Schritte Orions Rede nicht störten.

„Unsere Nachbarn halten uns für schwach“, fuhr Orion fort, immer noch in dem gleichen, täuschend lässigen Tonfall. „Heute werden wir ihnen das Gegenteil beweisen. Sie haben zwei Krieger für jeden von uns geschickt. Wenn wir sie also vernichtend schlagen, werden sie eine Wiederholung nicht in Betracht ziehen.“

Der Rest seiner Anweisungen rauschte an mir vorbei. Shifter, deren Namen ich nicht kannte, wurden in Richtungen in eine Umgebung geschickt, die ich ebenfalls nicht kannte. Die Sonne, die sich heute Morgen, als ich die Motorhaube meines Wagens geöffnet hatte, noch so angenehm auf der Haut angefühlt hatte, prallte jetzt wie eine handfeste Bedrohung auf mich herab. Mein Handy vibrierte an meinem Oberschenkel und ich fragte mich, was ich hier eigentlich tat.

Ich sollte Orion in Schach halten, damit seine Blutmagie nicht sein ganzes Rudel in den Ruin trieb. Stattdessen hatte ich mich mit ihm verpaart – und bereitete mich darauf vor, an der Seite des schuldigen Alphas zu kämpfen.

Das Licht, das vom Sand reflektiert wurde, war viel zu hell. Oder vielleicht kam die Hitze, die mich durchströmte, auch vom Gefährtenbranding. Mir war ganz mulmig zumute. Ich war kurz davor, einen Schritt zu tun, der keinen Sinn ergab, aber dennoch absolut sinnvoll war. war.

Mein Handy hielt kurz inne und fing dann wieder an zu vibrieren. Irgendjemand wollte wirklich mit mir sprechen. Wahrscheinlich war Julius sauer, dass ich mich noch nicht gemeldet hatte. Geduld war nicht gerade die Stärke meines Vaters.

Ich konnte mir kaum vorstellen, wie erbost er wäre, wenn er mich jetzt sehen könnte.

„Musst du da rangehen?", fragte Orion.

Wir waren wieder allein, die letzten, die den Treffpunkt im Schutz der Felswände des Canyons verließen. Mein Finger klammerte sich um die Spritze in meiner Tasche.

Dies war mein Augenblick. Der Moment, meinen Plan in die Tat umzusetzen.

Und doch ... Orions Rudel konnte ohne seinen Alpha nicht gewinnen. Egal, wie raffiniert der Plan auch war, für Werwölfe bedeutete Führung alles.

Das Tattoo in meiner Ellbogenbeuge kribbelte nur ein bisschen und ich schüttelte den Kopf. „Nein, schon gut. Wo soll ich hin?"

Orion zog sich bereits aus, um sich auf das Wandeln vorzubereiten, als er antwortete. „Du bleibst an meiner Seite."

Kapitel 5

Ich war noch immer so benommen von den Geschehnissen rund um die Gefährtenbindung, dass ich einen Augenblick brauchte, um zu begreifen, dass wir nach Süden statt nach Norden unterwegs waren, weg von den Eindringlingen und nicht auf sie zu. Aber die Sonne schien über meiner linken Schulter, als ich Orion durch die mit Büschen bewachsene Wüstenlandschaft folgte. Und als wir lange genug anhielten, um einen Blick hinter uns zu erhaschen, sah ich in der Ferne dunkle Flecken von feindlichen Wölfen in der Richtung, aus der wir gekommen waren.

Wollten wir die Eindringlinge von der Mitte des Rudels weglocken? Nein. Erst als ich ein Dorf aus Lehmgebäuden vor uns erblickte, verstand ich, was los war. Die Gebäude fügten sich so nahtlos in die Landschaft ein, dass wir schon fast in Riechweite waren, als ich die senkrechten Linien ausmachen konnte. Dann kamen wir näher und ich sah Autos, die vor den Häusern geparkt waren. Durch die Fenster konnte ich einen Blick auf Leute erhaschen, die ihren täglichen Beschäftigungen nachgingen: Kekse backen und Betten machen.

Dieselben Leute hatten sich eine Viertelstunde zuvor im Canyon versammelt und Orions Anweisungen entgegengenommen. Wenn ich mich nicht täuschte, war dies wohl eine fingierte Zentrale des Rudels, die als Ablenkung diente.

„Hier." Bevor ich noch weiter darüber nachdenken konnte, hatte sich bereits Maya vor mir aufgebaut. Sie balancierte einen vollen Wäschekorb auf ihrer linken Hüfte, während ein viel kleineres Bündel trockener Kleidung vor meiner Wolfsschnauze landete.

Das hätte ich eigentlich kommen sehen müssen. Wäre ich nicht noch immer so völlig vom Gefährtenbranding überwältigt gewesen. Die neu entdeckte Verbindung ließ mein Herz jedes Mal höher schlagen, wenn ich Orion anschaute. Mein Blut kochte vor Wut bei dem Wissen, dass sein Rudel bedroht war.

Aber jetzt sah ich, dass Orion Maya bereits den Rücken gekehrt hatte und weiter in das Zentrum des Dorfes ging. Er hatte mich verlassen, ohne einen Blick zurückzuwerfen, und mir wurde ganz flau im Magen, wie damals als Teenager, als ich erfahren hatte, dass der Promi, in den ich verknallt gewesen war, mit einer anderen durchgebrannt war.

Hormone. Rein animalische Anziehungskraft. Diese Erkenntnis reichte aus, um mich wieder in einen Menschen zu verwandeln. Die trockenen Klamotten waren eindeutig für mich bestimmt, genauso wie die kalten Worte, die Maya mir jetzt an den Kopf knallte.

„Du gehörst nicht zu uns."

"Revierbezogen?", konterte ich lapidar und war froh, dass meine Stimme nicht zitterte. Mühsam schaffte ich es, mich nicht umzudrehen, um Orions zurückweichender Gestalt nachzusehen. Stattdessen zog ich die Kleidung an, die man mir gegeben hatte, während ich der Frau ins Gesicht sah, die offensichtlich davon ausging, ich hätte ihr in den Eistee gepinkelt.

Als Antwort stieß Maya eine Mischung aus einem Seufzer und einem Lachen aus und berichtigte sich dann. „Das ist jetzt ein wenig falsch rübergekommen. Was ich damit sagen möchte, ist, dass Orion nicht von Natur aus ein Alpha ist, aber er *bemüht* sich, und er *arbeitet* an sich. Hast du die Pflanzen gesehen, die an den Wänden des Canyons wachsen? Er hat mitten in der Wüste aus nackten Felsen einen Garten erschaffen. Und das Gleiche hat er mit diesem Rudel vollbracht. Wir haben diese Geschichte schon dutzende Male durchgespielt, als Einheit. Eine Einheit, zu der du nicht gehörst. Orion hat wohl nicht richtig nachgedacht, als er dich mitkommen ließ."

Orion hat nicht richtig nachgedacht? Im Gegensatz zu mir schien er die Bildung unserer Gefährtenbindung einigermaßen gut verkraftet zu haben. Er bellte seinen Untergebenen Befehle zu, während mein Kopf noch von Ratlosigkeit und Glückseligkeit benebelt war.

Und Orion schien gefasster zu sein als Maya, deren Redeschwall darauf hindeutete, dass sie unser Gefährtenbranding nicht so recht verkraftete. Das konnte ich ihr auch nicht verübeln. Sie und Orion standen einander nahe, das war mir klar. Und doch war ich da, eine Fremde, die sich hier dazwischendrängte und sich mit jemandem verbunden hatte, den sie wahrscheinlich als ihr Eigentum betrachtet hatte.

„Du möchtest, dass ich gehe?" Wenn ja, ergaben die Kleider, die sie mir zugeworfen hatte, nicht viel Sinn.

„Nein, ich möchte, dass du die Wäsche aufhängst und Wache schiebst." Maya entfernte sich von mir, und obwohl ich eigentlich bei Orion hatte bleiben wollen, lief ich ihr hinterher. „Das ist normalerweise meine Aufgabe", fuhr sie fort, „aber ich kann mich Benjamin anschließen ... egal. Wir haben keine Zeit, um dich einzuweihen. Halte einfach Ausschau nach Wölfen, die sich nähern. Sobald sie achtzig Meter entfernt sind, gibst du über Funk Bescheid. Danach begibst du dich in irgendein Gebäude, gehst in den Keller und schließt die Tür hinter dir ab. Das sind alles Bunker. Dort bist du sicher." Sie machte eine Pause, ihre Zähne blitzten ein wenig zu scharf, bevor sie hinzufügte: „Orion kann sich keine Ablenkung leisten."

Es hätte mich eigentlich ärgern müssen, als Ablenkung bezeichnet zu werden. Stattdessen nickte ich nur und streifte das erste T-Shirt über die Leine.

Denn während Maya mir Anweisungen erteilt hatte, hatte ich endlich wieder einen klaren Kopf bekommen. Ja, das Gefährtenbranding brodelte immer noch in mir. Mein ganzer Körper schien vor Bewusstsein, Sehnsucht und Staunen zu vibrieren.

Aber ich war mehr als meine Instinkte. Ich konnte mich durch den Schmerz und die Glückseligkeit hindurch konzentrieren.

Und meine Konzentration galt nicht dem bevorstehenden Kampf zwischen Wölfen, die mir fremd waren. Es ging nicht um den Alpha, den ich gestern kennengelernt hatte und an den ich vorübergehend gebunden war, und auch nicht darum, dass die Trennung von Orion eine klaffende Leere in meiner Brust hinterlassen hatte.

Nein, ich war hier, um jemanden wegen Blutmagie zur Strecke zu bringen. Gabis Erkenntnisse machten Orion dafür verantwortlich, während mein Instinkt mir sagte, dass er sich niemals auf etwas so Heimtückisches einlassen würde.

Also machte ich mir die Neigung der Werwölfe zunutze, sich wie Tiere zu verhalten, und schnüffelte ein wenig herum, während Orions Rudel und seine Nachbarn damit beschäftigt waren, sich gegenseitig zu zerfleischen.

Zu diesem Zweck wartete ich, bis die angreifenden Wölfe die von Maya genannte Grenze erreicht hatten. Dann gab ich wie gewünscht über Funk Bescheid. Aber danach verschwand ich nicht in einem Kellerbunker. Stattdessen begann ich, die Häuser nach Beweisen für das zu durchsuchen, weswegen ich eigentlich hierher gekommen war: Blutmagie.

TATTOOS WANDEN SICH wie Schlangen um meinen Arm und ich rieb abwesend darüber. Unbehagen verleitete mich dazu, die Verbindung zu lösen und die Sache hinter mich zu bringen. Aber was auch immer das Gefährtenbranding war, es schien eine Verbindung zwischen mir und Orion herzustellen. Und die konnte ich später brauchen, um ihn zur Strecke zu bringen, falls er tatsächlich der Täter war.

Ich bahnte mir einen Weg durch ein Haus, das für eine reine Ablenkung bemerkenswert bewohnt aussah. Sogar die Gerüche waren so natürlich, dass ich sie für einwandfrei gehalten hätte, wenn ich nicht gewusst hätte, dass das Brot in der Küche erst in den letzten fünfzehn Minuten aufgegangen war.

Ein cleverer Schachzug, der mich zum Nachdenken brachte: Überdeckte das köstliche Hefearoma den Geruch von Blut?

Das ließ sich nicht feststellen, es sei denn, ich fand belastende Beweise. Allerdings schien dieses Dorf Orion höchst gelegen zu kommen. Die Notwendigkeit, das Dorf als Ablenkungsmanöver aufrechtzuerhalten, war eine gute Ausrede für ihn, sich davonzuschleichen und sich allein mit Blutmagie zu beschäftigen.

Vorausgesetzt natürlich, dass nicht sein ganzes Rudel in sein abartiges Verhalten eingeweiht war. Die Tätowierung schmiegte sich fester an meine Knochen und ich zischte. Ihre stumme Anwesenheit ging mir auf die Nerven, weil ich dadurch viel zu schnell vorging und beinahe Hinweise übersehen hätte.

Wie den Fleck in der Ecke des begehbaren Kleiderschranks ... ein Fleck, der nicht mehr als ein Wasserschaden aus dem Badezimmer zu sein schien, der aber genauso gut Blut sein konnte, das so alt war, dass sein Geruch bereits verblasst war. Könnte Orion ...?

Ich zuckte zusammen, als das Heulen und Rufen draußen darauf hindeutete, dass die beiden Rudel aufeinandergetroffen waren. Im Schrank gab es keine handfesten Beweise, also bewegte ich mich weiter und ließ das Adrenalin meine Schritte beschleunigen.

Denn derartige Schlachten dauerten im wirklichen Leben nie so lange wie in den Filmen. Ich hatte nur ein begrenztes Zeitfenster, und ich musste am Ball bleiben.

Ich durchstöberte den Rest des Hauses und zog weiter zum Nächsten. Auch dort suchte ich nach Anzeichen von Blutmagie und nach Orions Geruch. Denn dort, wo er gewesen war, gab es am ehesten Anzeichen von Fäulnis ...

„Einen einzelnen Alpha einzusperren ist besser als die Alternative", erklärte ich der missgelaunten Tätowierung, die sich wie wild um meinen Arm wand. Dem Tattoo war offenbar nicht bekannt, dass der Rat vor zwei Monaten gezwungen gewesen war, ein ganzes Rudel einzusperren, als die Fäulnis sich zu weit ausgebreitet hatte, um ihr noch Herr werden zu können. Ich kannte Orions Clanmitglieder zwar kaum, aber ich wollte vermeiden, dass dies hier geschah.

Nein, ich musste Beweise für den Schuldigen finden, damit ich die Wunde ausbrennen konnte, bevor sie ihre Wurzeln zu tief schlug.

Zu diesem Zweck blendete ich die Geräusche des anhaltenden Kampfes aus. Ebenso ignorierte ich das Tattoo, das sich um meinen Unterarm schlängelte. Und ich arbeitete mich mit der Schnelligkeit und Sorgfalt durch die Gebäude, für die ich ausgebildet worden war.

Eine ganze Weile lang fiel mir nichts Entscheidendes auf. Erst als ich wieder draußen war und mich auf die Seite des Dorfes begab, die am weitesten von den Kämpfen entfernt war, roch ich, wonach ich gesucht hatte.

Der Geruch von altem Kupfer könnte von einer Jagd auf Pelzfelle stammen, aber warum hätte ein Rudel seine Beute in einen scheinbar verlassenen Erdkeller schleppen sollen? Und warum war die Tür zu dem halb vergrabenen Steinbau mit einem Vorhängeschloss gesichert, während alle anderen Gebäude in diesem Scheindorf offen und ungeschützt geblieben waren?

Ich zog an dem Schloss, um seine Belastbarkeit einzuschätzen, als sich die Tattoos an meinem Arm wieder zu einem Armband formten. Ich hatte mich zwar bereits an ihre

Bewegungen gewöhnt, aber das war das erste Mal, dass sie eine Form annahmen, die beabsichtigt zu sein schien. Dass sie meinen Arm in Richtung Westen deuten ließen.

Nach Westen, in Richtung der Schlacht, die so ruhig geworden war, dass man hätte vermuten können, dass die Kämpfe vorbei waren, aber ich ahnte, dass die Kontrahenten inzwischen nicht mehr nur in Stellung gingen, sondern tatsächlich kämpften. Orion war in Gefahr, das wusste ich irgendwie. Das Gefährtenbranding teilte mir mit, dass er meine Hilfe brauchte.

Ich hätte weiter nach Blutmagie Ausschau halten sollen, aber ich tat es nicht. Stattdessen machte ich auf dem Absatz kehrt und eilte in die Richtung, in die mich die Tattoos führten.

Kapitel 6

Orions Plan, oder zumindest das, was ich während der Verpaarung mitbekommen hatte, bestand aus raffinierten Täuschungen und dem geschickten Halten von verteidigungsfähigen Positionen, damit eine kleinere Gruppe von Kriegern eine größere Anzahl von Gegnern bezwingen konnte. Doch als ich um die Ecke des letzten Hauses kam, war sofort klar, dass sein Plan schief gelaufen war.

Denn der Kampf fand in der offenen Wüste statt, ohne Deckung oder Ablenkungen, die den eigenen Leuten hätten helfen können. Kein Wunder, dass sich der Kampf in ein Meer von Wölfen verwandelt hatte, die sich in düsterer Stille gegenseitig zerfleischten. Sie bewegten sich so schnell, dass ich nur mit Hilfe des Tattoos den Wolf in der Mitte ausmachen konnte. Aber als mein Blick auf Orion fiel, konnte ich nicht mehr wegsehen.

Er war komplett von Feinden umzingelt und der Rest seines Rudels wurde durch einen dichten Ring aus knurrenden Wölfen daran gehindert, ihm zu helfen. Er bewegte sich auf eine Weise, die auf Erschöpfung oder Verletzungen schließen ließ. Und sein Fell war blutgetränkt.

Der Anblick des Blutes riss mich aus dem blinden Gehorsam gegenüber dem Gefährtenbranding und erinnerte mich an den Grund, warum ich überhaupt hierher gekommen war. An das, was ich in diesem Erdkeller vermutete. Was Orion sich hatte zuschulden kommen lassen.

Was ich dort entdeckt hatte, war Grund genug, auf Abstand zu gehen und die Eindringlinge meinen Job erledigen zu lassen – eine Aufgabe, die nicht lange dauern würde. Denn zusätzlich zu dem Kreis von feindlichen Wölfen, die den Rest von Orions Rudelkameraden in Schach hielten, griffen sechs Wölfe in der Mitte ihr Ziel paarweise an. Jeweils zwei stürmten im selben Augenblick von vorne und hinten auf Orion zu, dann griffen zwei weitere von den Seiten an. Die letzten beiden griffen wiederum von vorne und hinten an und verwandelten so die Ansammlung von Gegnern in ein sich ständig drehendes Rad der Schmerzen.

Während ich noch zusah, fuhr ein Wolf mit seinen Reißzähnen in Orions Hinterlauf und ich spürte die Verletzung in meiner eigenen Kniesehne. Das Tattoo wurde zu einer Last, die mich völlig aus der Bahn warf und ich geriet ins Straucheln.

„Nicht gerade hilfreich", murmelte ich zwischen zusammengebissenen Zähnen. Doch der Schmerz hatte mich überzeugt. Orion mochte schuldig sein, aber ich wollte auch nicht dabei zusehen, wie er in Stücke gerissen wurde.

Stattdessen begutachtete ich die Gegenstände, die ich bei der Durchsuchung des falschen Dorfes erbeutet hatte. Ein kleines, scharfes Messer für den Kampf in engen Räumen. Eine Schnur, die auch als Fessel dienen konnte. Beides würde nicht viel nützen gegen die schäumende Masse aus Zähnen und Klauen, die Orion umgab. Was hatte ich mir nur dabei gedacht, meine Klamotten und Waffen in der Turnhalle liegen zu lassen?

Das Tattoo versuchte erneut, mich nach vorne zu zerren, aber dieses Mal ließ ich mich nicht beirren. Ich war zu gut trainiert, um mich ohne einen Plan in eine aussichtslose Schlacht zu stürzen. Und einen solchen hatte ich mir noch nicht zurechtgelegt.

Wie als Antwort auf meine Gedanken zogen meine Finger weitere Gegenstände aus der Tasche meines geliehenen Sweatshirts, an die ich mich nicht erinnern konnte. Ein Kopftuch. Ein Päckchen Spielkarten. Wie lange hatte mich das Gefährtenbranding nun schon beeinflusst, ohne dass ich davon etwas mitbekommen hatte?

Schließlich kam ein Füllfederhalter zum Vorschein. Er sah absolut gewöhnlich aus. Fühlte sich in meiner Hand wie ein herkömmliches Schreibutensil an. Doch plötzlich bewegten sich meine Lippen und sprachen einen Satz, den ich eigentlich gar nicht hatte aussprechen wollen: „Die Feder ist mächtiger als das Schwert."

Diese Worte fühlten sich schwer an, noch schwerer, als sich mein Tattoo auf dem Unterarm verdrehte. Ein Funke flackerte auf, dann verlängerte sich die Feder und schärfte sich zwischen meinen Fingern. Dort, wo sich die Kappe befunden hatte, erstreckte sich eine Klinge, die so lang wie mein Bein war, während sich der Schaft zu einem Griffstück ausdehnte.

Etwas Heißes und Erregendes durchströmte mich. War das durch das Gefährtenbranding verursacht worden? Verwandelte es gewöhnliche Stifte in Waffen? Oder vielleicht setzte es ja auch jedes Sprichwort in die Tat um?

„Wie auch immer, das ist wirklich praktisch", teilte ich den Tattoos mit, die sich immer noch um meinen Unterarm schlängelten.

Dann stürzte ich mich ins Getümmel, in der Hoffnung, dass mich das magische Etwas nicht im falschen Augenblick ablenken würde.

AUS WELCHEM GRUND AUCH immer, die Angreifer waren unbewaffnet gekommen, was mir jetzt die unmittelbare Oberhand verlieh. Dennoch, Stahl hin oder her, sie hätten mich allein durch ihre zahlenmäßige Überlegenheit zu Fall gebracht, wenn Orions Rudelkameraden nicht hinter mir gewesen wären und meine Flanke geschützt hätten, als ich durch die feindliche Linie stürmte.

Ich hatte das Gesamtbild von einer leichten Anhöhe aus eingeschätzt, und jetzt, wo ich diesen Vorteil verloren hatte, war es schwieriger zu erkennen, was geschah. Immerhin war ich in Menschengestalt und niemand sonst, was bedeutete, dass sich mein Kopf weit über der Augenhöhe der Wölfe befand. Ich konnte Orion sehen und er mich auch.

Er schien mein Kommen jedoch nicht bemerkt zu haben. Er hatte nicht mal die Zeit, in meine Richtung zu nicken. Denn die sechs Angreifer hatten ihren Angriff beschleunigt und stürmten jetzt jeweils zu dritt auf ihn zu. Orion blähte seine Lungen auf, während er versuchte, ihnen auszuweichen, und ich konnte seine keuchenden Atemzüge spüren, als ob sie in meinem eigenen Körper gewesen wären. Jeden Biss, wenn er nicht schnell genug ausweichen konnte, spürte ich auf meiner eigenen Haut.

Die Gelassenheit, die ich bei der Durchsuchung des falschen Dorfes an den Tag gelegt hatte, ließ mich an diesem

Punkt im Stich. Ein Biss in die Ferse und ich verzweifelte auf eine Weise, die ich nicht erklären konnte.

Ich schlug fester zu, stach schneller zu. Aber das Schwert reichte nicht aus.

Das merkte ich daran, wie meine Arme und Beine vor Anstrengung bebten, was aber gar nicht auf mich zurückzuführen war. Es war Orion, der Stärke vortäuschte, die er nicht mehr besaß. Das hier musste ein Ende haben, und zwar jetzt.

Also öffnete ich meinen Mund und hoffte, dass ich verstanden hatte, was mit dem Stift passiert war. Ich betete, dass ich die Sache dadurch nicht noch schlimmer machen würde. „Als Einheit treten wir auf", sagte ich zu den Tattoos auf meinem Unterarm.

Schon kräuselten sich die tintenfarbenen Schatten auf meiner Haut, und für einen herrlichen Augenblick waren Orion und ich eins. Er stürzte sich nach vorne und ich sprang. Mein Schwert wurde zu einer Verlängerung seiner Absichten. Seine Zähne halfen mir durch die Reihen der Feinde, bis wir Seite an Seite standen.

Angesichts unserer Koordination zerfielen die beiden Trios von Angreifern in sechs einzelne Wölfe, die ihre eigenen Kämpfe austrugen. Einen langen Augenblick lang versuchten sie, uns unabhängig voneinander zu besiegen. Aber durch meine scharfe Klinge und unser gemeinsames Ziel wurden sie bald in den äußeren Ring der Wölfe zurückgedrängt, der Orions Rudelkameraden fern hielt.

Rudelkameraden, die zu einer ebenso einzigartigen Truppe geworden waren, wie ihr Alpha und ich. Ein Dutzend Shifter, die als Einheit zusammenarbeiteten, waren mehr als doppelt so schlagkräftig wie zuvor. Ungleiche Zahlen spielten keine Rolle mehr. Innerhalb weniger Augenblicke hatte sich das Blatt gewendet.

Was auch ganz gut war, denn die Tattoos auf meinem Arm hatten nicht aufgehört, sich zu winden. Ich hatte den Eindruck, dass sie sich anstrengten, etwas unglaublich Mächtiges zurückzuhalten.

In mir wandelte sich der überwältigende Triumph in den bitteren Verdacht, dass ich meinen Schlachtplan nicht gut genug durchdacht hatte. Denn Orion und sein Clan waren geeint, aber er und ich nicht. Nicht wirklich. Ich hatte fest vor, Orion vor den Rat zu zerren, sobald das hier vorbei war, um seinem Gebrauch von Blutmagie ein Ende zu setzen. Ich war unter einem Vorwand zu dieser Verpaarung gekommen.

Kaum war dieser Gedanke in meinem Kopf entstanden, keuchte Orion auf. Die Beständigkeit und die Kraft, die er durch bloße Willensstärke in seinen Wolfskörper gezwungen hatte, schwanden. Seine angehäuften Verletzungen verursachten nicht mehr nur dumpfe Schmerzen, sondern heftige Qualen.

Qualen, die mich fast genauso hart trafen wie ihn selbst.

Dadurch wurden meine Reflexe verlangsamt. So schaffte ich es nicht, Orion aufzufangen, als er vor mir zu Boden sackte. Sein Blick wurde trübe, sein Bewusstsein schwand angesichts der heftig zurückkehrenden Realität.

Dann befand ich mich auf Augenhöhe mit dem Wolf, und meine Knie knallten so hart auf den Boden, dass es eigentlich hätte wehtun müssen, aber das tat es nicht. Jetzt war ich diejenige, deren Schmerz sich wie in Watte gepackt anfühlte. Die Welt war weit weg, der Kampf um uns herum irrelevant.

Der Schwertgriff glitt mir aus den Fingern, als der blendend helle Tag sich verdunkelte. Und so verschlang mich schließlich auch der Rest des Satzes: Doch sind wir geteilt, so fallen wir.

Kapitel 7

Ich kam wieder zu mir, umgeben von schwerer, schützender Hitze. *Arme.* Die lagen unter meinen Oberschenkeln und auf meinem Rücken. Die Haut, an die ich mich drückte, war feucht und roch nach einer Mischung aus Schweiß und Blut, aber darunter lag der unverwechselbare Duft von Kaktusblüten.

Orion hielt mich fest. Trug mich. Seine Berührung war so stark und zugleich sanft, wie sie gewesen sein muss, als er in seinem geheimen Garten entlang der Schluchtwand Weinreben um Spaliere zog.

Ich hätte meine Augen zwingen sollen, sich zu öffnen. Aber stattdessen kuschelte ich mich näher an ihn und ließ mich auf eine Weise fallen, wie ich das sonst nur zu Hause tat.

„Du bist ja ganz schön zugerichtet, Orion." Mayas Stimme klang warm und frustriert, als sie sich im selben Tempo wie wir vorwärts bewegte.

„Nichts Lebensbedrohliches", dröhnte Orions Antwort durch mich hindurch und ließ meine Muskeln sich noch tiefer entspannen. „Bloß Kratzer. Bist du sicher, dass die Eindringlinge uns nicht abstürzen sahen?"

Eine Pause, als ob Maya überlegte, ob sie den Themenwechsel gutheißen sollte. Dann stieß sie das gleiche seufzende Lachen aus, mit dem sie mich schon einmal beehrt hatte, bevor sie die Frage ihres Alphas beantwortete. „Die waren bereits auf der Flucht. Ich habe drei unserer hinterlistigsten Wölfe losgeschickt, um sie bis zur Grenze zu verfolgen und unsere Wachen dort zu verdoppeln." Dann hielt sie einen Augenblick inne und fügte hinzu: „Wir müssen uns noch über das Gefährtenbranding unterhalten."

„Was gibt es da schon groß zu besprechen?" Es war mehr ein Knurren als ein Grollen. Aber der winzige Anstieg des Adrenalinspiegels, der mir zu verstehen gab, dass ich aufwachen sollte, wurde durch sanfte Streicheleinheiten mit dem Daumen beruhigt, und ich lehnte mich wieder an Orions Brust, als er fortfuhr. „Unser Rudel hat seit fünf Generationen kein eindeutiges Gefährtenbranding mehr gehabt. Du hast doch seine Macht mit eigenen Augen gesehen. Unsere Nachbarn greifen uns so schnell wohl nicht mehr an."

„Vielleicht."

Die folgenden Augenblicke wurden nur durch Schritte und leises Atmen unterbrochen, bis Orion anklagte: „Du wirfst mir den Todesblick der großen Schwester zu."

Schwester? Irgendetwas in mir schmolz dahin, etwas, das sich sehr nach Erleichterung anfühlte.

„Weil du dich absichtlich so begriffsstutzig verhältst", schimpfte Maya.

„Tu so, als ob ich einfach nur übersehen würde, was dein schlaues Gehirn für selbstverständlich hält. Klär mich doch bitte auf."

„Ihr seid zusammengebrochen! Ihr beide. Und die Kraft, die das Gefährtenbranding erweckt hat, ist ..."

„Nützlich?"

Wieder brach Maya in dieses seufzende Lachen aus, das diesmal einem Schnauben gefährlich nahe kam. „Sie ist nicht nützlich, solange ihr sie nicht kontrollieren könnt. Du weißt schon, worauf ich hinauswill."

Stille umarmte uns alle so lange, dass ich völlig das Gespräch vergaß, das ich gerade mitangehört hatte. Der sanfte Druck von Orions Armen um meinen Körper war überwältigend. Das Gefühl war genau so, wie ich es mir beim Schließen der Gefährtenbindung vorgestellt hatte. Es war, als wäre ich in einem Meer aus geschmolzener Schokolade versunken, und der Genuss drang in jede Pore ein.

„*Sei doch vernünftig.*" Die Erinnerung an die Stimme meines Vaters drängte sich gegen das Vergnügen. Es stimmte, dass Orion und ich uns im Grunde genommen kaum kannten. Ich konnte mich nicht von der Leidenschaft unserer neu entdeckten Verbindung mitreißen lassen, egal, wie gut sie sich anfühlte. Es gab immer noch zu viele Fragen, die darauf warteten, beantwortet zu werden.

Als Orion wieder das Wort ergriff, zwang ich mich, mich zu konzentrieren, zumal sich seine Muskeln um mich herum auf eine Weise anspannten, die darauf hindeutete, dass er auch seine instinktive Reaktion unterdrückte. „Schon gut, ich verstehe, was du meinst", gab er zu. „Das Gefährtenbranding spiegelt unsere Absichten wider. Es spielt mit Elspeths Worten, was darauf hindeutet, dass einer von uns mit weniger ehrlichen Absichten in die Verpaarung gegangen ist."

„Hast du etwa Vorbehalte gehabt?" Maya klang jetzt ganz wie die große Schwester, die schwierige Fragen stellte, ohne sich ein Urteil zu erlauben. „Das wäre ja auch nur zu verständlich. Immerhin habt ihr euch erst vor weniger als einem Tag kennengelernt."

Orion muss den Kopf geschüttelt haben, denn Maya fuhr fort. „Also, wenn nicht du – was wissen wir eigentlich über Elspeth?"

„Außer, dass sie wach ist und das alles mit anhört?"

Orions grollende Frage war das Stichwort für mich, die Augen zu öffnen, und in dem Augenblick tauchte die Wirklichkeit in Form des Erdkellers direkt vor uns auf. Wenn ich mich nicht vertan hatte, war der Alpha, der mich trug, meiner Fährte vom Schauplatz des Kampfes nachgegangen. Jetzt stellte er mich auf die Füße und seine Berührung verschwand schneller, als ich bereit war, sie aufzugeben.

Schließlich hob er die Augenbrauen und deutete kopfschüttelnd auf das Schloss, an dem ich gezogen hatte. „Kannst du mir das vielleicht erklären?"

ICH WUSSTE AUS EIGENER Erfahrung, dass altes, blutverschmiertes Wolfsfell während einer Wandlung abgeworfen wird. Das Rot, das Orions gesamte linke Seite von der Hüfte bis zur Wade durchzog, deutete darauf hin, dass Maya recht hatte. Seine Verletzungen waren nicht nur Kratzer. Er hatte in den wenigen Minuten, seit er seine menschliche Gestalt wiedererlangt hatte, stark geblutet, und diese Erkenntnis bereitete mir ein mulmiges Gefühl.

Aber Übelkeit war nicht das erste Gefühl, das mich überkam, als ich ihn ansah. Ich hatte Orion schon zweimal nackt gesehen. Doch das erste Mal war in einer mondlosen Nacht gewesen, in der die meisten seiner Konturen von der

Dunkelheit verdeckt worden waren. Das zweite Mal war ein flüchtiger Blick heute, bevor wir uns beide gewandelt hatten.

Jetzt hingegen zeigte sich die sengende Wüstensonne von ihrer besten Seite und verwandelte die harten Muskeln, die ich um mich herum spürte, in eine Skulptur körperlicher Vollkommenheit. Hitze durchflutete mich, als ich mir vorstellte, wie ich mit meinen Fingern statt mit meinen Augen über die Wölbungen seines Unterleibs fuhr. Nur ein Biss auf die Innenseite meiner Wange hielt mich davon ab, das zu erforschen, was er so lässig zur Schau stellte.

Ich hatte völlig vergessen, dass Maya anwesend war, bis sie an dem Schloss des Erdkellers schnupperte und mich ansprach. „Du hast wegen der Kämpfe Angst bekommen?", vermutete sie. „Hast du etwa nicht ganz verstanden, was ich über die Bunker in den Kellern gesagt habe?"

„Sie hat es nicht missverstanden", donnerte Orion. Seine dunklen Augen waren wie eine bedeckte Mitternacht, in der Wolken die Sterne verdeckten. „Sie ist hierhergekommen, um nach Blutmagie zu suchen."

„Und hat sie auch gefunden!" Ich war mir nicht sicher, warum meine Worte so unnachgiebig klangen. Ich hätte die Sache schlauer angehen sollen. Fast unbewaffnet stand ich zwei Shiftern gegenüber, die beide größer waren als ich.

Andererseits könnte das Gefährtenbranding ein Vorteil sein, wenn ich über mögliche Nebenwirkungen von Sprichwörtern nachdenken würde, bevor ich sie aussprach. Leider hatte ich in diesem Augenblick keine Lust auf clevere Wortspiele. Stattdessen ballte ich meine Fäuste und wartete. Vielleicht darauf, dass Orion seine Sünden eingestand. Oder darauf, dass er mir das Gegenteil bewies.

Ich schüttelte den Kopf und das Wunschdenken wurde von Klarheit abgelöst. Ich war nicht die, die Blutmagie aufspüren und nachweisen sollte. Ich war die Vollstreckerin, die geschickt worden war, um diesem Treiben ein Ende zu setzen. Gabi hatte mir bereits bestätigt, dass der Alpha dieses Rudels schuldig war. Aber warum habe ich Orion nicht zur Strecke gebracht, jetzt, wo die Eindringlinge von der Bildfläche verschwunden waren?

Und warum hatte sich Orion an seine Schwester gewandt und nicht an mich? Seine Worte waren rau und sanft zugleich, als er ihr sagte: „Du musst dafür nicht hier sein."

Mayas ganzer Körper schien zu vibrieren und mir wurde flau im Magen. Sie war im Begriff, mir genau das zu sagen, was ich wissen wollte. Darüber hätte ich froh sein sollen.

„Deine Gefährtin möchte wissen, was sich vor einem Jahr zugetragen hat?", fragte Maya und hob ihr Kinn. „Dann muss ich unbedingt dabei sein. Schließlich war ich bei mehr davon zugegen als du."

Orion atmete so tief ein, dass ich hören konnte, wie die Luft durch seine Nasenlöcher strömte. Ich hatte den Verdacht, dass er Maya zum Gehen drängen wollte, es sich dann aber anders überlegt hatte.

„Man hat dich hinters Licht geführt", behauptete er und wandte sich endlich an mich. Sein Blick, als er meinen traf, war flehend. „Benutze die Gefährtenbindung, um durch meine Erinnerungen zu gehen. Dann wirst du sehen, dass es in unserem Rudel keine Blutmagie gibt."

Könnte ich das? Gabi hatte etwas über die Begleiterscheinungen der Verpaarung erwähnt.

Nebenwirkungen, die in zwei Richtungen gingen. Das bedeutete ...

„Ich lasse dich ganz bestimmt nicht in meinen Kopf." Jetzt erst begriff ich, dass ich instinktiv zurückgewichen war, so wie letzte Nacht, als sich die Ecke des Erdkellers in meinen Rücken gebohrt hatte. Ich *wünschte* mir eine Wiederholung von Orions Lippen auf meiner Haut ... aber ich *brauchte* etwas ganz anderes. Verwirrung kämpfte in mir und brachte meinen Verstand durcheinander.

Da senkte Orion die Brauen, als ob er meine Gedanken besser verstanden hätte als ich. „Du würdest in meinen Kopf eindringen, nicht umgekehrt."

Wahrscheinlich hätte er noch mehr dazu gesagt. Aber Maya griff unter den Dachvorsprung des Erdkellers und holte einen Schlüssel hervor, der mir entgangen war. Die Freundlichkeit, die sie bisher an den Tag gelegt hatte, fehlte merklich, als sie das Vorhängeschloss öffnete und verkündete: „Sie möchte also da einen Blick hineinwerfen. Na gut, dann lassen wir sie eben. Lasst uns reingehen."

Kapitel 8

Es war kein Erdkeller. Es war eine Krypta.

Das war das Erste, was mir auffiel, als ich am oberen Ende der Treppe stehen blieb. Das Licht, das durch die offene Tür fiel, war die einzige Lichtquelle, die die kleinen Urnen auf den endlosen Regalen unter mir zum Vorschein brachte. Die Luft war schwer, von einer Mischung aus unerträglicher Feuchtigkeit und dem unverwechselbaren Geruch von Blut, und ich ließ meine Augen erst wölfisch, dann wieder menschlich werden, um sie zu zwingen, sich anzupassen und die körperlosen Schatten zu erkennen, die sich außerhalb des Lichtstrahls bewegten.

„Alpha", murmelte meine Schwester von irgendwo vor mir in der Dunkelheit.

Meine Schwester? Das klang überhaupt nicht nach Celeste. Ich versuchte, meine Augenbrauen zusammenzuziehen, aber sie bewegten sich nicht. Und diese Merkwürdigkeit machte mir klar, was sonst noch nicht stimmte.

Ich war ohne Probleme durch die Tür getreten ... aber in meiner Erinnerung hatte ich meinen Kopf beugen müssen, um durchzukommen. Meine breiten Schultern verdeckten jetzt so viel Licht von außen, dass niemand in der Krypta meine Anwesenheit bemerkt hatte ... obwohl meine Schultern nie als breit beschrieben worden waren. Ich war mir sicher, dass die Gruft leer gewesen war, als ich das erste Mal eingetreten war … aber jetzt roch ich mindestens ein halbes Dutzend anderer Leute und das Blut war so frisch, dass ich es auf meiner Zunge schmecken konnte.

Die Person, die ich für meine Schwester gehalten hatte, war in Wirklichkeit Maya.

Ich war nicht ich. Ich war Orion. Oder besser gesagt, wenn ich mich nicht sehr täuschte, war ich genau da, wo Orion mich haben wollte – in seinen Erinnerungen an die Vergangenheit.

All das wurde mir in einem Sekundenbruchteil bewusst, und zwar in demselben Sekundenbruchteil, in dem sich meine Augen – oder Orions Augen – vollständig an die Dunkelheit gewöhnten. Und was wir sahen, ließ mich mein eigenes Unbehagen darüber überwinden, dass ich meine Gedanken mit einem fast Fremden teilen musste. Denn angesichts des Grauens unter uns war es unmöglich, sich mit meinen eigenen Unsicherheiten zu befassen.

Ein Mann, der seine besten Jahre noch nicht lange hinter sich hatte, hielt eine Waffe auf eine Gruppe von Kindern. Einer von ihnen war der Teenager, der zuvor beim Training gehänselt worden war, aber die anderen waren deutlich jünger. Ich konnte sie nicht genau zählen, da der Teenager sich nach Kräften bemühte, die anderen mit seinem Körper abzuschirmen, aber die Namen schossen Orion und mir durch den Kopf:

Isabella, Blumensammlerin.

Taryn, angehende Käferjägerin.

Ricky, Keksbäcker.

Und Ari, der Teenager, von dem sein erster Alpha verlangt hatte, dass er zum Krieger ausgebildet wurde, der sich aber stattdessen dazu berufen fühlte, die ganz Kleinen zu unterrichten.

„Das solltest du lieber nicht tun", fuhr Maya fort. Sie war auf halbem Weg die Treppe hinunter und kauerte über einer großen Gestalt, die ich nicht genau erkennen konnte. Ihre Worte richteten sich eindeutig an den Mann, der die Waffe trug und den sie *Alpha* genannt hatte. „Ich weiß, dass es weh tut", murmelte sie, „aber deine Gefährtin ist fort. Das hier wird sie auch nicht zurückbringen."

Schließlich ergriff der Mann mit der Waffe das Wort, und seine Worte waren von schrecklicher Klarheit. „Clarissa möchte mehr Kinder, also schenke ich ihr mehr Kinder. Ich hätte ihr nicht sagen sollen, dass wir uns auf einen einzigen Sohn beschränken sollten. Aber jeder weitere hätte Donovans Zukunft gefährdet."

Das war also diese große Gestalt. *Donovan.* Meine Hände ballten sich zu Fäusten und ich verlor mich in Orions Erkenntnis. Er/ich/wir hatten den zusammengekrümmten Körper zunächst gar nicht erkannt, weil er so verdreht war, dass er überhaupt nicht mehr menschlich aussah. Das Blut, das wir gerochen hatten, stammte von ihm.

Und obwohl Mayas Gesicht unserem Alpha zugewandt war, presste sie mit ihren Händen etwas, das aussah, als wäre es ihr eigenes zusammengeknülltes Shirt, in Donovans Brustkorb. Ich musste ihr helfen, die Blutung zu stoppen … und ich musste auch die Kinder retten.

Kinder, auf die Maya das Gespräch lenkte. „Deine Gefährtin hat Kinder geliebt. Clarissa würde wollen, dass die

Kinder die Treppe hinaufgehen und im Sonnenschein spielen. Sie ..."

"Ruhe!"

Der Befehl des Alphas peitschte durch die Luft und traf Maya so hart, dass sie ihren Griff um den behelfsmäßigen Verband einbüßte. Das Blut, das aus dem Körper meines besten Freundes floss, verwandelte sich in einen Sturzbach.

Es war an der Zeit, die Sache zu beenden. Maya hatte ihr Bestes getan, um unseren Alpha zur Vernunft zu bringen, aber es war klar, dass er die Nerven verloren hatte. Eine vernünftige Unterhaltung war für ihn nun nicht mehr möglich.

Also würde ich eine andere Vorgehensweise wählen. Ich würde mich selbst zur Zielscheibe machen, damit die Mündung seiner Waffe von den Kindern auf mich gerichtet würde.

Also räusperte ich mich und trat auf die erste Treppenstufe. „Du hast Recht", sagte ich zu dem Mann, der zwei Jahrzehnte zuvor in Rage geraten war, als sein Sohn und ich zu Blutsbrüdern geworden waren. Der sich schon damals, als ich noch so jung war, von meiner beginnenden Dominanz bedroht gefühlt hatte.

„Ich habe immer Recht", knurrte unser Alpha, dessen innerer Wolf sich über meine Worte so sehr freute, dass er sich nicht daran störte, dass eine weitere Person den Raum betrat, obwohl er allen befohlen hatte, sich verdammt noch mal rauszuhalten. „Sag mir, womit hatte ich dieses Mal recht?"

Damals, als wir noch Kinder gewesen waren und das Anritzen unserer Haut für ein kluges Bindungsritual gehalten hatten, hatte Donovan die Wut seines Vaters besänftigt, indem er ihm erklärt hatte, was alle bereits wussten. Egal, wie ich roch, ich taugte einfach nicht zum Alpha, weder vom Verhalten noch von der Persönlichkeit her.

Diese Begebenheit brachte ich jetzt zur Sprache, oder vielmehr eine abgewandelte Version davon.

„Du hattest Recht, dass ich mich nach Donovans Stellung sehne. Ich liebe meine Bücher und Gärten. Ich liebe meine Zeit allein in der Wüste. Aber ich habe weitaus höhere Ambitionen als das."

„Ich wusste es!" Die Waffe flog durch die Luft, während unser Alpha wild herum fuchtelte. Wäre ich dort gewesen, wo Ari war, hätte ich sie mir schnappen können.

Aber Ari hatte sich mit jeder Faser seines Wesens gegen das Kampftraining gewehrt, was ich damals gutgeheißen hatte, jetzt aber bereute. Der Teenager war sich nicht sicher, ob er unseren Alpha entwaffnen konnte. Wenn er es versucht hätte und gescheitert wäre, hätte das die Sache nur noch schlimmer gemacht.

Als Aris Blick mich traf, schüttelte ich den Kopf. Nein, wir konnten nicht riskieren, dass der Teenager strauchelte und eine Kugel eines der jüngeren Kinder traf.

Stattdessen schritt ich die Treppe so langsam hinunter, dass jeder Schritt die Aufmerksamkeit von Chief Wells auf mich lenkte. Schließlich hatte ich Maya und Donovan erreicht und berührte das Gesicht meiner Schwester mit meinem Knie, als ich mich dicht an die Wand drückte, um an ihrem zusammengekauerten Körper vorbeizukommen.

Die Bewegung wirkte belanglos, aber sie muss mich verstanden haben. Sie muss Ari eine ähnliche versteckte Aufforderung übermittelt haben, denn der Teenager drehte der Gefahr, die von seinem Alpha ausging, den Rücken zu. Er erzitterte vor Angst, konzentrierte sich aber darauf, den jüngeren Kindern die Hände über das Gesicht zu legen.

Die Kinder würden von diesem Tag gezeichnet sein. Das waren sie bereits. Aber ich hoffte, dass ich verhindern konnte, dass die Narben so tief waren, dass sie nicht mehr geheilt werden konnten.

Ich war nur zweieinhalb Meter von Chief Wells entfernt, als sein Wolf endlich merkte, dass er verfolgt wurde. Ich war zweieinhalb Meter entfernt, als er das Gewehr ausrichtete und genau dorthin zielte, wo ich gehofft hatte, dass er es tun würde – auf mich.

In dem Augenblick, als sich der Schuss löste, wandelte ich mich, und Chief Wells war nicht schlau genug gewesen, um auf meine Körpermitte zu zielen. Also zischte die Kugel über meinen pelzigen Kopf, während ich mich auf meinen Alpha stürzte, ohne auf die Klamotten zu achten, die an meinen Gliedmaßen herunter hingen, und ohne seine Befehle zu beherzigen: *„Halt!"* und *„Unterwirf dich!"*

Denn Teile der Ängste unseres Alphas waren durchaus begründet. Ich war genauso dominant wie Donovan und sein Vater. Sogar noch dominanter, obwohl ich nie die Absicht hatte, diesen genetischen Glücksfall auszunutzen.

Zumindest bis jetzt nicht. Jetzt setzte ich meine Dominanz ein, um Chief Wells' Worte von meinem Fell abperlen zu lassen. Jetzt setzte ich meine Dominanz ein, um mich weiter vorwärts zu bewegen, bis ich auf die Brust unseres Alphas stieß.

Dort ließ ich meinen Kiefer zuschnappen. Seine Kehle riss auf. Rot und Salz und Wut brachten unseren ehemaligen Alpha zum Schweigen. Stille herrschte in der Krypta.

Dann entriss ich ihm mit den Hinterläufen die Waffe und schleuderte sie in die dunklen Nischen des Bestattungshauses. Das Ganze musste ein Ende haben, aber ich wollte auch nicht mit aller Kraft zubeißen. Durch das Umbringen des Rudelführers wurde die Nachfolge geregelt.

Allerdings hatte ich keine Lust, ein Rudel anzuführen.

Keuchend wandelte ich mich wieder zurück und wischte mir den roten Mund an einem Arm ab, während ich Aris entsetztem Blick begegnete. „Bring sie nach draußen", forderte ich den Teenager auf, der jetzt den Geruch eines Kriegers angenommen hatte. Erst als alle Kinder schluchzend die Treppe hinaufgestiegen waren, wandte ich mich an meinen Blutsbruder. „Donovan. Erweise mir die Ehre."

Trotz des Blutes und seines verkrümmten Körpers war mein Freund nicht bewusstlos gewesen. Nein, als ich mich an ihm vorbeigeschlichen hatte, hatte ich bemerkt, dass er wach war. Mir war klar geworden, dass er Schweigen für das Beste hielt, was er tun konnte, um die Situation zu entschärfen.

Jetzt erwartete ich von ihm, dass er sich aufraffte und sich mit dem auseinandersetzte, was wir beide wussten, dass passieren musste. Schließlich war Donovan als Erbe seines Vaters aufgewachsen. Er war bereit für die Rolle des Alphas, hat sie sogar angenommen.

Warum blieb er dann auf der Treppe liegen? Warum teilte er mir so beiläufig mit: „Ich kann meine Beine nicht mehr spüren."

Ich hievte den beinahe leblosen Körper seines Vaters in meine Arme, obwohl mir die Berührung des Mannes zutiefst zuwider war. „Dann bringe ich ihn zu dir."

„Ry." Donovans Stimme war sanft. So hatte er geklungen, als er mich getröstet hatte, nachdem der Mann, den ich jetzt trug, meine persönliche Bibliothek verbrannt und angeordnet hatte, dass es keine Bücher mehr in der Zentrale des Rudels geben sollte. So hatte er auch geklungen, als er um die Erlaubnis gebeten hatte, meiner Schwester den Hof zu machen, wobei seine Angst, unsere Freundschaft aufs Spiel zu setzen, von ihrem leidenschaftlichen Ruf nach Paarung überschattet worden war.

Donovan benutzte diese Stimme nur für die wichtigsten Angelegenheiten. Ich wollte das nicht hören.

Auch Maya sollte das nicht hören. „Geh", bat ich meine Schwester. „Sieh nach den Kindern."

Da legte sich die Hand meiner Schwester fester um den Verband, sodass sich der Blutfluss aus ihrem Gefährten wieder verlangsamte. Als sie das Wort ergriff, wandte sie sich nicht an mich, sondern an ihren Gefährten. „Wackle doch mal mit den Zehen."

„Das würde ich nur zu gerne", antwortete Donovan. „Aber ich fürchte, diesen Wunsch kann ich dir nicht erfüllen."

Der Kloß in meinem Hals galt in diesem Augenblick nicht nur meinem Freund. Er galt auch mir selbst. Und Maya. Und vor allem unserem Clan, der sich mit jemandem begnügen musste, der nie dazu bestimmt war, Rudelführer zu sein. Mit jemandem, der für diese Rolle denkbar ungeeignet war.

Aber den Clan eines gelähmten Alphas hätte sich der erste machthungrige Rudelführer, der von unserer Dummheit erfahren hätte, unter den Nagel gerissen. Und Donovan wusste, dass ich das nicht zulassen würde.

Also behielt ich die Augen meines Blutsbruders im Auge, während ich seinem Vater das Genick brach.

Kapitel 9

Ich verließ Orions Erinnerung auf die gleiche Weise, wie ich einst aus einem Sumpf in Florida aufgetaucht war. Ich rang nach Luft. Trotz der Hitze, die auf meine Haut drückte, fror ich. Ich hätte mich am liebsten übergeben, aber ich wusste, dass ich mich zusammenreißen musste, um meinen Magen zu beruhigen.

Denn ich lag mit dem Hintern auf dem Boden und die Luft stank nach Wut. Ich wandelte meine Augen genau so, wie Orion in seiner Erinnerung – etwas, von dem ich bisher nicht gewusst hatte, dass ich es kann – und wandelte sie so schnell von Wolfsaugen zu menschlichen Augen, dass der Übergang die Unschärfe beseitigte und mich erkennen ließ, was hier vor sich ging.

Wir befanden uns vor dem Erdkeller, ich so nah an der Tür, dass ich vielleicht unbemerkt gestolpert und hingefallen war. Orion und seine Schwester standen nicht weit von mir entfernt. Währenddessen kündigte das Rumpeln eines sich nähernden Fahrzeugs die baldige Ankunft von jemandem an, der anscheinend der Grund für den Streit war, der gerade im Gange war.

„Du hast Donovan *hierher* geschleift?" Maya stieß Orion gegen die Brust wie ein Betrunkener, der Streit suchte. Er schwankte jedoch nicht und ging schon gar nicht auf den Köder ein. Stattdessen war seine Antwort ruhig.

„Vorrecht des Alphas." Er strich seiner Schwester die Nässe von der rechten Wange und wollte schon zur linken Seite wechseln, als sie ihm die Hand wegschlug.

„Glaubst du nicht, dass es einen Grund dafür gibt, dass Donovan diesen Ort meidet, seit du seinen Vater umgebracht hast?"

„Ich vermute, Donovan hat sich dir zuliebe ferngehalten. Aber wenn du dir Sorgen um deinen Gefährten machst, solltest du dich vielleicht lieber mit ihm unterhalten, bevor er die ganze Mühe auf sich nimmt, aus dem Van auszusteigen."

Maya antwortete nicht. Sie schlich sich einfach in Richtung des Fahrzeugs, das ich schon vor der Sporthalle gesehen hatte. Es war drei Türen weiter zum Stehen gekommen und ich sah Donovan auf dem Fahrersitz, der genauso ruhig wirkte, wie Orion vermutet hatte. Als hätte er ein Jahr nach dem Tod seines Vaters und dem Verlust der Fähigkeit zu laufen und der Hoffnung, Rudelführer zu werden, sein Leben genauso umgekrempelt, wie er sein Fahrzeug umgebaut hat, damit er es auch ohne Pedale fahren konnte.

„Hier." Orions Hand tauchte in mein Blickfeld ein und holte mich aus einer Analyse heraus, die völlig irrelevant war. Ich vermutete, dass es die Nachwirkungen von Orions Erinnerungen waren, die seine Rudelkameraden so wichtig erscheinen ließen, obwohl sie nur eine Randnotiz in der ganzen Geschichte waren. Ich musste mich unbedingt daran erinnern, wer ich war und warum ich überhaupt hierher gekommen war.

Ohne nachzudenken, ergriff ich die Hand, die Orion mir anbot ... und bereute es in dem Augenblick, als sich unsere Finger berührten.

Denn die Tattoos auf meinem Arm rasten auf die Tinte zu, die über seine Fingerknöchel glitt. Ein elektrischer Strom schoss durch meinen ganzen Körper und verschlug mir den Atem. Schnaufend zwang ich mich, loszulassen, und schaffte es nur mit Mühe, meine Füße unter mir zu behalten. Doch die Erinnerung an unsere flüchtige Begegnung führte dazu, dass ich dreimal schlucken musste, bevor ich sprechen konnte.

„Du hast noch nie daran gedacht, Blutmagie zu benutzen, oder?", fragte ich Orion. So eine heftige Erinnerung konnte doch nicht gelogen sein?

„Nein", bestätigte er und sah mir genauso in die Augen wie letzte Nacht, als die Sterne die Mitternacht erhellten. Und ich glaubte ihm. Was auch immer Gabi herausgefunden hatte, um Orion als Schuldigen ausfindig zu machen, es war völlig unbegründet.

Das hieß aber nicht, dass in seinem Teil der Wüste keine Blutmagie eingesetzt wurde. Maya hatte ein klares Motiv und die emotionale Reaktionsfähigkeit, um dies zu untermauern ...

„Meine Schwester ist eine Heilerin", grummelte Orion, als hätte ich meine Gedanken in Worte gefasst, was nicht der Fall war. Diese Erkenntnis reichte aus, um das restliche Kribbeln unserer kurzen Berührung wegzuwischen.

Auch wenn Orion kein verdorbener Rudelführer war, wollte ich dennoch nicht, dass er in meinem Kopf herumspukte. Kein Wunder, dass meine Stimme schroff klang, als ich entgegnete: „Maya ist eine Heilerin mit einem querschnittsgelähmten Gefährten. Sie würde alles tun, um ihn zu heilen."

„Donovan würde das nie zulassen", konterte Orion. „Er glaubt nicht, dass er geheilt werden muss. Und ich auch nicht."

„Deine Schwester hat nach Blut gerochen, als sie mich am Straßenrand aufgelesen hat."

Ich hatte erwartet, dass meine Anschuldigung Orion erschüttern würde. Stattdessen gluckste er und das leise Grollen wärmte mich auf eine Weise, wie es die Wüstensonne nicht vermochte. Es wärmte mich sogar so sehr, dass ich mich zwingen musste, meinen Körper zu beruhigen, um auf Orions Erklärung zu achten:

„Wir sind Wölfe. Wir jagen. Maya hatte heute Morgen frei, als ich nach Hause gekommen bin. Ich habe sie über die Rudelverbindung dabei beobachtet, wie sie einen Hasen gefangen hat."

Ja, natürlich. Daran hätte ich denken müssen. Wenn ich unter Wölfen und nicht unter Menschen aufgewachsen wäre.

Und obwohl hier immer noch Blutmagie im Spiel sein könnte, hatte ich keinerlei Anzeichen dafür wahrgenommen. Widerwillig nahm ich zur Kenntnis, dass ich zum ersten Mal mit leeren Händen zum Rat zurückkehren würde. Keine Erfolgsmeldung an meinen Vater. Keine Sticheleien mit Gabi, während meine Trainerin mich untersuchte, um sicherzustellen, dass ich keine Verletzungen übersehen hatte, über die Celeste erschrocken wäre. Nur eine Bitte an die Verantwortlichen, das nächste Mal etwas besser zu recherchieren.

„Das war kein Zufall", meinte Orion mit sanfter Stimme, als hätte er meine Gedanken gehört und wüsste, dass er meine

Welt ins Wanken brachte. „Prince war nicht schuldig. Ich bin es auch nicht. Wirst du wirklich weiterhin den Leuten blind vertrauen, die dich losgeschickt haben, um unschuldige Männer zur Strecke zu bringen?"

Dann schlug er eine ganz andere Vorgehensweise vor. Ich hatte keinen Grund, dem zuzustimmen.

Und doch verdrehte sich das Gefährtenbranding auf eine Weise, die eine seltsame Sehnsucht in mir weckte. Ich öffnete den Mund, und das Wort, das ich mich sagen hörte, war:

„Ja."

ICH NAHM DIE GRÜNDLICHSTE seifenfreie Dusche der Welt in einem der Häuser in der Nähe der Krypta und beobachtete durch das winzige Fenster in Nasenhöhe, wie sich Orion und seine Schwester wieder einmal neben Donovans Van stritten. Ich konnte sie wegen des fließenden Wassers nicht hören, aber ich konnte erahnen, was sie sagten, weil Maya mich so anfunkelte. Und wie sie die Beifahrertür zuschlug und ihren Kopf entschlossen von ihrem Bruder abwandte, während Donovan und Orion sich freundschaftlich verabschiedeten.

Orion hatte seinen Plan dargelegt und seine Schwester war davon alles andere als begeistert. Das Gefährtenbranding wanderte unangenehm über meine Haut und ich musste ihn daran erinnern, dass Mayas Zorn nicht unser Problem war. Ich musste mich auf mein eigenes Handeln besinnen, auf das, was vor mir lag.

Inzwischen war meine Haut schon knallrot und sauber, aber meine Haare hatte ich nicht gewaschen, trotz der Blutflecken, die von dem Kampf zurückgeblieben waren. Ich war nie lange genug im Einsatz, um zu duschen, und tat das jetzt auch nur, weil Orions Geruch aus meinen Poren drang und es mir schwer fiel, klar zu denken.

Außerdem musste ich ganz normal aussehen und riechen, wenn ich mich mit Gabi traf. Nur für den Fall, dass sich Orions irrwitzige Behauptung als richtig erweisen sollte.

Er traf mich an der Haustür, wir waren beide nackt. Ich hatte keinen Grund gesehen, die verschwitzten, geliehenen Klamotten wieder anzuziehen, wenn ich sie nur Augenblicke später wieder ausziehen würde, und er hatte offenbar auch keinen Grund gesehen, sich eine Hose zu suchen. „Bist du sicher, dass du das tun möchtest?", fragte ich und versuchte, meinen Blick geradeaus zu richten, obwohl meine Augen immer wieder nach unten wanderten.

Orions Augen hingegen wichen nicht von meinen.

„Die Nachricht über den heutigen Kampf verschafft unserem Rudel eine Atempause", antwortete er. „Maya und Donovan werden es gut führen, solange es nicht zu einem Angriff kommt."

Das war nicht meine Frage gewesen. Ich war nicht um sein Rudel besorgt.

Aber wir hatten dieses Gespräch bereits geführt. Es gab keinen Grund, es zu wiederholen.

Also wandelte ich mich so, wie ich das fast nie bei einem Job tat. Ich biss nicht die Zähne zusammen, um das Wandeln zu verlangsamen, damit ich schwach und gefügig wirkte. Stattdessen ließ ich die Wandlung schnell und locker über mich hereinbrechen, wie unter der Dusche zu stehen und den Fluss zu genießen.

Trotz meiner Geschwindigkeit war Orion bereits in Wolfsgestalt, sobald ich fertig war.

Einen langen Augenblick lang musterten wir uns gegenseitig. Seine dunklen Augen funkelten mit kleinen Sternchen und ich hatte den Eindruck, dass er sich von meinem schnellen Wandeln nicht bedroht fühlte. Vielmehr war er davon beeindruckt. Vielleicht war er auch von mir beeindruckt.

Mein Brustkorb fühlte sich so voll an, wie schon lange nicht mehr, als ob die Nähe zu Orion es mir ermöglicht hätte, noch tiefer zu atmen. Er hat mein wahres Ich gesehen, das ich bislang noch niemandem gezeigt habe, und das hat ihm gefallen.

Aber das spielte jetzt keine Rolle mehr. Ich hatte immer noch eine Aufgabe, wenn auch eine andere als zu Beginn dieses Tages. Also schenkte ich dem Schwindel, der mich überkam, keine Beachtung, während wir uns auf den Weg zum Canyon machten, in dem wir uns verpaart hatten. Gemeinsam flitzten wir durch die Wüste, wobei unsere Pfoten im Gleichschritt stampften, obwohl seine Beine länger waren als meine und ich mich nicht weiter streckte, als was sich angenehm anfühlte.

Sich als Wölfin zu bewegen, schwemmte endlich die seltsamen menschlichen Hormone weg, die mich durchströmt hatten. Nach einer Weile war ich in der Lage, zu Orion hinüberzusehen, ohne dieses seltsame Flattern im Magen zu spüren. Ich konnte seine Verletzungen in Augenschein nehmen, die nun nicht mehr bluteten. Seinen Gang, der von der letzten Schlacht nicht beeinträchtigt zu sein schien.

Orion hatte versichert, dass er fit genug war, um das zu tun, was er vorgeschlagen hatte. Und nach einer ausführlichen

Bestandsaufnahme kam ich zu dem Schluss, dass er Recht hatte.

Ich entspannte mich und genoss es, in Wolfsgestalt neben einem anderen Wolf herzulaufen, vor dem ich mich nicht in Acht nehmen musste. Die Zeit verschwamm und wurde durch die unendliche Gegenwart ersetzt.

Ich hätte ewig so weiterlaufen können. Wir erreichten die Sporthalle viel zu früh.

Der zusammengeknüllte Haufen meiner eigenen Kleidung lag genau dort, wo ich sie zurückgelassen hatte. Ich wandelte mich, strauchelte leicht und schluckte schwer, als Orions Hand mich wieder aufrichtete. Es war zwar nur ein leichtes Berühren meiner Schulter mit seinen Fingern, aber es reichte aus, um mich in helle Aufregung zu versetzen.

Trotzdem musste ich besonnen vorgehen. Also trat ich einen Schritt beiseite und dachte an die Tracking-App auf meinem Handy. Julius hatte sie für Notfälle installiert. *Nur für den Fall, dass du in Schwierigkeiten gerätst und dich nicht melden kannst. Dann finde ich dich. Und hole dich da raus. Verlass dich drauf.*

Wir hatten diesen Notfallplan nie gebraucht. Aber es gab ihn.

Das bedeutete, dass der Standort von Orions versteckter Zentrale des Rudels nun aktenkundig sein würde. Falls Orion Recht hatte und alles schiefging ...

Ich öffnete meinen Mund, um ihn zu warnen, aber seine breite Handfläche legte sich sanft wie ein Schmetterling über meinen Mund. Er sprach jedoch nicht. Schüttelte nur den Kopf und ich wusste irgendwie, dass er meine Sorge verstand, sie in Betracht gezogen hatte und sich mehr Gedanken darüber machte, dass der Rat möglicherweise alles ausspionieren würde, was ich in der Nähe des Handys sagte, als darüber, dass sie die Standortdaten zu einem späteren Zeitpunkt verwenden könnten.

Ich verdrehte angesichts dieser absurden Annahme die Augen. Der Rat spionierte mir nicht nach. Ich war ihre rechte Hand. Die Adoptivtochter eines Ratsmitglieds.

Trotzdem schwieg ich. Ich griff in die versteckte Tasche an der Seite meiner Jeans und zog die Spritze mit dem schnell wirkenden Beruhigungsmittel heraus.

Und ohne zu widersprechen, ließ mich Orion auch den letzten Tropfen des Mittels in seinen Hals spritzen.

Kapitel 10

Der Rat hatte überall im Land provisorische Übergabepunkte eingerichtet, die verhindern sollten, dass Unbeteiligte die Polizei riefen, wenn wir einen bewusstlosen Shifter auf einer Trage herein rollten. Ich erfuhr nie, wohin ich den nächsten Täter bringen sollte, bis ich ihn bereits betäubt in meinem Auto hatte.

„Wohin geht es dieses Mal?", fragte ich Julius über die Freisprechanlage, während ich die kurvenreiche Straße entlangfuhr, die von Orions Rudelzentrale wegführte. Der Alpha, den ich als Gefährten ausgewählt und dann betäubt hatte, lehnte an der Beifahrerscheibe und war immer noch weggetreten.

„Ich schicke dir die Adresse." Die Stimme meines Vaters war wie immer kurz angebunden, aber ich wusste, dass er sich freute, von mir zu hören, denn er legte nicht sofort auf. Stattdessen räusperte er sich und fuhr fort: „Der Geburtstag deiner Schwester ist nächste Woche."

„Das habe ich nicht vergessen."

„So wie ich letztes Jahr?" Es kam selten vor, dass Julius sich über sich selbst lustig machte, aber dieses Mal war seine Selbstironie laut und deutlich zu vernehmen. „Ich möchte das wieder gut machen. Ich besorge ihr ein Geschenk, über das sie sich wirklich freut."

„Also kein Sportwagen ohne kindgerechte Rückbank? Keine tausend Dollar teure Handtasche, die ihre Klasse in weniger als einem Tag kaputt macht?"

Julius räusperte sich und schenkte meiner Aufzählung seiner vergangenen Katastrophengeschenke keine Beachtung. „Hast du irgendwelche Tipps für dieses Jahr?"

Zu jedem anderen Zeitpunkt hätte ich es geliebt, mit meinem Vater ein Brainstorming über Geschenkideen zu machen. Aber der kalte Kloß in meinem Magen wurde jedes Mal schlimmer, wenn ich zu Orions reglosem Körper hinüberblickte. Und dann war da noch die Sache mit den Tattoos, die sich um unsere beiden Arme schlängelten.

Ich hätte das Gefährtenbranding schon früher auflösen sollen. Aber da Orion nun bewusstlos war, traute ich mich nicht, aus Angst, ihn noch weiter zu verletzen.

Ich trommelte mit den Fingern gegen mein Knie und versuchte mich daran zu erinnern, was Gabi darüber gesagt hatte, was passieren würde, wenn ich die Gefährtenbindung brechen würde. Mein Gefühl sagte mir, dass es nichts Gutes bedeuten würde.

Als ob es auf meine Gedanken reagiert hätte, drückte das Gefährtenbranding so fest zu, dass mir die Knochen weh taten. Meine Finger wanderten in eine andere verborgene Tasche und griffen nach der zweiten Spritze, die ein Gegenmittel für das Beruhigungsmittel enthielt. Wenn ich Orion aufweckte …

„Nein", sagte ich laut und legte meine linke Hand wieder auf das Lenkrad, ballte die Finger fest zusammen und klammerte mich daran fest.

„Wie bitte?", fragte Julius.

„Tut mir leid. Der Verkehr", log ich. Dann kehrte ich zum ursprünglichen Thema zurück und antwortete mit mehr Nachdruck, als eigentlich angemessen war. „Schickes Briefpapier."

Glücklicherweise schätzte Julius Effizienz und störte sich daher nicht an meinem Tonfall. Er war jedoch über den Vorschlag selbst stutzig geworden. „Celeste nimmt doch alles, was ich ihr kaufe, mit in die Schule und lässt ihre Schüler dann in teuren Sachen herumwühlen."

„Das macht ihr aber Freude und ist doch der eigentliche Sinn des Geschenks."

Am anderen Ende der Leitung grummelte Julius. Aber ich wusste, dass er das schickste Briefpapier bestellen würde, das man sich vorstellen konnte. Außerdem wusste ich, dass Celestes ganzes Gesicht vor Freude darüber strahlen würde. Und letztlich wusste ich auch, dass unser Vater einen Teil seines Geschenks so gestalten würde, dass es kaum zu transportieren war und Celeste es deshalb für ihren persönlichen Gebrauch zu Hause aufbewahren musste.

Dabei nahm ich in Kauf, dass ich mir eine andere Geschenkidee für mich selbst einfallen lassen musste und die Regenbogensammlung von Füllfederhaltern, die ich bereits gekauft hatte, für einen späteren Zeitpunkt aufheben musste. Denn Celeste liebte zwar Schreibwaren, aber ich wollte nicht, dass sie dachte, dass das alles war, was wir in ihr sahen. Ich würde mir für diesen Geburtstag ein anderes Geschenk ausdenken müssen, das eine ganz andere Seite von ihr ansprach.

Aber dafür würde später noch Zeit sein. Nun schlug Orions Stirn mit jedem Augenblick, der verging, gegen die Fensterscheibe, wenn die Straße holprig wurde. Das Tattoo auf meinem Arm juckte und ich zog meinen Ärmel herunter, um es besser zu verdecken.

Dieser Job war noch nicht erledigt. Da durfte ich nicht über meine Schwester nachdenken.

Oder darüber, wie mein Vater aufgelegt hatte, ohne sich zu verabschieden. Stattdessen wischte ich Julius' mangelnde Manieren beiseite, hielt an und gab die Adresse der medizinischen Einrichtung, die er mir geschickt hatte, in die Kartensoftware meines Handys ein.

Dann schob ich die zweite Spritze mühsam tiefer in die Tasche, anstatt sie herauszuziehen. Und machte mich wieder auf den Weg.

DER REST DER FAHRT war unerträglich ruhig, obwohl ich das Radio eingeschaltet hatte und an viel längere Fahrten alleine gewöhnt war. Trotzdem ertappte ich mich dabei, wie ich mich mit Orions schlafendem Körper unterhielt, während ich durch die dunklen Straßen der Einrichtung für betreutes Wohnen fuhr, die unser Ziel war. „Wenigstens ist es keine Leichenhalle", murmelte ich, als ich auf den Parkplatz der dazugehörigen Klinik einbog.

Orion antwortete nicht. Das konnte er auch gar nicht, denn die Medikamente, die ich ihm gespritzt hatte, sollten ihn noch mindestens eine Stunde lang betäuben.

Aber das Schweigen würde schon viel früher gebrochen werden. Denn sobald ich an der Tür ankam, war Gabi bereits auf dem Weg nach draußen. Währenddessen klappten zwei Männer, die ich noch nicht kannte, eine Rolltrage aus, um Orion hineinzubringen.

Alles verlief nach Plan.

Ich hatte erwartet, dass sich Erleichterung in mir ausbreiten würde. Schließlich hatte ich sowas schon so oft erlebt. Aber die grellen Scheinwerfer, die auf den Parkplatz gerichtet waren, ließen die Jungs, die Gabi mitgebracht hatte, sowohl körperlich als auch seelisch *abgehärtet* erscheinen. Mir gefiel der Gedanke nicht, dass sie Hand an Orion legten, während er bewusstlos war.

Hatte ich jemals wirklich darauf geachtet, dass bei jeder Übergabe andere dieser Schlägertypen angeheuert wurden? Dass es sich bei diesen Kerlen um Schurken wie in Filmen handeln könnte, denen der Oberbösewicht befiehlt, die Hauptfigur blutig zu schlagen, während sie an einen Stuhl gefesselt ist und sich nicht wehren kann?

Zu melodramatisch?, schalt ich mich selbst. Wenn ich die von Orion vorgeschlagene List durchziehen wollte, musste ich einen klaren Kopf behalten.

Also blieb ich im Auto und kramte in meiner Handtasche, bis Gabi ungeduldig wurde und ans Fenster klopfte. „Probleme?", sagte sie.

Wie immer war meine Mentorin-Schrägstrich-Kollegin ein Widerspruch in sich. Sie trug Kampfausrüstung, die eine männliche Ausstrahlung vermittelte, während jede ihrer Bewegungen an Ausdruckstanz grenzte. Sie war entspannt und gleichzeitig bereit, in jedem Augenblick zuzuschlagen. Auch wenn ich mich von meiner jugendlichen Heldenverehrung verabschiedet hatte, verkörperte Gabi immer noch alles, wofür ich so hart trainiert hatte.

Nun hob sie eine Augenbraue und nannte meinen Namen. „Elspeth?"

Ich hatte sie schon viel zu lange gemustert. Trotzdem konnte ich nicht verhindern, dass ich einen Finger erhob, um sie um mehr Geduld zu bitten.

Denn wenn Gabis Handlanger jetzt Orions Tür öffneten, könnte sich seine zusammengesackte Haltung im Sicherheitsgurt verdrehen und ihn erwürgen. Um das zu verhindern, zog ich an seiner Schulter und versuchte, ihn wieder in die Mitte zu bringen. Ohne Erfolg. Sein muskelbepackter Körper machte es unmöglich, ihn zu bewegen.

Dann öffnete sich meine Tür. Kühle Abendluft strömte herein, zusammen mit Gabi's launigen Worten. „Du weißt aber schon, dass das nicht deine Aufgabe ist. Bringen wir deinen Check-up hinter uns, dann kannst du heimgehen."

Meinen Check-up. Ich zog die Ärmel des dünnen Pullis, den ich über meine Bluse gestreift hatte, etwas weiter nach unten und hoffte, dass die Tattoos oberhalb des Handgelenks damit außer Sicht bleiben würden. Ich hätte die Gefährtenbindung brechen sollen. Der Grund, warum ich das nicht getan hatte, war in diesem Augenblick wenig einleuchtend.

„Wir können den Check diesmal eigentlich überspringen", teilte ich ihr mit. „Diesmal hat es keine Probleme gegeben."

„Keine?" Gabi schürzte ihre Lippen auf die Weise, die mich und Celeste als Teenager so fasziniert hatte. „So sieht er aber nicht aus."

Ich musste mich sehr zusammenreißen, um mich nicht umzudrehen und mich zu vergewissern, dass Orions Verletzungen nicht wieder aufgegangen waren. Um den Drang zu überspielen, kicherte ich, was ich mir normalerweise dafür aufsparte, wenn ich dominante Shifter dazu verleiten wollte, mir die Tür zu öffnen, und stillte dann Gabi´s Neugierde. „Das war doch nicht mein Werk. Nachbarn haben das Rudel überfallen, bevor ich ihn allein erwischen konnte."

Entweder das Kichern oder das Erzählte müssen gewirkt haben, denn Gabis ausdrucksstarkes Gesicht nahm einen verächtlichen Ausdruck an. „Wölfe. Die lieben es, zu kämpfen."

Mein „Ja" war ein bisschen zu langsam, denn ihre ablehnende Haltung bestätigte genau das, was Orion angedeutet hatte, bevor ich ihn betäubt hatte. *„Der Rat ist nicht so",* hatte ich ihm entgegnet und seine wahnwitzige Behauptung zurückgewiesen, die Alphas, die ich schnappen sollte, wären unbeteiligte Zuschauer, die in ein noch größeres Machtspiel verwickelt wären. *„Wir bewahren den Frieden in einer Weise, zu der Werwölfe untereinander nicht fähig sind."*

„Untereinander nicht fähig?" Orion hatte den Kopf schief gelegt. *„Nicht fähig? Besteht der Rat nicht auch aus Wölfen?"*

„Das versuche ich dir doch schon die ganze Zeit zu sagen." Ich hatte den seltsamen Drang verspürt, mich von dem Gespräch zu entfernen. Aber es war zu wichtig, um sich davor zu drücken, also hatte ich mich dazu gezwungen, zu verharren und zu reden. *„Der Rat setzt sich aus Menschen zusammen. Die sind neutral und lassen sich nicht von den Interessen der Rudel beeinflussen."*

„Findest du das nicht auch seltsam? Dass ein Regierungsgremium die Leute, die es vertritt, nicht zu seinen Mitgliedern zählt?"

Das hatte ich nicht. Zumindest bis jetzt nicht, denn Gabis Verachtung hatte mich völlig aus den Socken gehauen.

In mir wachte meine Wölfin auf und nahm das Gesagte zur Kenntnis. Oder vielleicht reagierte ich auch nur auf die Art und Weise, wie die Männer Orions Tür ohne Rücksicht auf seine Sicherheit aufrissen und ihn auf die Trage schmissen, als wäre er eine Leiche und keine schlafende Person. Ich musste mich auf meine Hände setzen, um mich davon abzuhalten, auf den leeren Beifahrersitz zu greifen, um sicherzustellen, dass es ihm gut ging.

„Wie auch immer", meinte Gabi und lenkte meine Aufmerksamkeit wieder auf sich. „Sobald ich dich untersucht habe, kriegst du dein Flugticket. Wenn wir uns beeilen, können wir noch einen Happen essen, bevor du am Flughafen ankommst. Hast du Lust auf irgendwas Bestimmtes?"

Ich war so daran gewöhnt, Gabis unausgesprochene Befehle zu befolgen, dass ich schon aus dem Auto und im Gebäude war, bevor ich es überhaupt merkte.

Zum ersten Mal fragte ich mich, ob Gabis Umgang mit mir genauso gespielt war wie der, den ich bei meiner Arbeit an den Tag legte, wenn ich mich wieder mal als hilflose Jungfrau in Not ausgab.

Mit diesem Gedanken im Hinterkopf ließ ich ihre Frage nach meinem Heißhunger unbeantwortet. Stattdessen stellte ich ihr eine eigene Frage. „Wo landen die Alphas eigentlich, die ich dir immer bringe?"

Wir standen jetzt an der Tür zu einem leeren Untersuchungsraum, der gegenüber von dem Raum lag, in den die Männer Orion hinein gerollt hatten. In der Vergangenheit hatte ich mich nie darum gekümmert, was mit den Tätern geschah, weil ich davon ausgegangen war, dass sie die gleiche Routineuntersuchung erhielten wie ich. Blutdruckmanschette, Stethoskop, Ohrenspiegel-Dingsbums. Nur die Tatsache, dass ich nackt bleiben musste und keinen Papierkittel anziehen durfte, unterschied meine Untersuchung von der, die Menschen beim Hausarzt über sich ergehen lassen mussten. Aber für eine Shifterin war das Nacktsein keine so große Sache.

Jetzt aber blieb ich im Flur stehen, um Orion nicht aus den Augen zu verlieren, wenn er sich nicht schützen konnte. „Mach die Tür hinter dir zu", forderte mich Gabi aus dem ansonsten leeren Untersuchungsraum auf. „Kein Grund, den Jungs eine Show zu bieten."

Auf meine Frage hatte sie nicht geantwortet. Und plötzlich ergab Orions Plan überhaupt keinen Sinn mehr.

„Bring mich wie immer rein", hatte er vorgeschlagen. *„Stöbere unauffällig herum und ich werde das Gleiche tun, so gut ich kann, egal wo sie mich einsperren. Falls du deine Meinung über den Rat ändern solltest, können wir uns ja etwas einfallen lassen, um mich zu befreien."*

Aber konnten wir das wirklich? Wenn ich nicht mal wusste, wo er festgehalten wurde? Ich war mir mittlerweile nicht mehr so sicher, ob der Rat die Shifter, die ich hergebracht hatte, am Leben gelassen hatte.

Außerdem erinnerten mich die Tattoos auf meinem Arm daran, dass ich dieses Mal unbedingt vermeiden wollte, dass Gabi mich nackt sah. „Ich muss mal", sagte ich zu der Frau, von der ich gedacht hatte, sie wäre meine Freundin, aber vielleicht war sie das ja gar nicht.

Bevor Gabi mich aufhalten konnte, eilte ich den Flur entlang zu der Unisex-Toilette zwischen den Untersuchungsräumen und dem Eingang. Ich verriegelte die Tür, ließ mich auf den Toilettensitz sinken und holte mein Handy heraus.

JULIUS ANTWORTETE NICHT auf meine Nachrichten. Er nahm auch nicht ab, als ich versuchte, ihn anzurufen. Aber einer der Schläger kam schon nach ein paar Minuten und hämmerte gegen die Tür.

„Alles in Ordnung da drin?"

„Krämpfe", teilte ich ihm mit. „Und ich habe keinen frischen Tampon dabei. Kannst du mir vielleicht einen besorgen?"

Ich hatte noch nie gehört, dass sich Schritte so schnell entfernt hatten.

In der kurzen Atempause, die mir meine vorgespielte Monatsblutung verschafft hatte, überlegte ich, was ich tun könnte. Ich wollte Celeste da nicht mit hineinziehen, aber ich konnte auch nicht ewig auf dem Klo bleiben. Vor allem, weil ich nicht wusste, ob der Muskelmann Orion nicht schon in ein anderes Fahrzeug verfrachtet hatte, um ihn wohin auch immer zu transportieren.

Also schrieb ich meiner Schwester eine Nachricht. „*S.O.S. Kann dir das jetzt nicht erklären, aber ich brauche dich, um Gabi und ihre Handlanger abzulenken.*"

Ihre Antwort kam sofort. „*Jetzt gleich?*"

Ich schickte ihr ein Daumen-nach-oben-Emoji und biss mir auf die Lippe, während ich wartete.

Da klingelte weiter unten im Flur ein Handy. Das Gemurmel von Gabi's Stimme war gerade noch so weit entfernt, dass ich keine Worte verstehen konnte, aber ich zählte drei Paar Füße, die aus den Untersuchungsräumen kamen. Sie liefen ohne zu zögern an meinem Klo vorbei und die Eingangstür schlug hinter ihnen zu, als sie hinausgingen.

Erst dann warf ich mein Handy in die Toilette und riss die Tür auf.

Der Flur schien leer zu sein, aber meine Wölfin ließ sich einfach nicht beruhigen und ich konnte ihr das nicht verdenken. Ich musste mich zwingen, nicht noch schneller zu gehen, als ich mich dem Raum näherte, in den Orion gebracht worden war. Falls er weg war ...

Orion war noch da. Aber er sah so seltsam aus, bewusstlos und mit einem Krankenhauskittel bekleidet, statt mit den Klamotten, die er angezogen hatte, bevor ich ihn betäubt hatte. Als hätte man ihm sämtliche Lebenskraft entzogen und sein Alter um Jahrzehnte erhöht.

Sein Herzschlag war jedoch immer noch gleichmäßig, als ich meine Finger an seinen Hals legte. Ich wartete darauf, dass sich unsere Tattoos bei der Berührung bewegten, aber die schliefen genau wie er. Alles deutete darauf hin, dass Orion weit davon entfernt war, hier auf eigenen Füßen zu stehen.

Das würde er aber, sobald ich das Gegenmittel benutzt hatte. Es war für den Notfall gedacht, dass mir mein eigenes Beruhigungsmittel injiziert wurde und ich die Wirkung aufheben musste, bevor ich einschlief. Ich hatte dafür trainiert, den Kolben schnell genug zu drücken, um zu wissen, dass das zweite Mittel wirken würde.

Ich kramte also die zweite Spritze aus ihrer versteckten Tasche und versuchte, eine Vene zu finden, in die ich injizieren konnte, als Gabis Stimme durch die Tür zu mir drang. „Elspeth, was glaubst du eigentlich, was du da tust?"

Kapitel 11

Die Spritze glitt mir aus den Fingern und schlitterte über den Boden, wo sie eine feuchte Spur hinterließ. Ein Teil des Medikaments war verloren gegangen, und es war reines Glücksspiel, zu hoffen, dass die für mich vorgesehene Menge bei Orions größerem Körper ihre Wirkung entfalten würde. Also jagte ich der Spritze nicht hinterher. Stattdessen antwortete ich Gabi.

„Einen klugen Fehler begehen."

Ihr Mundwinkel zuckte, was bewies, dass sie sich an dasselbe Gespräch wie ich erinnerte. Celeste und ich hatten unter Gabis Aufsicht in einem Alter trainiert, in dem das Getuschel über Geheimnisse viel interessanter gewesen war als Sparring. Aber wenn man im Kampf unkonzentriert war, hatte das Folgen. Celeste hatte sich den Knöchel verstaucht und Gabi hatte schließlich die Beherrschung verloren.

„Keine blöden Fehler mehr", hatte sie uns ermahnt und uns damit an das erinnert, was wir nur allzu oft vergessen hatten. Immerhin war sie nicht unsere Spielkameradin. Sie war unsere Lehrerin.

Daraufhin war ich vor Angst regelrecht erstarrt. Gabi war die Autoritätsperson und wir hatten sie enttäuscht. Sie würde Julius berichten, dass ich versagt hatte, und Julius würde mich verstoßen, genau wie meine leiblichen Eltern. Ich würde ...

Celeste hatte mich immer schon besser einschätzen können als jeder andere, und sie ging mit meinen seltenen Erinnerungen an elterliche Vernachlässigung äußerst behutsam um. Deshalb war ich auch nicht überrascht, als sich ihre blauen Augen geweitet hatten und sie die ganze Sache in einen Scherz umgewandelt hatte. *„Wir begehen nur kluge Fehler. Nicht wahr, Gabi?"*

Einen Augenblick lang war ich überzeugt gewesen, die Ablenkung würde nicht gelingen. Dann hatte Gabi einen letzten genervten Atemzug ausgestoßen, bevor sie uns beide in die Arme genommen hatte. *„Habe ich euch etwa zu sehr unter Druck gesetzt? Sollen wir heute Nachmittag ausfallen lassen?"*

„Offensichtlich", hatte Celeste geantwortet. Ihre kleine Hand hatte damals meine gefunden, so wie meine erwachsene Hand jetzt zwischen Orions viel größere Finger glitt. Und genau wie damals, als ich noch ein Kind gewesen war, besänftigte der menschliche Kontakt das Adrenalin, das durch meine Adern floss.

Ich war nicht allein. Ich war mit ihm verbunden.

Und zwar nicht nur mit Orion. Auch Gabi vor mir wurde ganz sanft, so schon vor dreizehn Jahren. „Sprich mit mir, Elspeth. Was ist los mit dir?"

Ich hatte meine Zweifel an der Organisation, der wir beide angehörten, aber weil ich mehr als die Hälfte meines Lebens zu Gabi aufgeschaut hatte, wollte ich ihr die Gelegenheit geben, zu beweisen, dass sie unschuldig war. „Orion hat nichts mit der Blutmagie zu tun", erklärte ich ihr. „Irgendwas liegt da im Argen, aber nicht in seinem Rudel."

Ich erwartete eine sofortige Erwiderung. Stattdessen tippte Gabi sich einen langen Augenblick lang schweigend auf die

Lippen. Dann betrachtete sie unsere ineinander verschränkten Finger und stellte eine verwegene Vermutung an, die zufällig der Wahrheit entsprach. „Du bist mit ihm verpaart."

„Du vermutest, dass ich dadurch nicht mehr klar denken kann, aber so ist das nicht." Während ich noch redete, kroch das Tattoo über meine Haut und zwang mir ungewollt weitere Worte auf. „Und nein, ich habe nicht vor, unsere Bindung zu brechen."

Jedenfalls nicht, solange Orion bewusstlos war. Später, sicher. Aber jetzt noch nicht …

Zum Glück drängte Gabi nicht weiter. „Das verlange ich ja auch gar nicht von dir", versicherte sie mir.

Gleichzeitig rückte sie unmerklich näher an mich heran. Meine Muskeln spannten sich an. Konnte ich Gabi außer Gefecht setzen? Sie hatte mich trainiert, was bedeutete, dass ich ihren Kampfstil besser kannte als jeder andere … so wie sie auch meinen kannte.

Doch anstatt anzugreifen, begab sich Gabi wieder auf ihren Platz und bot mir einen Ausweg an. „Wie wäre es damit? Du bleibst an ihm kleben wie eine Klette, während wir die Schuldfrage klären. Sollte er unschuldig sein, ist er morgen um diese Zeit wieder frei."

Noch bevor sie halb fertig war, schüttelte ich den Kopf. „Gegenvorschlag: Du lässt zu, dass wir von hier verschwinden. Dann gehst du den Falschinformationen nach, die mich zu seinem Rudel geschickt haben, während ich das Gleiche von außen tue. Sollte sich herausstellen, dass es sich bei dem Schuldigen um eine einzelne Person handelt, beseitigen wir das Problem."

Es war schwer, meine Stimme ruhig zu halten, während das Tattoo sich immer mehr drehte und meinen Arm umklammerte wie eine Schlange, die drauf und dran war, ihre Beute zu erwürgen. Was es mir damit sagen oder antun wollte, war mir schleierhaft, aber so viel wusste ich: Der daraus hervorgehende Schmerz war eine Ablenkung, die ich mir nicht leisten konnte.

Also ließ ich Orions Hand los ... oder versuchte es zumindest. Meine Finger schienen jedoch mit unsichtbaren Fäden an seine Finger gebunden zu sein.

Ich hatte versucht, Gabis Aufmerksamkeit von den Tattoos abzulenken, aber die Zeit, unsere Verbindung geheim zu halten, war vorbei. Also ließ ich meinen Blick nach unten schweifen und entdeckte, was ich bereits hätte ahnen müssen. Die Fäden, die ich gespürt hatte, waren Tattoos, seine und meine, die an jeder Stelle, an der sich unsere Haut berührte, miteinander verschmolzen waren.

Das Gefährtenbranding wollte, dass unsere Hände verschränkt blieben. Das war süß ... aber auch ein ziemliches Handicap, wenn ich mir den Weg nach draußen freikämpfen wollte.

Ich zog fester an meinem Arm, aber ohne Erfolg. Gabi hielt ihr Handy ans Ohr und ich wusste ganz genau, dass sie gerade ihre Schläger anrief.

Mir gingen verschiedene Möglichkeiten durch den Kopf. Ich konnte Orions Körper während einer Auseinandersetzung nicht tatsächlich hinter mir herschleifen, aber ich konnte etwas nach Gabi werfen.

Allerdings war der Untersuchungsraum klinisch kahl. Nichts Handfestes war in Reichweite.

Und dann lösten sich Orions Finger von meinen Fingern. Seine Augen öffneten sich und gaben den Blick auf das Mitternachtsblau frei. „Ich nehme an", begann er mit einer so rauen Stimme, dass mir die Kehle weh tat, „dass sich der Plan geändert hat?"

Ich antwortete nicht. Stattdessen wirbelte ich durch den Raum und zielte auf Gabis rechte Hand. Ich schnappte mir das Handy und tat mein Bestes, um sie so lange abzulenken, bis Orion wieder auf die Beine kam. Zwei gegen eine, wir würden es mit ihr aufnehmen können ...

Da knickten meine eigenen Beine ein. Ich griff nach Gabis Schulter, nicht, um sie aufzuhalten, sondern um mich selbst davor zu bewahren, hinzufallen. Leider pochte mein Kopf so stark, dass mein verzweifelter Griff daneben ging.

Ich griff in die Luft und mein ganzer Körper kam aus dem Gleichgewicht. Ich wäre wohl vollends zu Boden gegangen, wenn sich nicht eine pelzige Schulter gegen meine Seite gestemmt und mich aufgerichtet hätte. In diesem Augenblick ging Gabis Anruf durch.

„Eric", sprach sie mit ruhiger Stimme in ihr Handy, obwohl ihre Aufmerksamkeit jetzt ganz auf einen grummelnden Orion gerichtet war. „Neue Erkenntnisse. Die Wölfe sind in der Nähe des Nordeingangs aufgetaucht."

Dabei waren wir doch von Süden her gekommen. Ich runzelte die Stirn und versuchte, mir einen Reim darauf zu machen, was hier gerade vor sich ging.

„Du möchtest, dass ich in diese Richtung gehe?" Die harsche Stimme war dieselbe, die durch die Badezimmertür zu mir gesprochen hatte.

„Ihr beide", antwortete Gabi und ihr Blick bohrte sich in meinen. „Elspeth und ich nehmen die Südseite."

„Was machst du da?", fragte ich und versuchte, mit meinem benebelten Hirn zu verstehen, warum Gabi ihren Anruf beendet hatte, ohne nach Verstärkung zu fragen.

„Ich eröffne euch beiden einen Fluchtweg", antwortete sie und wirkte dabei so sehr wie die Frau, zu der ich aufgeschaut hatte, dass ich mich zu ihr beugte. „Du vertraust mir nicht und das kann ich dir nicht verdenken. Komm erst mal wieder zu dir und ruf mich dann morgen an. Nein, warte, du hast dein Handy in die Toilette fallen lassen. Hier, nimm meins."

Sie hielt es mir hin. Ein Friedensangebot ... oder eine Falle? Wenn meines zurückverfolgt werden konnte, würde das auch auf ihres zutreffen.

Ich schüttelte den Kopf. „Ich melde mich, aber vielleicht nicht morgen und vielleicht auch nicht telefonisch."

Gabi versuchte gar nicht zu widersprechen. Sie nickte nur und ratterte eine Adresse herunter. „Ich warte dort jeden Morgen auf dich, solange es mir möglich ist. Dabei versuche ich, Zeit für euch zu gewinnen. Aber ... sei vorsichtig, Elspeth. Wenn du einmal vom Weg abgekommen bist, kann es schwer sein, wieder auf ihn zurückzufinden."

Ihre Worte gingen mir nicht mehr aus dem Kopf, als ich mich mit aller Kraft, die mir noch blieb, wandelte. Dann ließen wir das Auto zurück, das der Rat gemietet hatte und das wahrscheinlich genauso geortet werden konnte wie mein kaputtes Handy, und Orion und ich stapften Seite an Seite in die Nacht hinaus.

Kapitel 12

Mein Schwindelgefühl legte sich, während ich mir meinen Weg durch die Dunkelheit bahnte und Orion schemenhaft neben mir herlief. Um uns herum war niemand zu sehen, aber wir vermieden trotzdem die grellen Strahlen der Straßenlaternen und setzten jeden unserer Schritte äußerst vorsichtig. Schließlich hätte Gabi ihre Schläger ein zweites Mal rufen und sie zum unbewachten Südeingang schicken können. Wir konnten nicht riskieren, gesehen zu werden ... und wir konnten auch nicht riskieren, nach Süden zu gehen.

In unserer Wolfsgestalt konnten Orion und ich nicht miteinander sprechen. Aber wir brauchten keine Sprache, um den Ernst der Lage zu begreifen. Wir brauchten auch keine Worte, um uns für einen Weg zu entscheiden. Ohne lange Diskussionen mieden wir einfache Routen und bahnten uns stattdessen einen Weg über Rasenflächen und durch Hecken. Dank unserer wölfischen Beweglichkeit konnten wir Wege überqueren, die für Autos unbefahrbar waren, und schon bald hatten wir die Einrichtung für betreutes Wohnen hinter uns gelassen.

Hier breitete sich die Vorstadt um uns herum aus, immer noch verschlafen, aber weit weniger ruhig als die Gegend, in der wir aufgebrochen waren. Gelegentlich fuhr ein Auto vorbei, was uns vorsichtiger werden ließ. Dann ließ uns das

Heulen einer nicht allzu weit entfernten Sirene hinter einer Mülltonne in Deckung gehen, wo wir uns in den stinkenden Schatten verkrochen, bis das Geräusch in die Richtung verschwand, aus der wir gekommen waren.

Konnte der Rat seine Fäden ziehen und die örtliche Polizei herbeirufen? Ich war mir nicht sicher und ich wollte keine Vermutungen anstellen. Trotzdem konnten wir nicht ewig dort bleiben. Nach einer gefühlten Ewigkeit legte sich meine Unruhe und ich begegnete Orions Blick, um zu entscheiden, ob es sich lohnte, dass wir uns wandelten, um einen Plan zu schmieden.

„Wir können uns über die Gefährtenbindung unterhalten."

Seine Worte in meinem Kopf fühlten sich wie eine Liebkosung an. Ich zuckte zusammen und ließ mich unwillkürlich zu Boden sinken, um mich mit einem Hinterlauf am Ohr zu kratzen, als ob Orions leise Stimme ein Floh gewesen wäre, den ich verscheuchen konnte.

Sein Lachen kam auf dem gleichen Weg wie die Worte, die darauf folgten. *„Kein Grund, mich rauszuschmeißen. Mach einfach die Tür zu und dein Verstand gehört wieder dir. Versuch es doch einfach."*

Die Tür zumachen? Wir waren nun wieder im Freien und schritten Seite an Seite den Bürgersteig entlang. Da waren keine Türen, die nicht schon längst gegen die Dunkelheit verschlossen worden waren.

Plötzlich erschien vor meinem geistigen Auge das Bild eines Korridors mit Orion an einem Ende und mir am anderen. Er hatte einen Türknauf in der Hand und führte mir vor, wie er die Tür beinahe vollständig zu drückte, um uns voneinander zu trennen, bevor er sie wieder aufschwingen ließ.

Wenn er das konnte, konnte ich das auch. Ich griff nach dem Knauf ... und fiel in der wirklichen Welt auf mein Gesicht. Einzig das Fell bewahrte mich vor einem aufgeschürften Kinn. Orions Augen, die bis jetzt so dunkel gewesen waren, schimmerten wieder im Sternenlicht. Er hielt mich wohl für witzig.

„Die meisten von uns lernen das als Welpen, wenn sie sich mit ihrem Alpha unterhalten", beruhigte er mich, wobei das Grollen seiner Stimme noch tiefer und beruhigender klang, als es aus meinem eigenen Kopf kam. *„Es braucht Zeit, bis man den Dreh raus hat. Vielleicht versuchst du es ja nochmal, wenn du nicht in Bewegung bist."*

Ich traute dem Glück nicht, das mich durchströmte, und ich war auch kein Welpe, der verhätschelt werden musste. Also setzte ich meine Pfoten wieder auf den Asphalt und folgte unserem Weg. Die Hälfte meiner Aufmerksamkeit war auf die Außenwelt gerichtet, während der Rest damit beschäftigt war, den Korridor entlangzugehen, der nur in meinem Kopf zu sehen war.

Es war mühsam, menschliche Füße in einem Tempo und Wolfsfüße in einem anderen zu bewegen. Es war aber nicht viel schwieriger, als mit der linken Hand ein Schwert zu schwingen, während ich mit der rechten ein Messer führte. Bald schaffte ich es, den vermeintlichen Türknauf zu packen und die Absperrung zwischen mir und Orion zuzuschlagen, ohne dass ich mit meinem wölfischen Schritt ins Stocken geriet.

Sofort kühlte die Nacht um mich herum ab. Die Stille in meinem Kopf wurde ohrenbetäubend. Ich hatte mein ganzes Leben ohne Gefährtenbindung verbracht, warum also fühlte ich mich jetzt so allein?

Ich hatte nur einen Augenblick Zeit, darüber nachzudenken, ob Julius wohl schon von meiner Fahnenflucht gehört hatte. Dabei fragte ich mich, was er wohl zu Celeste sagen würde, wie sie reagieren würde ...

Dann erinnerte mich ein Klopfen an der vermeintlichen Tür an Orions Gegenwart. Er war sowohl neben mir, als auch, wenn ich es erlaubte, in mir.

Also drehte ich den Türknauf und ließ ihn herein.

„*DU MACHST DIR SORGEN um Prince*", stellte ich fest, als unsere Pfoten Stunden später im Wüstensand gelandet waren. „*Aber ich habe diesem Rudel nur den Alpha genommen. Später, in einem anderen Rudel, habe ich viel Schlimmeres getan ...*"

Die darauf folgende Erklärung musste ich gar nicht aussprechen. Das war der Vorteil unserer neu gefundenen Verbindung. Ja, wenn ich nicht aufpasste, flossen Gedanken, die ich eigentlich für mich behalten wollte und die mir in menschlicher Gestalt eine Hitze über die Wangen gejagt hätten, zu Orion. Aber die Durchlässigkeit der Gefährtenbindung war auch eine Hilfe.

Denn ich wäre nicht in der Lage gewesen, mir die ganze Schrecklichkeit dessen einzugestehen, was ich getan hatte, wenn ich jeden neu entdeckten Teil der Vergangenheit in Worte hätte fassen müssen. Ich konnte jedoch die Tür öffnen und das neue Wissen einfach nach außen fließen lassen.

Orion ermunterte mich, während ich davon berichtete, wie wir vor zwei Monaten ein Rudel hatten auflösen müssen, in dem sich die Blutmagie über den Anführer hinaus ausgebreitet hatte. Damals war ich beeindruckt von den Drohnen und den

Echtzeit-Satellitenbildern, die der Rat zur Luftaufklärung eingesetzt hatte. Ich hatte mich bereitwillig dem Angriffstrupp angeschlossen, der mit Betäubungspfeilen bewaffnet war, um sie zu überwältigen, ohne sie zu verletzen. Nachdem die eigentliche Schlacht vorbei gewesen war, hatte ich dabei zugesehen, wie eine Hundestaffel das Land durchkämmt hatte, um die Nachzügler aufzuspüren.

Keiner wurde zurückgelassen, um die Fäulnis weiter zu verbreiten.

Und heute fröstelte ich trotz der Hitze, die meine müden Muskeln umhüllte. Neue Erkenntnisse ließen die Vergangenheit hinter mir verschwinden und ich war mir plötzlich nicht mehr so sicher, ob das Rudel, das wir ins Visier genommen hatten, tatsächlich so verkommen gewesen war. Und selbst wenn, was war mit den Männern, Frauen und Kindern passiert, nachdem sie betäubt und an den Rat ausgeliefert worden waren? Wollte ich Maya, Donovan, Ari und Sue jetzt ein ähnliches Schicksal bescheren, indem ich zu Orions Stützpunkt zurückkehrte?

„Sie befinden sich in Alarmbereitschaft", erinnerte mich Orion. „Und wir kehren nicht zur Zentrale zurück."

Stattdessen wollten wir zu einem Bunker, den er im Outpack eingerichtet hatte, nicht weit von der Einrichtung für betreutes Wohnen und nicht weit von seinem verborgenen Haus im Canyon entfernt. In dem einzelnen unterirdischen Raum befanden sich genügend Lebensmittel, Wasser, Kleidung und Möglichkeiten, um mit der Außenwelt in Kontakt zu treten, ohne dabei behelligt zu werden. Der Bunker war weit genug von seinem Rudel entfernt, sodass wir den Rat nicht direkt zu ihm führen würden, falls sie eine Möglichkeit finden sollten, uns zu folgen, aber auch nah genug, dass er nach unserer Ankunft über die Rudelbindung mit den anderen Mitgliedern des Clans in Kontakt treten konnte.

Hierher kam Orion, um allein zu sein. Diese Erkenntnis drang über die Gefährtenbindung zu mir durch, zusammen mit dem Gefühl der unterdrückten Einsamkeit, das nur ein neuer und in sich gekehrter Alpha verspüren konnte, der jeden Augenblick von Mitgliedern seines Rudels umgeben war.

Deshalb war er in der Nacht, in der wir uns kennengelernt hatten, auch in die Wüste geflohen. Er war vor seiner Verantwortung geflohen, als er etwas ganz anderes fand. Etwas, das sich angefühlt hatte wie eine Wüstenblume, die sich nach einem seltenen und heftigen Regen entfaltete.

Orions Vorstellung von mir entsprach in keiner Weise dem, wie ich mich selbst sah. In seinen Augen war ich frech, aufgeschlossen und unabhängig. Jede meiner vermeintlichen Schwächen wurde durch das ausgeglichen, was er als meine Stärken ansah.

In seiner Vorstellung passten wir zusammen wie Puzzleteile. Ich schluckte trotz meiner trockenen Kehle, und die Wärme, die ich bei meinem Geständnis empfunden hatte, erkaltete schlagartig. Wir kannten uns doch kaum. Wenn ich Teil eines Wolfspuzzles würde, würde ich dann nicht die Familie verlieren, die ich im Augenblick mein Eigen nannte?

Doch das war jetzt nicht die Frage. Mit einem Kopfschütteln lenkte ich den Blick wieder auf das eigentliche Thema. „Du musst da nicht mitmachen", verkündete ich über die Gefährtenbindung und benutzte Worte, anstatt die Fülle meiner Gedanken zwischen uns fließen zu lassen. „Es ist mein

Job, mich in Rudel einzuschleusen. Nur infiltriere ich diesmal den Rat und nicht ein Wolfsrudel."

Denn es stand außer Frage, dass ich das als Nächstes tun würde. Wenn ich in unrechtmäßige Festnahmen verwickelt war, wie es den Anschein hatte, dann musste ich meinen Fehler ausbügeln. Ich musste die unschuldigen Gefangenen befreien und dafür sorgen, dass so etwas nie wieder geschah.

Orion verzichtete darauf, mir mit Worten zu antworten. Stattdessen sah ich Prince' Gesicht in seiner Erinnerung, sah Bruchstücke des Sandsturms, in dem sie einander begegnet waren. Orion hatte dem jüngeren Alpha gegenüber ein Versprechen abgegeben, als sich die beiden gemeinsam vor den Elementen versteckt hatten, und er war wild entschlossen, es zu halten. Aus diesem Grund hatte er sich mir nun angeschlossen.

Nun, und wegen ... wegen dieser Verbindung zwischen uns. Die, die Orion so sehr gefiel, und der ich noch nicht trauen konnte.

„Irgendwelche Ideen für morgen?", fragte ich und schenkte dem zweiten Teil dessen, was er mit mir geteilt hatte, keine Beachtung.

Und ich war froh, dass er dieses Mal zu Worten überging, als er meine Frage mit einer Gegenfrage beantwortete. *„Hast du dich denn schon entschieden, ob du Gabi vertrauen möchtest?"*

Was für eine schwierige Frage. Ich hatte immer geglaubt, dass Gabi mir den Rücken freihielt. Ich habe sie als Ehrenmitglied meiner Familie betrachtet. Außerdem: *„Gabi ist unsere beste Wahl. Sie sollte doch am ehesten wissen, warum ich überhaupt hinter dir her geschickt worden bin."*

Das setzte natürlich voraus, dass der Sinneswandel meiner Kollegin nicht vorgetäuscht war. Dass ihre Bitte an mich, mich bei ihr zu melden, nicht einfach nur ein ausgeklügelter Trick war, um mich zurück in die Herde zu locken.

„Julius gibt die Befehle", stellte Orion fest und wiederholte damit eine alte Überlegung, die wir schon einmal geäußert hatten. Er war der Meinung, wir sollten zu mir nach Hause zurückkehren und so tun, als würden wir meinem Vater vertrauen, während wir in Wirklichkeit Julius' Verbindungen nutzen sollten, um herauszufinden, was hier wirklich gespielt wurde.

Das leuchtete ein. Aber ich konnte mich einfach nicht dazu durchringen, mit einem falschen Lächeln auf den Lippen durch die vertraute Haustür zu treten. Ich konnte mir nicht vorstellen, Orion Celeste vorzustellen und gleichzeitig zu beabsichtigen, ihrem Vater in den Rücken zu fallen, wenn auch nur im übertragenen Sinne.

Ich rechnete fest damit, dass Gabi mich verraten könnte, aber Celeste und Julius waren die einzige Familie, die ich je gekannt hatte.

„Wir müssen uns ja jetzt nicht gleich entscheiden." Orions Schritte wurden langsamer. Dann wandelte er sich zurück in seine menschliche Gestalt, um etwas anzuheben, das wie ein Felsbrocken aussah, sich aber in Wirklichkeit als eine Falltür in Felsenform entpuppte.

Darunter befand sich eine Leiter, die in einen kleinen dunklen Raum hinunter führte, der hauptsächlich zum Schlafen diente. Wir hatten den Bunker erreicht, was bedeutete, dass ich aufhören konnte, meinen Körper bis an seine Grenzen zu treiben. Ich konnte mir eingestehen, dass meine Beine schon vor einer Stunde weich geworden waren und meine Kehle vom Flüssigkeitsmangel längst ganz wund gescheuert war. Dass mich die reine Willenskraft am Laufen gehalten hatte und ich nun kurz davor war, zusammenzubrechen.

Ich war sogar noch eher bereit, das Rätsel zu lösen, das mein Gehirn während des gesamten Weges beschäftigt hatte. War mein ganzes Leben eine Lüge gewesen? Wem konnte ich überhaupt noch trauen? Und wie würde ich meine Vergangenheit umschreiben, sobald ich die Antworten auf diese Fragen herausgefunden hatte?

„Es ist in Ordnung, sich auszuruhen.“ Orions Stimme in meinem Kopf war wie ein Arm um meine Taille, der mich aufrecht hielt. *„Manche Samen ruhen eine ganze Saison, bevor sie sprießen. Lass deine Probleme bis morgen ruhen. Schlaf jetzt.“*

Und ich ließ mich von der Erschöpfung in das weiche Bett locken, das am Fuß der Metallleiter wartete, anstatt in dieser Nacht noch eine Entscheidung zu treffen.

Kapitel 13

Als ich aufwachte, war ich von einer Wärme umgeben, wie ich sie noch nie erlebt hatte. Fell streichelte über mein Kinn, und ich wollte gar nicht mehr weg von diesem Gefühl. Nicht, wenn mich der berauschende Duft von Kaktusblüten umhüllte, der sowohl von dem Wolf in meinen Armen als auch von den Kleidern ausging, die Orion mir vor dem Einschlafen geliehen hatte.

Stattdessen kuschelte ich mich enger an sein Fell und ließ mich von der reinen Zufriedenheit überfluten. Zum ersten Mal fühlte ich mich wirklich sicher und umsorgt. Als wäre ich genau da, wo ich hingehörte.

Und wenn ich ehrlich war, war das auch der Grund, warum ich die Frage, ob ich die Gefährtenbindung brechen sollte, erneut aufschob. Nicht, weil die Möglichkeit, sich lautlos mit Orion zu unterhalten, ein Vorteil war, den wir bei allem, was vor uns lag, nutzen konnten. Auch nicht, weil ich mir ziemlich sicher war, dass die Tattoos es geschafft hatten, Energien von mir auf ihn zu übertragen und ihn aufzuwecken, nachdem mir in der medizinischen Einrichtung die Spritze aus den Fingern gerutscht war. Stattdessen wollte ich einfach nur weiter in diesem Meer der Entspannung treiben, in dem Wissen, dass ich völlig sicher war.

Für einen Augenblick öffnete ich die Augen, um festzustellen, dass der Bunker stockdunkel und bis auf die gleichmäßigen Geräusche unserer Atmung völlig ruhig war. Nichts erinnerte mich an die Außenwelt und an die Entscheidungen, die an diesem Tag getroffen werden mussten. Stattdessen verstrich die Zeit, während ich immer wieder einschlummerte. Zeit ... und Erinnerungen an den einen Vorfall, bei dem ich mich fast genauso warm gefühlt hatte.

Zwei kleine Mädchen, zusammengedrängt in einem Bett, während es vor unserem Schlafzimmerfenster gewittert hatte. *„Sind meine Füße zu kalt?"*, hatte Celeste geflüstert.

„Natürlich nicht", hatte ich geantwortet und versucht, nicht mit den Zähnen zu klappern. Ihre Zehen waren wie Eisblöcke, wie sie sich unter meine Waden geschmiegt hatten.

Aber es hatte sich so gut angefühlt, sich eng aneinander zu kuscheln. In mir hatte sich meine Wölfin auf eine Weise entspannt, wie sie das noch nie getan hatte, seit sie in dieses große, zugige Haus gekommen und Teil einer neuen Menschenfamilie geworden war. Sogar Celestes Füße waren schon bald wieder warm geworden.

Wir hatten beide tief und fest geschlafen, als kalte Luft die Decke ersetzte, die wir um uns geschlungen hatten. „Was machst du da?", hatte Julius gefragt, dessen schattenhafte Gestalt sich über uns erhoben hatte.

„Wir ...", hatte Celeste angesetzt, aber er hatte ihr keine Zeit gelassen, zu antworten.

„Ihr seid keine Wolfswelpen. Ihr seid Menschenkinder. Los, ab in euer eigenes Bett."

Am nächsten Tag war das Stockbett durch zwei Einzelbetten ersetzt worden, jedes in seinem eigenen Zimmer.

Die Türen waren nachts geschlossen worden und durften erst beim Frühstück wieder geöffnet werden. Und Julius hatte sich zu mir gesetzt und mir den Unterschied zwischen Wölfen und Menschen erklärt. Er hatte zwar betont, wie sehr er mich liebte, aber er hatte mir auch von seiner Vergangenheit erzählt, wie noch nie zuvor.

„Ich bin in einem Werwolfsrudel aufgewachsen, hast du das gewusst?", hatte er mich gefragt.

Julius hatte nie etwas über seine eigene Kindheit erzählt. Also hatte ich mit großen Augen den Kopf geschüttelt und gehofft, dass das Schweigen ihn dazu verleiten würde, mehr zu erzählen.

„Ich habe mich nicht wandeln können, weil meine Mutter nur halb Werwolf war", hatte er nach einem langen Augenblick zugegeben. Dabei hatte er nicht mich angesehen, sondern eine Vergangenheit, die damals so weit entfernt schien, dass sie genauso gut Dinosaurier hätte betreffen können. *„Also haben sie mich verstoßen."*

„Genau wie mich." Meine Stimme war nur noch ein Quieken.

„Wölfe", bestätigte er, *„können nicht wie Menschen lieben."*

Der Fehler in seiner Behauptung war so offensichtlich, dass selbst eine Fünfjährige ihn hätte erkennen können. *„Aber ich bin doch eine Wölfin. Und ich liebe dich und Celi."*

„Nicht ganz. Ich habe mich über die Tiere erhoben, die mich aufgezogen haben, und das kannst du auch. Du brauchst nur deine DNA zu überwinden, schließlich keine Mischung aus Natur und Erziehung."

Ich muss einen verwirrten Laut von mir gegeben haben, denn Julius hatte kurz aufgelacht und seine Stimme war wärmer geworden, als ich sie je gehört hatte. „*Es ist doch ganz einfach, wirklich. Du bist meine Tochter und daran wird sich auch nie etwas ändern.*"

Damals hatte ich zwar noch nicht begriffen, was DNS, Natur und Erziehung zu bedeuten hatten, aber das Wort Tochter hatte ich sehr wohl verstanden. Celeste war Julius' Tochter. Seine Tochter zu sein, fühlte sich wie das größte Geschenk der Welt an.

Als es das nächste Mal stürmte, fühlte sich mein Bett leer und kalt an, ohne Celeste darin. Aber ich hatte mir Julius' Worte zu Herzen genommen und schlief trotzdem wieder ein.

Denn ich hatte jetzt eine Familie. Allein schon deshalb hatte es sich gelohnt, um jeden Preis menschlich zu sein.

Zurück im Bunker zwang mich diese Erinnerung dazu, mich aus der Nähe von Orions Wärme zu lösen. Ich tastete im Dunkeln nach dem Satellitentelefon, von dem er mir gesagt hatte, dass es sicher wäre, und tat mein Bestes, um nicht zu zittern und stattdessen auf das Wesentliche zu achten. Das Telefonsignal wurde durch unterschiedliche Relais geleitet, sodass es, solange ich meinen Anruf kurz hielt, nicht verwendet werden konnte, um unseren Standort zu verfolgen.

Dann kam die Wärme in Form von Orions Stimme zurück. „Gut geschlafen?"

Seine Worte klangen etwas heiser, aber völlig menschlich, obwohl er noch so pelzig gewesen war, als ich einen Augenblick zuvor von ihm weggerutscht war. Er muss meine Abwesenheit genauso gespürt haben wie ich seine. Ein Rascheln deutete darauf hin, dass er sich etwas anziehen wollte.

Ich nickte und merkte erst danach, dass er mich nicht sehen konnte ... und dass das auch gar keine Rolle spielte.

Orion hatte mein Nicken durch die Gefährtenbindung gespürt.

Dann stellte ich meine Frage laut. „Was bedeutet es eigentlich, ein Gefährtenbranding zu haben?"

Ich war mir ziemlich sicher, dass die meisten verpaarten Werwölfe keine Tätowierungen wie unsere hatten. Ich hatte hinreichend Zeit in Rudeln verbracht, um das zu wissen.

Diesmal war ich diejenige, die Orions Reaktion eher spürte als sah. Er hatte sich angespannt. Er war genauso wachsam wie ich, als ich vor zwei Nächten in die Nähe der Pekaris gekommen war.

„Das ist uralte Magie", grummelte er nach einem langen Augenblick, ohne auf weitere Einzelheiten einzugehen. „Es gibt eine Menge zu erklären", fuhr er fort. „Was das Handy betrifft – hier unten hast du keinen Empfang."

Seine Antwort fühlte sich wie eine Ausflucht an ... und erinnerte mich zugleich daran, dass das Kommunikationsgerät in meiner Hand wichtig war. Meine Familie hatte mich gestern zu Hause zurück erwartet. Was auch immer zwischen Orion und mir vorging, konnte später geklärt werden.

Also verließ ich den Kokon aus Wärme und Dunkelheit und kämpfte mich einhändig die Leiter hinauf. Nachdem ich die Falltür aufgestoßen hatte, trat ich ins Licht.

„ELSPETH! DADDY HAT sich schon solche Sorgen um dich gemacht!"

Eigentlich hatte meine Schwester jetzt gar keine Freistunde, aber eine ihrer Kolleginnen hatte meinen Anruf entgegengenommen und Celeste verständigt, als ich zu ihr gesagt hatte, es ginge um einen Notfall. Ich hatte nicht erklärt, warum ich die Festznetznummer der Schule anrief und nicht das Handy meiner Schwester benutzt hatte, und ihre Kollegin hatte auch nicht danach gefragt.

Celeste war das aufgefallen und sie hatte auch nachgefragt, aber mir dann gar keine Zeit zum Antworten gelassen. Stattdessen hatte sie mir ein Dutzend weiterer Fragen an den Kopf geworfen, bevor sie mit der Frage geendet hatte, auf die sie eigentlich eine Antwort haben wollte: „Geht es dir gut?"

„Aber klar doch", antwortete ich, als ich endlich zu Wort kam. „Allerdings ist mein Handy im Eimer. Und es sieht ganz so aus, als würde dieser Job länger dauern als erwartet."

„Weil der Täter entkommen ist. Gabi hat angerufen und Daddy gewarnt. Sie hat auch gesagt, dass ihr ... verpaart seid?"

Normalerweise ging mir unsere Schwesternschaft über alles. Aber manchmal war Celeste von meiner wölfischen Seite verwirrt. Und ihr Tonfall deutete darauf hin, dass dies einer dieser Augenblicke war.

„Gabi hat das Julius erzählt?", fragte ich. Währenddessen bewegte sich mein Tattoo sanft und verführerisch auf meiner Haut. Wie eine Katze, die sich um meinen Arm schlängelte und um Streicheleinheiten bettelte. Ich wusste, dass Orion hinter mir die Leiter hinaufgestiegen war, noch bevor eine dampfende Tasse mit etwas, das köstlich roch, von oben und hinten in mein Blickfeld kam.

Als ich das heiße Getränk entgegennahm, hoffte ich für den Bruchteil einer Sekunde, dass Orion sich neben mir niederlassen würde. Unsere Oberschenkel würden sich berühren und die Wärme, die mich im Bunker durchflutet hatte, würde wieder aufflammen. Ich stellte fest, dass die Nähe von jemandem, mit dem ich verbunden war, noch stärker war als von einer Schwester.

Orion schien jedoch nicht die gleiche Sehnsucht verspürt zu haben. Denn er trat in Richtung Sonne und verdeckte das grelle Licht, das mich dazu gezwungen hatte, die Augen zusammenzukneifen, während ich für einen kurzen Augenblick Celestes Worte aus dem Sinn verlor.

Sie hatte sich darüber ausgelassen, was sie gehört und vermutet hatte, und die Hälfte davon hatte keinen Sinn ergeben. Zusammen mit der Ablenkung durch Orions Anwesenheit war ich total unkonzentriert. Aber jetzt ...

„Warte", unterbrach ich sie, aufgeschreckt durch ihre jüngste Behauptung. „Julius hat Gabi aufgetragen, Orion gehen zu lassen?"

„Wenn er dein Gefährte ist, kann er doch kaum verdorben sein." Celeste schien sich ihrer Sache absolut sicher zu sein. „Daddy möchte ihn unbedingt kennenlernen. Und *ich* auch. Wann kommst du nach Hause?"

Nach Hause. Mir schnürte sich die Kehle zu.

„Noch nicht", antwortete ich und wechselte das Thema, um mir Zeit zu geben, mich wieder zu sammeln. „Und ich sollte dich nicht von deinem Unterricht abhalten. Ich weiß doch, dass Noah C. eine echte Herausforderung ist."

Es gab dieses Jahr drei Noahs in Celestes Kindergartenklasse, aber über Noah C. sprach sie ständig. Das letzte Mal, als sie ihn in die Obhut eines Erwachsenen gegeben hatte, der seine Eigenheiten nicht kannte, war der Fünfjährige in einem Heizungsschacht stecken geblieben, mit den Füßen von der Decke baumelnd und mit den Schultern darin verkeilt.

„Noah C. ist im Augenblick im Büro des Schulleiters“, entgegnete Celeste, und das Lächeln in ihrer Stimme beruhigte mich, wie immer. „Ein kleiner Vorfall mit einem Radiergummi und dem linken Nasenloch eines anderen Schülers.“ Dann eine Pause: „Ich lerne deinen Gefährten doch kennen, nicht wahr, Elspeth? Und ... du wirst doch nicht etwa zur Wölfin und lässt uns im Stich?“

„Ich lasse euch nicht im Stich“, versprach ich und hoffte, dass ich mein Wort halten konnte. Dass mein Zuhause immer noch mein Zuhause war, sobald das hier alles vorbei war.

Aber wenn Celeste alles gewusst hätte, hätte sie mir gesagt, ich solle so weitermachen wie bisher. Sie hätte mir klargemacht, dass es nie richtig war, Kinder in einen Käfig zu sperren und dass es nichts brachte, den Kopf in den Sand zu stecken, um die schrecklichen Erlebnisse zu verarbeiten, für die ich verantwortlich war. Solange ich nicht wusste, was mit den jungen Leuten aus dem Rudel passiert war, bei dessen Zerschlagung ich dem Rat geholfen hatte, konnte ich nicht aufhören mit der Jagd.

Also legte ich auf und schickte Orion los, um das Lokal auszukundschaften, in dem wir Gabi treffen sollten.

Kapitel 14

Die Ressourcen eines Rudels waren fast so eindrucksvoll wie die, auf die ich bei meiner Arbeit für den Rat zurückgreifen konnte. An der nächstgelegenen Straße stand bereits ein Auto mit Kleidung und Bargeld bereit, als wir sie erreichten. Leider kam Maya mit dem Auto.

Sie wirkte zwar nicht glücklicher über mich und Orion als das letzte Mal, als wir sie gesehen hatten, aber sie fuhr ohne zu murren. Über einen Ohrstöpsel berichtete sie uns von der begonnenen Überwachung.

„Ihr habt ausgeschlafen und ihnen Stunden Zeit gelassen, ihre eigene Überwachung einzurichten, bevor wir dort angekommen sind?", hatte sie gefragt.

„Elspeth hatte sich noch nicht festgelegt, wie wir weiter vorgehen würden", antwortete Orion, als ob das alles erklären würde.

„Dann sollten wir davon ausgehen, dass wir direkt in eine Falle tappen."

Trotz Celestes Aussagen aus dritter Hand konnte ich in diesem Punkt nicht wirklich widersprechen. Dabei hatte ich schon gehofft, dass Gabi gar nicht auftauchen würde.

Maya warf mir einen Blick zu, der andeutete, dass sie wusste, was ich gedacht hatte und froh war, mir das Gegenteil beweisen zu können, als sie uns mitteilte: „Sie ist da."

Als sie Orions Blick im Rückspiegel begegnete, sprach Maya endlich aus, was sie während der langen, unangenehmen Fahrt, die wir gerade hinter uns gebracht hatten, offenbar verheimlicht hatte. „Ich hoffe, du machst dir da keine falschen Hoffnungen. Das Gefährtenbranding mag vielleicht ausreichen, um unsere Nachbarn für eine Weile zufriedenzustellen. Aber wenn du dich selbst in Gefahr begibst …"

„Das werde ich nicht."

„Das hast du nicht in der Hand. Donovan hat sich auch für unbesiegbar gehalten. Aber das war er nicht."

Buchstäblich nicht. Die Erinnerung an den Tag, an dem Orion zum Alpha geworden war, drang durch die Gefährtenbindung zu mir durch, und ich wünschte mir nichts sehnlicher, als den Schmerz der Geschwister zu lindern.

Aber es gab nichts, was ich sagen oder tun konnte, um etwas an der Vergangenheit zu ändern, und wir hatten ohnehin keine Zeit mehr, uns darüber zu unterhalten. Denn Maya hielt an einem Parkplatz, der von einer Reihe baufälliger Gebäude umgeben war. Sie steuerte das Fahrzeug ein wenig vorwärts, woraufhin die vertraute Gestalt meiner Mentorin durch die Glasscheibe des Diners sichtbar wurde.

An diesem Punkt zwang ich mich, die Anspannung im Auto vorerst zu ignorieren und stattdessen Gabi in Augenschein zu nehmen. Sie sah genauso aus wie immer, wenn auch nicht ganz so selbstsicher. Während sie mit einer Papierserviette spielte, blickte sie alle paar Sekunden zum Eingang des Diners. War sie besorgt, dass der Rat ihr gefolgt war … oder befürchtete sie, dass ihre Falle nicht schnell genug zuschnappen würde, nachdem ich den Köder geschluckt hatte?

Dann fiel mir noch etwas Anderes auf, was mich die Fäuste ballen ließ. Auf den ersten Blick schien das Lokal bis auf Gabi leer zu sein, aber plötzlich konnte ich die Gestalt eines vertrauten Teenagers erkennen, der kaum sichtbar hinter ihr stand. Ari und eine mir unbekannte Frau hielten sich an einem Tisch an den Händen, und ihre Blicke waren so ineinander vertieft, dass ich nur hoffen konnte, dass Gabi nicht mitbekommen hatte, dass die beiden eigentlich Wölfe auf der Jagd waren.

„Du hast mir nicht gesagt, dass Ari da drin ist." Meine Stimme wurde schrill, angeheizt durch die Erinnerung aus zweiter Hand an den Tag, an dem Orion die Rolle des Alphas übernommen hatte. Ari sollte nicht in ein weiteres Blutbad verwickelt werden, wenn Gabi mich an unsere Arbeitgeber verraten wollte.

„Er hat darum gebeten, dabei zu sein", grummelte Orion und schob seine Hand vor, um meine zu berühren. Das Aufblitzen unserer Tattoos, als sie einander berührten, ließ mir den Atem stocken.

Dann vergrößerte sich der Abstand zwischen uns wieder, als Orion weitersprach: „Ari hat sich das Recht verdient, wie ein Krieger behandelt zu werden."

„Er hat sich das Recht verdient, nicht in die Schusslinie zu geraten", erwiderte ich. Der Junge konnte doch unmöglich älter als sechzehn sein. Manchmal verstand ich Wölfe einfach nicht.

Ich vermutete, dass diese letzte Bemerkung über die Gefährtenbindung zu Orion durchgedrungen war, obwohl ich versucht hatte, sie zu verschweigen. Aber wenn sich ihm wegen meiner Sticheleien die Nackenhaare aufstellten, zeigte er das nicht. Stattdessen murmelte er nur: „Da sind wir wohl anderer Meinung." Dann öffnete er die Tür und stieg aus.

EINE ALTMODISCHE METALLGLOCKE bimmelte, als ich das Diner alleine betrat. Orion und ich waren uns in diesem Punkt uneinig. Er wollte als Erster hineingehen oder mir zumindest den Rücken freihalten, während ich mich in Gefahr begab. Aber ich hatte darauf bestanden, dass dieses Gespräch zwischen mir und Gabi stattfinden sollte. Maya hatte sich auf meine Seite gestellt, weil sie nicht wollte, dass sich ihr Bruder einem unnötigen Risiko aussetzte.

Zwei gegen einen klappte, trotz unserer unterschiedlichen Beweggründe. Schließlich hatte Orion widerwillig zugestimmt, am Auto zu warten.

Jetzt spürte ich seine Blicke auf mir, die heißer waren als das reflektierte Sonnenlicht, das vom Bürgersteig zurück strahlte, als ich über die Straße zum Diner schritt. Die Klimaanlage knallte mir ins Gesicht, aber als ich das Diner betrat, wurde die Verbindung zwischen uns nicht unterbrochen. Stattdessen streichelte das Gefährtenbranding meinen Arm wie einst Orions Daumen und weckte unter meiner Haut komplizierte Gefühle.

Hat unsere Verbindung mein Verständnis verzerrt? War ich vom Weg abgekommen, nur wegen der Hormone und dem durch Magie hervorgerufenen Vertrauen in einen fast Fremden? War ich irrational, wie Julius mich immer gewarnt hatte?

Als Gabi aufstand und begann, die knappen drei Meter zwischen uns zurückzulegen, legte ich diese Gedanken mit

Freuden beiseite. Weniger erfreut war ich, dass Ari und die Kleine sich an den Händen hielten und der Geruch von Fell so stark war, dass er den Duft von Burgern und Pommes überlagerte.

Es war niemand in der Nähe, da das Personal vermutlich bestochen worden war, um sich rar zu machen, so wie Gabi und ich das im Training geübt hatten. Das bedeutete, dass ahnungslose Menschen nicht sehen würden, wenn sich die beiden Teenager wandelten.

Aber als Wolf aufzutreten, war trotzdem eine denkbar schlechte Idee. Ich konnte nur den Kopf schütteln und hoffen, dass sie meine dezente Ermahnung beherzigen würden. Dann standen Gabi und ich uns Auge in Auge gegenüber, nah genug, dass jede von uns versuchen konnte, die andere zu Boden zu bringen.

Dann flog ihre Hand hoch und ich wehrte sie reflexartig ab. Aber sie griff gar nicht an. Vielmehr überreichte sie mir etwas, das wie eine Karte aussah.

„Nur zu. Sieh sie dir in Ruhe an. Du bist ja bestens geschützt." Gabis Blick huschte von Orion, der an der Motorhaube des Wagens lehnte, in dem Maya saß, zu Ari und dem Teenager.

Sie hatte also gewusst, dass sie Werwölfe waren. War es für sie in Ordnung, Ari und seine Freundin den Laden auskundschaften zu lassen, weil sie ohnehin genügend Leute zur Verfügung hatte, um uns alle auszuschalten? Oder war sie in gutem Glauben hergekommen und hatte lediglich in Kauf genommen, dass ich vorher Beobachter hingeschickt hatte?

So oder so, , die Teenager hatten ihren Job erledigt und wären dort sicherer, wo eine Scharfschützenkugel sie nicht erreichen konnte. *„Sag Ari und seiner Freundin, sie sollen sich von den Fenstern fernhalten"*, bat ich Orion über die Gefährtenbindung. Er widersprach nicht. Stattdessen kicherten die beiden einen Augenblick später und schlurften in Richtung Klo.

Am liebsten hätte ich Orion gebeten, sich ebenfalls zurückzuziehen. Immerhin war er viel ungeschützter als die Teenager. Aber ich machte mir nicht die Mühe. Ich wusste, dass diese Bitte mit einem klaren Nein beantwortet werden würde.

Sobald Gabi und ich allein waren, befolgte ich ihren Rat und warf einen Blick auf die Karte. Ich erkannte das Gebiet sofort – eine Region aus vier Staaten, die in die Territorien der Rudel und die dazwischen liegende Wüste unterteilt war. Die Punkte stellten Aufträge dar, denen ich in den letzten zwei Jahren nachgegangen war – Aufträge, denen ich keine besondere Aufmerksamkeit geschenkt hatte, da sie sich mit anderen Aufträgen in anderen Teilen des Landes abgewechselt hatten.

„Was soll das werden?", fragte ich Gabi und vergaß für einen Augenblick, dass wir nicht unbedingt auf der gleichen Seite standen.

Das hier fühlte sich an wie das Logikrätsel, das sie mir und Celeste gestellt hatte, bevor meine Schwester das College und die Welt des Alltags dem Rat vorzog, bevor ich von Gabis Auszubildenden zu ihrer Mitarbeiterin wurde.

Anstatt zu antworten, reichte Gabi mir eine weitere Karte. Diese war umfassender und deckte den gesamten amerikanischen Kontinent ab. Zusätzliche Punkte stellten die Orte dar, an die ich geschickt worden war, aber jetzt gab es zwei

Farben. Grün im Großteil des Landes, und rot in der Region mit den vier Bundesstaaten aus der ersten Karte.

„Ich recherchiere, bevor du reingehst", sagte Gabi und erzählte mir, was ich bereits wusste. „Zumindest in den meisten Fällen. Wo ich das nicht tue – dort ist es rot."

Ein leicht widerlicher Geruch wehte mir entgegen, wahrscheinlich von einem Küchenunfall. Doch ich blendete ihn aus und beschäftigte mich mit den unterschiedlichen Farben. Der Takedown von Prince war rot, ebenso wie die Stützpunkte von zwei anderen Alphas, die ich in der gleichen Gegend erlegt hatte. Orions Rudel war rot, und das angeblich verkommene Rudel, das der Rat bis auf den letzten Wandler entfernt hatte, war ebenfalls rot.

Mir drehte sich der Magen um. War ich persönlich dafür verantwortlich, dass noch mehr Unschuldige inhaftiert worden waren, als ich gedacht hatte?

„Die roten Punkte befinden sich alle in der Nähe des Outpacks", überlegte Orion über die Gefährtenbindung und lenkte mich so von meinen Schuldgefühlen ab und zurück zum eigentlichen Thema.

Mein Blick huschte zum Fenster, um ihn anzusehen, dann wünschte ich, ich hätte das nicht getan. Denn es war schwer, sich zu konzentrieren, wenn ich mir Orions Nähe so bewusst war. Es war schwer, einen klaren Gedanken zu fassen, wenn sich mein Gefährtenbranding meinen Arm hinauf schlängelte und sich Ranken in Richtung der empfindlichen Haut an meinem Hals ausbreiteten.

„So wie ich das sehe", fuhr Gabi fort, wobei ihr Blick auf meinen Hals fiel und dann wieder zu meinem Gesicht zurückkehrte, „haben wir zwei Möglichkeiten. Die eine ist, dass wir damit zu Julius gehen. Wir fragen ihn, wer die Aufträge mit den roten Punkten bearbeitet hat. Gehen die Befehlskette hoch."

„Und die andere Möglichkeit?"

Ihre Lippen zuckten und ich merkte, dass ihr die andere Möglichkeit viel besser gefiel. „Die andere Möglichkeit ist, direkt zur Quelle zu gehen. Ich bin mir ziemlich sicher, dass ich weiß, wo die Verdächtigen mit den roten Punkten festgehalten werden. Wir schleichen uns rein und befragen sie. Und falls sie unschuldig sind, holen wir sie da raus."

Ich hätte nicht gedacht, dass Gabi bereit wäre, ihren Job aufs Spiel zu setzen, wenn ich nicht gewusst hätte, wie sehr sie das Freeclimbing an steilen Felswänden und das zu schnelle Fahren auf kurvenreichen Autobahnen liebte. Sie war risikofreudig, aber bisher hatte sie ihre Spiele immer gewonnen.

Und diesmal sah es so aus, als würde ich an ihrer Seite mitspielen. „Wo werden sie denn festgehalten?", fragte ich.

Kapitel 15

Es dämmerte bereits, als wir uns an einem Yachthafen versammelten, der in den Golf von Mexiko ragte. Gabi hatte angeboten, ein Flugzeug für uns alle zu chartern, aber ich wollte ihr noch nicht so weit vertrauen. Stattdessen sah ich mit Schrecken, wie sich Orions Bankkonto leerte, nachdem er den schnellsten Flug von Tucson nach Texas gefunden und am anderen Ende der Strecke ein Segelboot gemietet hatte.

Gabi hatte ihre eigenen Reisevorbereitungen getroffen und kam Augenblicke nach uns an. Jetzt hatten wir alles geregelt und es war an der Zeit, unseren Plan in die Tat umzusetzen.

Nun ja, fast.

„Bist du dir auch ganz sicher, dass du da mitmachen möchtest?", fragte ich Orion zum dritten und letzten Mal, während Gabi die Waffen aus ihrem Mietwagen holte und sie sich umschnallte. „Maya ist nicht gerade begeistert davon."

Anstelle einer Antwort steckte er mir eine Blume hinters Ohr. Als er sie von einem Strauch vor dem Büro des Yachthafens gepflückt hatte, hatte ich die Geste für einen gedankenlosen Anflug von Gartenarbeit gehalten. Genauso wie er verblühte Blüten aus einem Blumenbeet gepflückt hatte, an dem wir im Anflug zum Flughafen von Tucson vorbeigekommen waren und somit die Arbeit des örtlichen Gärtners übernahm.

Nur, dass diese Blüte nicht verblüht war. Ihre Süße umwehte mich, fast so berauschend wie Orions eigenes Aroma. In der Zwischenzeit erinnerte mich eine Vision an die Gefährtenbindung zwischen uns, die Erinnerung an unsere Begegnung in der Wüste. Als er mich mit einer Blume verglichen hatte, die sich nach dem Regen entfaltete.

Die Sterne in seinen Augen funkelten. Ich beugte mich vor, wollte ihm unbedingt noch näher kommen, wollte in seinem Kaktusduft schwelgen.

Dann zerbrach die Illusion, als er antwortete. „Ich lebe, um meine Schwester zu enttäuschen. Und ich möchte auf keinen Fall eine Fahrt in den Sonnenuntergang mit meiner Gefährtin verpassen."

Gefährtin. Ich zuckte zusammen und vergaß jeden Gedanken an Blumen. Trotz allem, was ich fühlte, was ich sah, war eine so umfassende Verpflichtung nach so kurzer Bekanntschaft viel zu viel und viel zu schnell.

Und doch ... Es gefiel mir, meine Finger mit denen von Orion zu verschränken, so wie fast ununterbrochen auf unserem Trip. Ich freute mich, dass sich die Tattoos endlich an unsere Nähe gewöhnt hatten und mich nicht mehr bei jeder Berührung magisch ausgelöste Stromstöße durchfuhren. Stattdessen erfüllte mich das Händchenhalten mit Orion mit etwas ganz anderem – einer Wärme wie damals, als ich neben ihm im Bunker aufgewacht war, gepaart mit einer ganz eigenen Aufregung.

Ich mochte Orion. Vielleicht mochte ich ihn sogar sehr. Ich hatte jedoch nicht vor, Mayas Rat zu befolgen.

„Wenn ihr das machen wollt", hatte sie uns zu verstehen gegeben, als sie uns am Flughafen abgesetzt hatte, *„dann müsst*

ihr euch mit eurem Gefährtenbranding auseinandersetzen. Hebt eure Beziehung auf das nächste Level und das sollte die vorherige, unbeständige Verbindung aufheben."

„Soll das heißen, ich soll die Frau küssen?", hatte Orion gegrummelt und das Sternenlicht hatte in seinen Augen gefunkelt.

„Du sollst sie küssen, wenn du glaubst, dass Elspeth über Nacht zur Vernunft gekommen ist. Wenn du sicher bist, dass sie jetzt reine Absichten hat."

Würde ich gerne herausfinden, wie es sich anfühlen würde, meine Lippen auf die von Orion zu legen? Zu 100 % ja.

Hatte ich reine Absichten? Das hoffte ich zumindest. Dachte ich.

Aber ich war mir nicht sicher genug, um diesen Schritt zu wagen. Also hatten wir beide den Flug damit verbracht, uns Redewendungen auszudenken, die weniger wahrscheinlich nach hinten losgehen würden als die, die ich benutzt hatte, als Orions Clan angegriffen worden war.

„Bist du bereit?", fragte Gabi jetzt, in demselben Tonfall, mit dem sie ein hartes Sparring begonnen hatte. *Konzentriere dich,* sagte er mir. *Bündle deine Gedanken.*

Das war nicht der richtige Augenblick, um mich an einen Werwolf zu binden, den ich erst vorgestern kennengelernt hatte. Dies war der Augenblick, um die Fähigkeiten anzuwenden, die meine Mentorin mir eingeimpft hatte. Es war an der Zeit, herauszufinden, ob es wirklich ungewöhnlich viele Rudel im Outpack im Südwesten der Wüste gab oder ob ich von jemandem aus dem Rat als Marionette benutzt worden war.

„Bereit", bestätigte ich und griff nach dem Seil, mit dem unser gemietetes Segelboot am Ufer festgemacht war.

DIE SONNE WAR EIN WUNDERSCHÖNER roter Ball, der im Meer versank, als ich gegen den Wind ansteuerte. Gabi und Orion waren unter Deck versteckt und die Bohrinsel war eine unförmige Gestalt in der Ferne, die allmählich größer wurde, bis sie sich hoch auftürmte, mit mächtigen rostigen Pfosten.

Dann waren wir an dem Ungetüm vorbei und es war höchste Zeit, die Segel zu setzen, die bereits unzufrieden flatterten.

„Hoppla", rief ich laut, als sich die Großschot aus meinem losen Griff riss. Das Seil peitschte davon und riss das Segel mit sich, und ich konnte mich gerade noch rechtzeitig ducken, um nicht vom Baum am Kopf getroffen zu werden, als das schwere Segel von einer Seite des Bootes zur anderen flog.

Mein Plan war einfach. Wenn es darum ging, galantes Verhalten auszulösen, ist ein kaputtes Auto nichts im Vergleich zu einem außer Kontrolle geratenen Segelboot. Es war gerade noch hell genug, dass jeder Beobachter sehen konnte, wie mein Schiff zurück zur Bohrinsel getrieben wurde, und ich war mir sicher, dass ein Wachmann zur Stelle sein würde, um sich das anzusehen. Ich war mir ziemlich sicher.

DAS WASSER KLATSCHTE an die Seiten des Rumpfes und schließlich rief jemand von der Plattform, einige Stockwerke höher, zu mir. „Übernehmen Sie umgehend wieder die Kontrolle über Ihr Boot!"

„Das versuche ich ja!", rief ich mit zittriger Stimme und lehnte mich so weit über das Wasser, dass ich fast hineinfiel. „Ich komme nicht dran!"

Ich hätte die Leine greifen können, wenn ich das wirklich gewollt hätte. Aber das war natürlich nicht der Fall. Ich wollte die ganze Aufmerksamkeit auf mich lenken, während Orion und Gabi die hereinbrechende Dunkelheit nutzten, um aus der Kabine zu schlüpfen und sich über die Seite des Bootes ins Wasser zu lassen.

Wind und Wellen waren so laut, dass ich sie weder sehen noch hören konnte. Trotzdem war Orions Stimme durch die Gefährtenbindung klar und deutlich zu hören. „Jetzt."

Dann riss ich das Ruder herum und das Segelboot prallte gegen die Seite der Bohrinsel.

Kapitel 16

Ich war auf den Aufprall vorbereitet gewesen, aber die Erschütterung schickte dennoch eine Schockwelle durch mich hindurch, als das dünnwandige Segelboot mit der riesigen Ölplattform zusammenstieß. Ich stolperte rückwärts, die Gischt drang in meinen Mund, als ich ausrief: „Ich ... ich brauche Hilfe!"

Meine Worte wurden vom Knirschen des Schiffsrumpfs gegen den Metallpfeiler halb verschluckt, aber das spielte keine Rolle, denn Worte waren in diesem Augenblick nicht das wichtigste Kommunikationsmittel für mich. Stattdessen neigte ich meinen Kopf, sodass das grelle Neonlicht, das die riesige Bohrinsel beleuchtete, meinen erschrockenen Gesichtsausdruck in eine Maske des Grauens verwandelte. Ich wusste aus Erfahrung, dass ich wie ein kleines Mädchen aussah, wenn ich meine Augen und meinen Mund weit aufriss.

Natürlich klang die Stimme von oben zunehmend hektischer. „Hey, alles in Ordnung?" Ein metallisches Klirren kündigte das Herunterlassen einer Leiter an. Dieser Wachposten war sicherlich davor gewarnt worden, Fremden Zutritt zu gewähren, aber er wollte eine wehrlose Frau nicht allein im Dunkeln ertrinken lassen.

Die Geräusche von Wind und Wellen erweckten den Eindruck, dass wir beide im Umkreis von Dutzenden von

Meilen die Einzigen in Alarmbereitschaft waren. Aber die Gefährtenbindung verhieß etwas ganz anderes. Orion hatte einen Enterhaken ausgeworfen, und das Geräusch, als er auf dem Deck der Bohrinsel einrastete, wurde vom lauteren Herunterlassen der Leiter des Wachmanns übertönt. Während der Wachmann nun herunterkam, kletterte Orion immer weiter nach oben, sein durchnässter Körper war kalt im Wind, aber sein Herzschlag war gleichmäßig.

Und Gabi? Hatte sie auch ihre Aufgabe erfüllt? Ich konnte sie nicht spüren, nicht sehen und nicht hören. Ich konnte dem Ruder des Segelboots nur einen winzigen Schubs geben, um es dem Wachmann schwerer zu machen, mir zu helfen, als er auf Höhe der plätschernden Wellen angekommen war.

„Ergreifen Sie das Seil!", rief er.

Ich schnappte mir die Leine, die er mir zuwarf, wie ein Kleinkind, das seine ersten Schritte wagte. Das glitschige Deck neigte sich unter mir und es erschien nur folgerichtig, dass ich hinfiel und das Seil verfehlte, als es ins dunkle Wasser glitt.

Ich achtete darauf, meinen Kopf in Richtung der Wache zu halten. Denn er war zwar ein Mensch, aber dennoch gefährlich, wie es sich für kampferprobte Männer gehörte. Aber nicht gefährlich für mich.

Er versuchte zu entscheiden, so vermutete ich, ob er von der Leiter auf das Segelboot springen konnte, ohne die Sache für uns beide noch schlimmer zu machen.

Alles schien reibungslos zu laufen, aber ein dünner Faden des Zweifels schlich sich trotzdem in meinen Nacken. Gabi hätte den Wachmann schon längst ausschalten müssen. Sie hatte genug Zeit gehabt, sich in Position zu bringen, und er hatte in diesem Augenblick nur Augen für mich. Warum also war in der Dunkelheit immer noch kein Zeichen von ihr zu sehen?

In diesem Moment tauchte Gabi wie ein Delfin aus dem Wasser auf. Geschmeidig und sicher legte sie ihren Arm um den Hals des Wachmanns und hielt ihn so fest, dass er nicht mehr um Hilfe rufen konnte.

Ich konnte zwar die Nadel nicht sehen, aber mir fiel der Augenblick auf, in dem sein Körper schlaff wurde. Als Gabi meine Hilfe brauchte, um den bewusstlosen Wachmann an Bord zu hieven, hatte ich das Segelboot schon an der Seite der Bohrinsel befestigt.

„GUTE ARBEIT", MURMELTE Orion vom oberen Ende der Leiter, seine Stimme war nur noch ein leichter Windhauch, als erst ich und dann Gabi auf das Deck traten. Wir befanden uns jetzt hoch über dem Wasser, die Geräusche des Ozeans wurden durch die Entfernung gedämpft, obwohl der Wind mir immer noch die Haare aus dem Gesicht wehte.

Ich war die Einzige von uns, die trocken war, die Einzige, die nicht zitterte, um die Körperwärme zurückzugewinnen. Vielleicht war ich deshalb auch die Einzige, die das Glitzern von etwas Unerwartetem aus dem Augenwinkel wahrnahm.

In dem schnell schwindenden Licht war kaum zu erkennen, was ich neben einem Müllhaufen liegen sah, der auf seine Abfuhr wartete. Ich bückte mich, um genauer hinzusehen, und entdeckte eine kleine, auffällige Schachtel, die halb hinter einem verrosteten Fass versteckt war. Das Symbol für biologische Gefahren war auch ohne Taschenlampe unübersehbar.

Medizinische Abfälle. Hier? War da etwa jemand krank?

Die Frage nagte an mir, aber ich ließ mich nicht beirren. Denn die Bohrinsel wirkte von hier aus noch beeindruckender, ein riesiges Labyrinth aus Metall, das wir tagelang erforschen könnten. Tage, die wir nicht hatten. Nicht, wenn da drinnen wahrscheinlich Kinder waren, die befreit werden mussten.

Außerdem würde es mehr Wachen geben als diesen einen Aufpasser, der jetzt gefesselt und geknebelt in der Kajüte des Segelboots saß. Es würde schon reichen, wenn eine Person auftauchen würde, um seinen Kollegen abzulösen, oder wenn jemand nach unten blicken und ein Boot sehen würde, wo keines sein sollte. Verstärkung war sicher nur einen Telefonanruf entfernt. Der Rat war äußerst effizient.

Wir mussten schnell vorgehen. Und klug.

Also setzte ich die erste der Redewendungen ein, von denen Orion und ich hofften, dass sie uns einen Vorteil verschaffen würden, ohne nach hinten loszugehen. „Die Wände haben Ohren", murmelte ich.

Einen langen Augenblick lang schien es, als würde nichts passieren. Mein Tattoo bewegte sich nicht und, soweit ich das beurteilen konnte, auch nicht das von Orion.

Plötzlich ertönten zwei Stimmen aus den Unterkünften auf der einen Seite der Plattform, Stimmen, die zu weit entfernt waren, als dass selbst die Sinne eines Shifters sie vorher hätten wahrnehmen können.

„Es hat keinen Sinn, zu erhöhen. Du hast das schlechteste Pokerface aller Zeiten."

„Lass es, Stan."

„Mach schon, los. Dann verliere eben. Aber ich erwarte, dass du dieses Mal bezahlst."

„Letztes Mal hätte ich auch bezahlt, aber du hast beschissen."

Während sie sich weiter zankten, konnte ich den Standort, von dem die Stimmen gekommen waren, genauer bestimmen. Das erste von sieben Stockwerken sah aus, als wäre es aus einem Wohnkomplex herausgerissen und auf die Bohrinsel versetzt worden.

„Wow", hauchte Gabi, die eindeutig das gleiche Geschwätz hören konnte wie ich. „Praktisch."

Orion schwieg. Er übernahm einfach die Führung, während wir drei uns auf die Tür zu bewegten, die am weitesten von der Stelle entfernt war, an der die Wachen gerade spielten. Ich hatte biometrische Scanner oder zumindest ein Schloss erwartet, aber vielleicht war der Rat der Meinung, dass die Abgeschiedenheit ausreichend Schutz vor Eindringlingen bot. Vielleicht dachten sie aber auch, dass sich niemand für die Shifter interessieren würde, die ich geschnappt hatte.

Wie auch immer, innerhalb weniger Minuten waren wir drinnen.

Der Gang war schwach beleuchtet und unauffällig, und als er sich teilte, zögerte Orion. War das die leiseste Andeutung eines Stöhnens, das aus der Richtung gekommen war, in der sich die Wachen befanden?

„Wir können uns keine Feinde im Rücken leisten", polterte Orion über die Gefährtenbindung und ich nickte. Logisch. Ich erhob keine Einwände, als er sich von dem Stöhnen abwandte und auf die Wachen zusteuerte.

Bald waren wir so nah, dass die Kartenspieler ihre eigenen verstärkten Stimmen hören konnten. Also sprach ich so leise wie möglich und sagte den nächsten geplanten Satz: „Schweigen ist Gold".

Orion und ich hatten uns lange über diesen Satz unterhalten. Es gab so viele Möglichkeiten, wie das Ganze schiefgehen konnte. Sollten die Wachen einander nicht mehr hören können, könnten sie ausflippen und unseren anfänglichen Überraschungseffekt zunichtemachen. Oder vielleicht würde buchstäblich Gold aus der Luft regnen. Alles war möglich.

So wie ich die Sache verstanden hatte, ging es bei der Macht der Sprichwörter vor allem um die Absicht. Ob die Tatsache, dass Orion und ich uns in diesem Augenblick vollkommen einig waren, einen Unterschied machen würde?

Ich begegnete seinem Blick, biss mir auf die Lippe und wartete. Erst konnte ich die Wachen nicht mehr hören ... dann schon. Ganz leise, mit meinen Shiftersinnen.

„Im Ernst, Joe. Weißt du überhaupt, was ein Full House ist?"
„Das ist ein Full House."
„Die Karten haben die gleiche Farbe, nicht die gleiche Zahl."
„Du schummelst schon wieder! Du änderst die Regeln!"

Auf der einen Seite von mir verzogen sich Gabis Lippen. Auf der anderen Seite funkelten Orions Augen im Sternenlicht.

Ich konnte sehen, wie sich die Brust meiner Begleiter hob und senkte, aber ich konnte ihren Atem nicht mehr hören. Und unsere Schritte waren völlig lautlos, als wir zu dritt den Flur entlang eilten und dann in den Raum stürmten, in dem die Wachen pokerten.

ES WAR FAST ZU EINFACH. Zwei k.o. geschlagene und gefesselte Wachen später, setzte ich „Wände haben Ohren"

wieder ein und nutzte dieses Sprichwort, um uns in die Richtung zu führen, aus der wir gekommen waren, zu den schwachen Stöhngeräuschen und dem schweren Atmen, an denen wir zuerst vorbeigekommen waren.

Und ja, ich spürte, wie meine Energie schwand, als die sprichwörtliche Kraft die Physik ein drittes Mal innerhalb einer halben Stunde zu unserem Vorteil verdrehte. Aber Orion schickte mir über die Gefährtenbindung Stärke, um das zu ersetzen, was ich verloren hatte, ohne dass es mir schlecht zu gehen schien. *„Ich könnte das den ganzen Tag lang machen"*, versicherte er mir, und seine Stimme in meinem Kopf war so beständig wie seine Anwesenheit in meinem Rücken.

Wir liefen nicht mehr nebeneinander, weil der Gang hier schmaler war. Zudem stank es nach Schmerz und Angst. Überraschenderweise roch es aber nicht nach ungewaschenen Körpern, wie ich vermutet hatte. Stattdessen haftete dem Raum ein Geruch von Desinfektionsmittel an, so als hätte sich jemand große Mühe gegeben, ihn sauber zu halten.

Zu dem Desinfektionsmittel gesellte sich der Geruch einer anderen Chemikalie, die ich nicht zuordnen konnte. Zusammen mit dem Stöhnen hätte mich das auf das vorbereiten sollen, was ich sah, als ich einen kaum beleuchteten Gang zwischen einer Reihe von Zellen betrat. Ich war jedoch gefühlsmäßig nicht auf das gefasst, was uns hinter dieser letzten Biegung erwartete.

In dem schwachen, künstlichen Licht sah ich sie. Shifter, die ich gefangen genommen hatte, Shifter, die ich verraten hatte. Nicht wie Tiere in Käfigen, sondern wie Versuchspersonen in einer bizarren Nachbildung einer Krankenstation an ihre Liegen gefesselt.

Vor jeder Zelle befanden sich Klemmbretter, auf dem nächstgelegenen waren nicht die Vitalwerte, sondern die verabreichten Dosen notiert. Vielleicht war der Kerl, der mich mit zusammengekniffenen Augen anschaute, ja krank?

Nein, auf dem nächsten Klemmbrett sah es ähnlich aus, und auf dem übernächsten auch. Sogar mit den Kindern wurde experimentiert, sie bekamen die gleiche Substanz in unterschiedlichen Mengen verabreicht.

„Bist du hier, um uns nach Hause zu bringen?", fragte ein kleines Mädchen mit dünner Stimme. Ihr Kopf war so weit zu mir gedreht, wie es angesichts ihrer Fesseln möglich war. Auf ihren Wangen waren Spuren früherer Tränen zu sehen.

Aber die Frau in der nächsten Zelle gab keine beruhigenden Worte von sich. Stattdessen zischte sie dem Mädchen eine Ermahnung zu. „Sei still."

Ich hätte dem Mädchen am liebsten gesagt, dass es keinen Grund zum Schweigen gab. Aber das konnte ich nicht, denn meine Kehle war voller Galle.

Dies hier war kein Gefängnis. Es war ein Labor, ein Haus des Schreckens mit Werwölfen als Opfer.

Ekel schnürte mir den Magen zu und am liebsten hätte ich mich übergeben, um den Ekel und die Scham, die in mir aufstiegen, loszuwerden. Das hier war mein Werk.

Die Gefangenen, die hierher gebracht worden waren, waren nicht etwa therapiert worden. Stattdessen hatte man sie in Laborratten verwandelt. Männer, Frauen und Kinder. Ich musste sie unbedingt da rausholen.

Aber es gab zu viele Gefangene, die nicht alle auf das Segelboot passten. Zu viele, um sie die steile Leiter hinunterzutragen, bevor der Rat Verstärkung schickte.

Zu viele, um mir jemals zu verzeihen.

Kapitel 17

Die Verzweiflung, die mich überkam, wurde durch Orions Stimme in meinem Kopf aufgefangen. *„Wir alle machen Fehler"*, grummelte er. *„Aber wie wir diese Fehler ausbügeln, das macht unseren Charakter aus."*

Ich war mir nicht sicher, ob ich mir so leicht verzeihen konnte. Aber in einer Sache hatte er recht. Ich musste mich darauf konzentrieren, die Opfer zu befreien, anstatt mich in meiner eigenen Schuld zu suhlen.

Also sah ich mir den erwachsenen Shifter in der nächstgelegenen Zelle an und überlegte, ob er wohl gehen könnte, sobald wir ihn befreit hatten. Es dauerte einen langen Moment, bis ich begriff, dass es sich um Orions Freund Prince handelte, der deutlich jünger war als Orion, als ich ihn vor sechs Monaten kennengelernt hatte. Jetzt hatte Prince neue Falten im Gesicht und seine Augen waren auf keinen von uns beiden gerichtet, bis Orion das Wort ergriff.

„Wir sind hier, um dich zu befreien", versprach Orion mit seiner ruhigen und zugleich entschlossenen Stimme. „Du musst nur beweisen, dass du unschuldig bist."

Dabei fiel Princes prüfender Blick schließlich auf uns. Meiner Erinnerung nach hätte sein Blick streng und gefährlich sein müssen, vor allem, wenn er auf mir – seiner ursprünglichen Entführerin – verweilte. Offensichtlich erinnerte er sich an die

Art und Weise, wie ich meine Instinkte gegen ihn eingesetzt hatte, um ihn zuerst in die Enge zu treiben und ihn dann bewusstlos zu schlagen. Ich hatte es verdient, meinen Blick von jemandem abzuwenden, der wild und auf Rache aus war.

Aber Prince war zu schwach, um die Oberhand zu gewinnen. Stattdessen schaffte er es gerade noch, genug Energie aufzubringen, um etwas zu sagen.

„Du möchtest, dass ich mich denen gegenüber beweise?"

Ich konnte den Wolf in seiner Stimme hören, obwohl ich gar kein Fell in der Luft roch. Es war, als wäre alles, was Prince zum Alpha gemacht hatte, wie weggeblasen und nur noch eine Hülle übrig geblieben war.

Was auch immer man getan hatte, um den Shifter vor mir so grundlegend auf den Kopf zu stellen, war ungeheuerlich. Wieder wurde mir speiübel.

Dann zog mich Orion dicht an seine Seite, während er sich weiter an den eingesperrten Shifter wandte. „Sag Elspeth einfach, dass du nichts mit Blutmagie zu tun hattest. Sie kann an deinem Atem riechen, dass du nicht lügst."

Für einen Augenblick war ich von meiner eigenen Selbstverachtung abgelenkt. Konnte ich das? War das eine Fähigkeit, über die Orion und ich noch nicht gesprochen hatten, oder eine besondere Eigenschaft von Shiftern, die mir noch nicht bekannt war? So wie meine Augen kurz zu wandeln, um wieder klar sehen zu können? Oder sich über die Gefährtenbindung zu unterhalten?

Wie auch immer, es spielte keine Rolle. „Prince braucht überhaupt nichts zu beweisen", entgegnete ich, wobei meine Worte fast so heiser rüberkamen wie seine. „Keiner von ihnen muss irgendetwas beweisen."

Denn ich erkannte diese Shifter, oder zumindest ihren Rudelgeruch. Jeder einzelne von ihnen stammte von Stellen, die Gabi mit einem roten Punkt markiert hatte. Sie hatten sich nicht der Blutmagie schuldig gemacht und ihre Fälle waren auch nicht auf die übliche Weise aufgeklärt worden. Stattdessen waren sie von jemandem ausgewählt worden, den wir noch nicht kannten. Und anschließend habe ich sie in diesen Horror getrieben, der sich hier auf der Bohrinsel um uns herum ausbreitete.

Ich glitt unter Orions Arm weg, obwohl ich am liebsten für immer in seiner Umarmung geblieben wäre. Ich musste mich von meinen vergangenen Taten reinwaschen, nicht mich vor ihnen verstecken. Daraufhin erhob ich meine Stimme und benutzte einen Spruch, der nicht gerade ein Sprichwort war, von dem Orion und ich aber gedacht hatten, dass er einen Versuch wert sein könnte: „Sesam öffne dich".

Vielleicht hatte ich es zu weit getrieben und das Ausmaß der Macht des Gefährtenbrandings falsch eingeschätzt. Oder vielleicht waren Orion und ich uns auch nicht mehr so einig, wie wir es einen Augenblick zuvor noch gewesen waren. Vielleicht war auch sein Vertrauen in mich durch diesen Beweis meiner früheren Schandtaten erschüttert worden.

Was auch immer der Grund gewesen sein mochte, eine kurze Unschärfe trübte meine Sicht. Dann kam eine Woge der Erschöpfung.

Schließlich erwachte das Gefährtenbranding zum Leben und versengte meine Haut. Und sobald ich die Welt wieder scharf sehen konnte, überkam mich ein Gefühl der Erleichterung.

Denn die Türen oben und unten im Korridor öffneten sich knarrend. Den ersten Teil der Flucht hatte ich erfolgreich gemeistert.

Es reichte zwar noch nicht. Aber es war ein Anfang.

MEIN ERSTER UND LETZTER Fehler war, Gabi zu vergessen. Irgendwo zwischen dem Segelboot und dem Labor des verrückten Wissenschaftlers hatte ich angefangen, ihr wieder zu vertrauen. Ich hatte ihr zugenickt, als sie beim Betreten des Zellenblocks zurückgefallen war. Wenn ich darüber nachgedacht hätte – was ich nicht getan hatte –, hätte ich angenommen, dass sie Schmiere gestanden hatte, während ich mir das Grauen meiner eigenen Taten angesehen hatte.

Ich erkannte meinen Fehler erst, als Orion die unverschlossene Zelle seines Freundes betrat und damit begann, Prince von den Gurten zu befreien, mit denen er an die Liege gefesselt war. Ich überlegte gerade, welchen der anderen Shifter ich zuerst befreien sollte, als ich aus dem Augenwinkel ein Funkeln wahrnahm.

Mir blieb keine Zeit zum Ausweichen, bevor sich die kalte Mündung einer Handfeuerwaffe seitlich an meiner Stirn fühlte. Orions Überraschung darüber wirkte so stark über die Gefährtenbindung, dass ich sie in meinem eigenen Bauch spürte, und Gabi muss etwas in seinem Gesicht erkannt haben, denn sie wandte sich an ihn und nicht an mich.

„Legt eure Waffen nieder und schmeißt sie aus der Zelle", verlangte sie, wobei ihr Tonfall deutlich machte, dass es sich nicht um eine spontane Entscheidung gehandelt hatte. Nein, das war der Moment, in dem sich ihr Einsatz auszahlen sollte.

Und ich hätte mir selbst einen Tritt in den Hintern verpassen können. Denn ich hatte schon bei unserem Gespräch im Diner gewusst, dass Gabi zockte. Damals hatte ich nur nicht richtig eingeschätzt, was sie damit bezwecken wollte.

Doch jetzt verdichteten sich die Vermutungen zu einer wahrscheinlichen Tatsache. Einer Tatsache, die bedeutete, dass Orion seine Waffen behalten musste.

„Tu's nicht", widersprach ich.

Ich erkannte schnell, dass Gabi nicht die Absicht hatte, mich umzubringen. Sie hatte schon lange ihre Spielchen getrieben, angefangen damit, dass sie mir als Teenager geraten hatte, eine Gefährtenbindung als Mittel zum Angriff zu nutzen. Viel später hatte sich meine erste Gefährtenbindung in ein Gefährtenbranding verwandelt – hatte sie damit gerechnet? Sie hätte zumindest wissen müssen, dass eine Gefährtenbindung nicht so einfach zu handhaben war, wie sie mir vorgegaukelt hatte.

Bei näherer Betrachtung kam ich zu dem Schluss, dass Gabi von dem Gefährtenbranding gewusst haben musste. Hatte viel mehr verstanden als ich. Denn sie hatte nach jedem Job auf einer Untersuchung bestanden, die, wie ich jetzt vermutete, dazu gedient haben musste, nach den Tattoos zu suchen, die sich derzeit auf meiner Haut schlängelten.

Ich wusste immer noch nicht genau, was das Gefährtenbranding war, aber mir war klar, dass es mächtig war. Und wenn ich Mayas und Orions Unterhaltung richtig verstanden hatte, war die Macht der Sprichwörter, die ich im Augenblick ausübte, nur ein Teil des tatsächlichen Potenzials des Gefährtenbrandings.

Hatte Gabi mich und Orion deshalb aus der Einrichtung für betreutes Wohnen entlassen, nachdem sie die Tattoos gesehen hatte, die uns miteinander verbanden? Hatte sie geahnt, dass unsere Verbindung nur zum Teil funktionierte, und uns in Ruhe gelassen, um die Bindung weiter auszubauen? War sie dann zu dem Schluss gekommen, dass das, was wir hatten, aufgrund der Magie, die wir hier auf der Ölplattform entfesselt hatten, ausreichen würde?

Das alles waren nur Vermutungen, aber Gabi selbst hatte mir beigebracht, den Augenblick zu erkennen, in dem es sich lohnte, auf Vermutungen einzugehen. Ich spürte, wie diese Gewissheit in mir langsam Gestalt annahm, und ich wusste, dass ich der Waffe an meiner Schläfe nur entkommen konnte, indem ich ihre eigene Manipulation gegen sie einsetzte.

Gabi hatte vor, meine magische Verbindung zu ihrem eigenen Vorteil zu nutzen. Das bedeutete aber auch, dass sie mich am Leben lassen musste. Nein, ich war nicht in körperlicher Gefahr.

Ich leitete all diese Vermutungen über die Gefährtenbindung weiter, aber vielleicht flossen meine Gedanken zu schnell, um einen Sinn zu ergeben. Denn Orion war bereits dabei, die Waffen abzulegen, wobei er sehr darauf achtete, Gabi nicht zu bedrohen. Drei Messer schlitterten über den Boden von ihm weg. Er hatte nur noch einen Taser, dann würde er mit leeren Händen dastehen.

Und das war auch gut so. *„Wandle dich zum Wolf"*, schickte ich die Gefährtenbindung und öffnete die Verbindung zwischen uns so weit, wie ich konnte. Falls er meine jüngsten Erkenntnisse missverstanden hatte, würde er sie aber jetzt mit Sicherheit begreifen. *„Du und Prince, ihr könnt Gabi* *gemeinsam zur Strecke bringen. Sie wird nicht auf mich schießen.“*

Leider schüttelte Orion den Kopf, während er genauso leise antwortete wie ich. *„Prince kann sich nicht wandeln. Keiner von ihnen kann das.“*

Mir zog sich der Magen zusammen. Ich hatte zwar mitbekommen, wie sich Orion mit seinem Freund unterhalten hatte, aber ich hatte nicht versucht, mitzuhören, während ich mir überlegte, wer von den Gefangenen in der Lage sein könnte, das Segelboot aus eigenem Antrieb zu erreichen. Jetzt ergaben die Fesseln allerdings mehr Sinn. Stoffgurte hätten nicht ausgereicht, um Shifter an ihre Betten zu fesseln, wohl aber, um geschwächte Menschen gefangenzuhalten.

Das Grauen, das hier passiert war, war schlimmer, als ich mir vorgestellt hatte ... und das machte mich noch entschlossener, diese Leute zu befreien.

Ich brauchte diesen Gedanken nicht in Worte zu fassen. Orion lehnte ihn bereits ab. *„Nein. Sie sind nicht wichtiger als du.“*

„Einige sind Kinder“, widersprach ich. Das kleine Mädchen hatte so ähnlich ausgesehen wie die Bilder, die ich von mir gesehen hatte, als ich zum ersten Mal in Julius’ Villa eingezogen war. Verängstigt, aber standhaft. Alleine, auch wenn der Raum voller Leute gewesen war.

Währenddessen schlug Orions letzte Waffe, der Taser, bereits auf dem Boden auf.

„Gut“, antwortete Gabi, die entweder nichts von unserer stillen Unterhaltung mitbekommen hatte oder sich nicht daran störte. „Jetzt schließt du dich mit deinem Freund in der Zelle ein. Die Tür verriegelt sich automatisch hinter dir.“

„Tu das nicht!", flehte ich laut, aber Orion hörte nicht zu. Das Klicken des einrastenden Schlosses fühlte sich unwiderruflich an.

Aber ich war noch lange nicht bereit, meine Niederlage einzugestehen.

„Lass uns gehen", befahl Gabi und drückte noch etwas fester mit der Pistole, bis sie damit die Haut an der Seite meines Schädels eindrückte. Und dieses Mal folgte ich ihrem Befehl bedingungslos. Ich wandte mich von Orion ab, während ich gleichzeitig meine Aufmerksamkeit auf das Tattoo auf meinem Unterarm lenkte.

„*Sei bereit*", teilte ich Orion leise mit und war froh, dass er sich nicht zum Wolf gewandelt hatte, als ich das vorgeschlagen hatte. Zu dem Zeitpunkt war Gabi auf der Hut gewesen, aber mittlerweile hatten sich ihre Muskeln gelockert. Ihre Schritte waren selbstgefällig und leicht geworden. Sie dachte, sie hätte gewonnen.

Das hatte sie aber nicht. Ich mochte mit meinem letzten Sprichwort eine beträchtliche Menge unserer Kräfte verbraucht haben, aber ich hatte noch genug in mir, um einen letzten Versuch zu starten. Selbst wenn ich danach ohnmächtig werden sollte, musste ich jetzt handeln.

„*Das ist das Risiko nicht wert.*" Orions Stimme in meinem Kopf war härter und fordernder, als ich sie je vernommen hatte. „*Wenn du recht hast und Gabi nicht vorhat, dir etwas anzutun, dann haben wir Zeit, uns etwas zu überlegen. Erinnere dich an unseren ursprünglichen Plan. Ich würde im Gefängnis landen. Du würdest draußen bleiben. Und gemeinsam würden wir ...*"

Jetzt allerdings weigerte ich mich, zuzuhören. Orion war ein Alphawerwolf und er dachte, er müsse mich beschützen.

Aber da lag er falsch. Ich war eine ebenbürtige Partnerin und hatte vor, jeden Gefangenen aus diesem Schlamassel herauszuholen.

Als ob er meine Absicht gespürt hätte, wurde Orions Tonfall noch rauer. „Mach nicht noch einen Fehler, Elspeth. Nicht wie den, der dazu geführt hat, dass ein ganzes Rudel sich nicht mehr wandeln kann. Der, durch den Kinder in Käfige gesperrt worden sind."

Seine Worte trafen mich wie ein Schlag in die Magengrube. Er hatte meine Schuld erkannt und wollte sie zu seinem Vorteil nutzen. Genau so etwas hatte ich von einem in die Enge getriebenen Wolf erwartet.

Gut so. Orion musste im Augenblick ein Wolf sein. Also blendete ich meine Enttäuschung darüber aus, ihn von einer dunkleren Seite zu sehen, als ich mir vorgestellt hatte, und flüsterte die Worte, die ihn aus seinem selbst auferlegten Gefängnis befreien würden. Die Worte, die ihm Zeit geben würden, Gabi anzugreifen und dabei das Überraschungsmoment zu nutzen.

„Wenn sich eine Tür schließt, öffnet sich eine andere."

Die Tattoos auf meinem Arm fühlten sich an wie Nadeln, die sich in meine Haut bohrten. Der Schmerz flehte mich an, mein Kommando rückgängig zu machen, beschwor mich, mein Handeln zu überdenken.

Aber das tat ich nicht. Ich biss die Zähne zusammen und unten im Korridor knallte Metall auf Metall, als die Türen wahllos auf- und wieder zufielen.

Gabi zuckte zusammen, und ich drehte mich um und sah ...

... Orions Tür, die genauso geschlossen war, wie ich sie zuletzt gesehen hatte.

Meine Sicht war aber nur leicht getrübt. Ich hatte noch genug Energie, um das zu schaffen. Also biss ich mir auf die Lippe und zwang die Tätowierungen auf meinem Arm erneut, meinen Willen zu befolgen.

Oder besser gesagt, ich versuchte es. Dieses Mal zuckten sie wie ein angeketteter Hund, der gegen sein Halsband ankämpfte. Warme Flüssigkeit lief aus meiner Haut und Blutflecken befleckten den Ärmel meines Shirts.

Währenddessen spürte ich, wie Orions Blick auf mich gerichtet war. Als ich aufblickte, fand ich seine Zellentür im Gegensatz zu den anderen genauso fest verschlossen wie seinen entschlossenen Mund.

Orion hatte sich gegen den Befehl gewehrt und gewonnen ... was bedeutete, dass wir beide diese Schlacht verloren hatten.

Und wir hatten mehr als nur die Schlacht verloren. Eine Nadel stach in die Haut meines Oberarms. Meine Bemühungen waren nicht unbemerkt geblieben und Gabi hatte offenbar immer noch ein Beruhigungsmittel zur Hand, selbst, nachdem sie die Wachen ausgeschaltet hatte.

„Es war nicht die Mühe wert, dich wach zu halten", stellte meine Mentorin fest, als eine eisige Kälte durch mich kroch und meine Sinne einen nach dem anderen ausschaltete. Zuerst verschwanden die Geräusche. Dann ließ die Kälte des Gewehrlaufs an meinem Kopf nach.

Das letzte, was ich sah, waren Orions Augen, so dunkel wie die Nacht, in die ich hineingerutscht war, ohne dass auch nur ein einziges Fünkchen Sternenlicht die Weite des Raumes erhellt hätte.

Kapitel 18

Ich wachte in meinem eigenen Bett auf, während Julius in einem Sessel neben mir eine Zeitung las. Er sah so vertraut aus, von seinen grauen Haaren bis hin zu der Art und Weise, wie er die Zeitung sorgfältig gefaltet hatte, um sie mit nur einer Hand halten zu können. Das war seine lockere Dad-Art, die ich nur selten zu sehen bekam und die mich schon allein durch seine Anwesenheit beruhigte.

Währenddessen deuteten Regenbögen an den Wänden darauf hin, dass es früher Nachmittag war, also die Tageszeit, in der die Sonne die Prismen fand, die Celeste an die Decke gehängt hatte, als wir beide acht Jahre alt waren und ich eine Woche lang mit Streptokokken zu Hause festgesessen hatte. Mein Hals tat so weh, dass ich einen Augenblick lang meinte, dass wir in der Zeit zurückgereist wären.

Dann erinnerte ich mich.

„Wo ist Orion?", verlangte ich und jedes Wort fühlte sich an, als würde ich versuchen, eine mit Stacheln besetzte Kastanienschale zu schlucken.

„Du bist wach." Julius klappte seine Lesebrille zusammen und legte sie auf den Beistelltisch. Dort stand ein Glas mit Wasser und einem Strohhalm, an dem man leicht nippen konnte. Mein Mund schmerzte vor Trockenheit, als mein Vater den Strohhalm an meine Lippen führte. „Trink langsam“, schlug er vor.

Doch ich trank nicht. Gabi war zwar nie auf meiner Seite gewesen, aber ihre Ratschläge hatten mir meistens weitergeholfen. Ich wusste, dass es unklug war, etwas aus einer bereits geöffneten Verpackung zu mir zu nehmen. Auch wenn mir der Gedanke unvorstellbar erschien, musste ich doch zur Kenntnis nehmen, dass Julius vielleicht etwas anderes im Sinn haben könnte als nur mein Bestes.

Also drehte ich meinen Kopf zur Seite und wiederholte: „Wo ist Orion?“

Ein Schwanz stieß gegen mein Bein, als Julius trocken bemerkte: „Zu deinen Füßen.“

Der kalte Schreck, der sich in meinem Bauch festgesetzt hatte, als Orion meine Schuldgefühle gegen mich verwendet hatte, ließ etwas nach. Ich schaffte es, mich lange genug auf meine Ellbogen zu stützen, um einen Blick auf ihn zu erhaschen. Nachdem ich wieder auf mein Kissen zurückgesunken war, brachte mich die Erleichterung, sein pelziges Gesicht zu sehen, dazu, eine Frage zu stellen, die ich wahrscheinlich nicht hätte stellen sollen. „Und die Gefangenen?“

„Die sind bereits unterwegs zu ihren Clans.“ Julius stellte das Glas auf seinem Untersetzer ab. Mit grimmiger Stimme fügte er hinzu: „Gabi ist vom Dienst abgezogen worden.“

„Tatsächlich?“, meldete ich mich über die Gefährtenbindung.

Oder versuchte es zumindest. Dieser geistige Korridor, den Orion am ersten Tag unserer Verpaarung beschrieben hatte, fühlte sich jetzt wie ein Labyrinth durch ein dorniges Dickicht an, ohne dass ich ein Ziel erkennen konnte. Ich konnte keine Tür sehen, die ich öffnen konnte, und Orion antwortete nicht.

Stattdessen hielt er seinen Blick auf Julius gerichtet, als ob er darauf warten würde, dass mein Vater eine falsche Bewegung machte. Und ich konnte ihm das nicht verübeln. Die medizinische Einrichtung auf der Bohrinsel trug eindeutig Julius' Handschrift.

Ich blinzelte und kämpfte gegen die Unschärfe an, die meine Gedanken auf eine falsche Fährte locken wollte. Gabi arbeitete für den Rat und Julius war ein bedeutender Kopf in dieser Organisation. Er war im Grunde seines Herzens auch Wissenschaftler, der ständig Daten sammelte, vom Wetter bis zum Benzinverbrauch. Er verfügte über die Mittel und die Fähigkeit, an Werwölfen zu experimentieren ... aber würde er so etwas wirklich tun?

Bevor ich zu einem Schluss kommen konnte, hörte ich Schritte auf dem Flur, die von der Person kamen, der ich bedingungslos vertraute. Celeste stieß die Tür mit der Schulter auf und trat mit einem Tablett voran ein. „Ich habe dir dein Lieblingsessen gemacht!", versprach sie.

Ihr Tonfall war fröhlich, aber ihr langes Haar war zu einem schrägen Pferdeschwanz gebunden und nicht zu dem typischen französischen Zopf, mit dem sie ihre Locken davor bewahrte, zu einem Vogelnest zu werden. Sie war zu besorgt um mich, um ihre Zeit mit Haarpflege zu verschwenden, was noch deutlicher wurde, als sie das Menü verkündete: „Hühnernudelsuppe direkt aus der Dose".

Das war mein absolutes Lieblingsessen, wenn ich krank war. Meine Kehle brannte vor Verlangen, und ich nahm die Schüssel von Celeste bereitwillig in Empfang. Nicht nur wegen der Mühe, die sie sich gemacht hatte, sondern auch, weil sie meine Schwester war. Von ihr würde ich alles essen, aus geöffneten oder ungeöffneten Verpackungen, egal unter welchen Umständen.

Also linderte ich meinen Hals mit heißer Flüssigkeit, während sich meine Schwester neben mir auf dem Bett niederließ. Julius hatte sich wieder seiner Zeitung zugewandt, was bedeutete, dass er nicht mitbekam, wie Celeste mit einem Finger auf meinen tätowierten Arm tippte und dann fragend die Augenbrauen hochzog. *Was ist das?*, wollte sie wissen.

Ich schüttelte den Kopf, vor allem, weil ich noch nicht so recht verstand, was das Gefährtenbranding bedeutete, aber auch, weil ich dieses Thema nicht vor unserem Vater ansprechen wollte. Zumindest nicht in diesem Augenblick. Nicht, während wir unser übliches Bild beim Abendessen abgaben: Celeste und ich, die sich vertraut miteinander unterhielten, während Julius den Wirtschaftsteil der Zeitung durchblätterte.

Achselzuckend schmiegte sich Celeste etwas enger an meine Seite, was Julius nicht zu bemerken vorgab. Orions pelziger Körper wärmte meine Füße, wodurch sich das Ganze noch mehr wie Zuhause anfühlte.

Einen langen Augenblick lang ließ ich mich von der behaglichen Vertrautheit einlullen. Ich hörte zu, wie sich Celeste einen Teil der Zeitung schnappte und laut aus einer Ratgeberkolumne vorlas, damit ich meine Augen ausruhen und trotzdem Teil der Gruppe sein konnte.

Allmählich verflog meine innere Unruhe. Abgesehen davon, dass wir uns in meinem Schlafzimmer befanden, war das alles so normal. Außer ...

„Ihr solltet doch eigentlich auf der Arbeit sein", krächzte ich und meine Stimme war schon etwas klarer als vor dem Schlürfen der Suppe.

„Nein, sollten wir nicht." Celeste warf mir einen Blick zu, der selbst die unruhigsten Schüler dazu veranlasste, für mindestens fünf Minuten auf ihren Stühlen stillzusitzen. „Wir sollten hier sein und dafür sorgen, dass es dir gut geht."

Julius stimmte ihr zwar nicht ausdrücklich zu, aber seine bloße Anwesenheit zu Hause während der Arbeitszeit war für ihn gleichbedeutend mit einer Bestätigung. Er schimpfte nicht mal mit mir, als ich die Suppenschüssel wieder in die Hand nahm und die restliche Flüssigkeit in einem großen Schluck hinunter schlürfte, obwohl seine Wange über diesen Fauxpas zuckte.

Das Summen seines Handys hätte normalerweise seine ungeteilte Aufmerksamkeit geweckt. Stattdessen schenkte er ihm keine Beachtung und stellte selbst eine Frage. „Wie geht es dir?"

„Besser", antwortete ich Celeste zuliebe, auch wenn ich mir nicht sicher war, ob ich aufstehen konnte. Aber langsam kehrte die Kraft zurück. Kraft und genug Verstand, um zu erkennen, dass das nachmittägliche Licht bedeutete, dass ich seit ungefähr achtzehn Stunden nicht mehr bei Bewusstsein gewesen war.

Kein Wunder, dass meine Familie in der Nähe war. Kein Wunder, dass Orion sich in seine Wolfsgestalt gewandelt hatte.

„Gut", antwortete Julius. Es war nur ein Wort, aber es erdete mich weiter. Es erinnerte mich daran, dass Julius zwar streng sein konnte, aber er war auch hier. Er hatte sich schon so oft bemüht, mir das Leben zu erleichtern. Indem er mich darauf vorbereitet hatte, in der Welt zu überleben, hatte er mir seine Liebe gezeigt. Ebenso durch seine Anwesenheit.

Nein, entschied ich, er würde keine Experimente an Werwölfen durchführen. Er behandelte mich wie eine echte Tochter, nicht wie eine Pflegetochter. Er hatte sein Leben der Sicherung des Friedens zwischen den Werwolf-Clans gewidmet, obwohl er von seinem Geburtsrudel so behandelt worden war.

Mir schien, als ob es im Raum merklich wärmer geworden wäre. Celeste hatte inzwischen die Ratgeberseiten zu Ende gelesen und reichte mir die Comics. Julius' Handy brummte ständig, aber er schenkte ihm keine Beachtung. Zu meinen Füßen entspannte sich sogar Orion ein wenig, obwohl er seinen Blick nicht von meinem Vater zu nehmen schien.

Ohne dass jemand etwas sagte, war das unablässige Summen des Handys jedoch noch schwerer zu ignorieren. „Geh schon ran", schlug ich schließlich vor.

Julius betrachtete Celeste, eindeutig um Erlaubnis bittend. Meine Schwester war zwar sanftmütig, aber wenn sie etwas befahl, gehorchten wir alle. So wie sie jetzt die Lippen schürzte, war sie eindeutig der Meinung, dass im Krankenzimmer nicht gearbeitet werden durfte und sie war nicht bereit, von dieser Vorgabe abzurücken.

Aber ich war gar nicht krank. Also schlug ich die Bettdecke zurück, schwang meine Beine über die Bettkante und begab mich auf die Suche nach Klamotten, um den Schlafanzug abzulegen, den ich gerade trug. Sicherlich hatte niemand bemerkt, wie ich mich an der obersten Schublade festhalten musste, um mich zu stützen, als ich sie aufzog.

„Du übertreibst", stellte meine Schwester fest und bewies damit, dass sie es doch bemerkt hatte. Orion, der ebenfalls besorgt war, hüpfte vom Bett und stapfte auf mich zu.

„Womit übertreiben?", antwortete ich unschuldig, so wie wir beide damals, als wir als Kinder Kekse an der Köchin vorbei geschmuggelt hatten.

Als ob sie dieselbe Erinnerung gehabt hätte, verdrehte Celeste die Augen und deutete dann mit der Hand auf Julius, dessen Hand neben dem surrenden Telefon verweilte. „Nur zu. Es ist ja nicht so, dass Elspeth sich ausruhen würde, jetzt, nachdem sie versorgt wurde."

Weder Celeste noch ich waren überrascht, als Julius den Anruf in weniger als einer Sekunde annahm und auf Lautsprecher stellte. Seine Begrüßung war wie immer ein knappes „Was?"

„Dringende Besprechung in Anwesenheit von Elspeth", antwortete seine Sekretärin sachlich. „Es gibt da einige Fragen zu deinen Anweisungen in Bezug auf Gabriela. Soll ich die Sitzung verschieben?"

Julius blickte zu mir herüber und zog die Augenbrauen hoch. War ich fit genug, um auszusagen, was passiert war?

Bevor ich antworten konnte, stupste mich Orion mit der Schulter an und ich geriet fast ins Straucheln. Wollte er mir damit zu verstehen geben, dass wir damit warten sollten, bis ich mich wieder besser fühlte, bevor wir uns dem Rat stellten?

Aber die Gefährtenbindung zwischen uns war undurchlässig, und Orion war nicht bereit, sich zu wandeln, um seine Meinung zu äußern. Also schenkte ich seinem Einwand keine Beachtung und nickte Julius zu. „Ich kann doch stehen, oder?"

„Ihr zwei seid einfach unmöglich", murmelte Celeste zur gleichen Zeit, als Julius in sein Handy sprach:

„Wir sind in einer Stunde da."

Kapitel 19

Ich hätte mir nie träumen lassen, dass jemand die Versammlung in Wolfsgestalt betreten würde. Aber Orion hatte sich geweigert, sich zu wandeln, oder zumindest dachte ich, dass er sich weigerte, anstatt zuzugeben, dass er das nicht konnte. Unsere Gefährtenbindung war immer noch unkooperativ, also beschränkte sich die Kommunikation zwischen uns darauf, dass ich sprach und er nickte oder den Kopf schüttelte, um zu antworten.

Und er hatte oft den Kopf geschüttelt, als ich ihm vorgeschlagen hatte, mit Celeste zu Hause zu bleiben. Wir betraten also gemeinsam den Raum, Julius in seinem Anzug, ich in einer Cargohose, die einerseits militärisch genug aussah, um den Rat an meine Rolle zu erinnern, und andererseits als Versteck für die Sachen diente, die ich in letzter Minute aus meinem Schlafzimmer geholt hatte, und Orion, der in seinem Pelz neben uns beiden herlief. Das Klacken von Julius' gewienerten Schuhen und das dumpfe Poltern meiner Militärstiefel hoben sich von den fast lautlosen Schritten von Orions Pfoten ab, als wir uns einen Weg durch den prächtigen Ballsaal bahnten und die Treppe am anderen Ende hinauf in den runden Sitzungssaal liefen, wo die wichtigsten Entscheidungen getroffen wurden.

Ich war bisher erst dreimal hier gewesen und hatte jedes Mal allein auf der beleuchteten Drehbühne in der Mitte des Kreises der Ratsmitglieder gestanden und versucht, mir nicht anmerken zu lassen, wie eingeschüchtert ich von so vielen Blicken gewesen war, die sich in meine Haut gebohrt hatten. Am schwierigsten waren die, die hinter mir saßen, auch wenn ich durch die Drehung der Bühne jedem von ihnen irgendwann in die Augen sehen konnte. Meine Wölfin mochte es nämlich nicht, wenn andere, selbst menschliche Vorgesetzte, mir im Nacken saßen. Außerdem konnte ich durch das Licht, das in meine Augen fiel, kaum etwas sehen.

Als ich als Vollstreckerin vereidigt worden war, war das alles noch gar nicht so schlimm gewesen. Aber sechs Monate später hatte ich einen blöden Fehler gemacht und war von jedem Mitglied des Rates zurechtgewiesen worden, bevor Julius dem Ganzen ein Ende gesetzt hatte. *„Elspeth wächst in den Job hinein“*, hatte er ihnen verkündet. *„Sie macht denselben Fehler nicht nochmal.“*

Das dritte Mal war ich im Rampenlicht gestanden, als der Rat mich für einen besonders heiklen Fall lobte. Auch hier hatte Julius alle anderen reden lassen, bevor er einfache Worte der Ermutigung von sich gegeben hatte. *„Du hast mich stolz gemacht.“*

Jetzt zögerte ich, bevor ich zum vierten Mal die Bühne betrat. In der Vergangenheit hatte ich stets versucht, diesen Männern und Frauen zu gefallen, obwohl ich weder ihre Namen kannte, noch etwas über sie wusste. Es war ein kindischer Drang, den ich versucht hatte zu unterdrücken, ein Drang, der mich leicht für die Fehler der Leute, die ich vergöttert hatte, hätte blind machen können.

Als ich mir die Gesichter ansah, bevor das Scheinwerferlicht meine Sicht einschränkte, fragte ich mich, ob Gabi wirklich auf eigene Faust gehandelt hatte, wie Julius behauptete. Könnten andere Mitglieder des Rates die Gräueltaten auf der Bohrinsel abgesegnet haben? Abgesehen von Julius konnte ich ihre Charaktere nicht einschätzen. Wollte ich mich wirklich vor diese fast Fremden stellen und Geheimnisse ausplaudern, die anderen Werwölfen wie mir und dem, der mich gerade auf Schritt und Tritt begleitete, schaden könnten?

Er folgte mir, aber mit einem Abstand von einer Armlänge. Seit dem Anstupsen mit der Schulter in meinem Schlafzimmer hatte Orion keinen Kontakt mehr zu mir aufgenommen, obwohl er zuvor genauso berührungsfreudig wie jeder andere Werwolf erschienen war. Ich konnte riechen, dass er das, was ich tat, missbilligte, und ich konnte es an der Art und Weise spüren, wie sich das Fell entlang seines Rückgrats sträubte.

Aus dieser Richtung würde ich also keine Unterstützung bekommen. Stattdessen war es Julius, der auf den dreizehnten und letzten Stuhl rutschte und mich weiterbrachte . Julius war nicht leicht zu täuschen. Entweder war der gesamte Rat verdorben, einschließlich meines Vaters, oder keiner von ihnen.

„Bleib ruhig“, murmelte er. *„Du schaffst das.“*

Entweder ich vertraute Julius oder ich tat es nicht. Und wenn ich ihm nicht vertraute, würde meine ganze Welt zusammenbrechen.

Also trat ich auf das Podium, Orion neben mir, aber nicht völlig dicht an meiner Seite. Dann erzählte ich dem Rat alles, was sich auf der Bohrinsel ereignet hatte.

„DAS IST ZUTIEFST BEUNRUHIGEND." Der Mann, der zuerst das Wort ergriff, war nicht viel älter als Gabi und hatte eine Freundlichkeit an sich, die mich an Celeste erinnerte. „Ich habe ja gewusst, dass Gabriela von Wölfen aufgezogen worden ist, aber sich so unmenschlich zu verhalten ..."

Gabi war von Wölfen aufgezogen worden? Ich hätte gerne gewusst, ob dieser Satz wörtlich oder im übertragenen Sinne gemeint war, aber ich wurde immer schnell von der Bühne verwiesen, wenn der Rat mit mir fertig war. Diesmal wollte ich allerdings nicht weggeschickt werden, sondern wollte hören, was sie zu sagen hatten.

Also stand ich ganz still und versuchte, meine Beine nicht zu verkrampfen und meinen Magen nicht knurren zu lassen. Und als dann auch noch Orions Schulter mein Bein wärmte, schmeckte meine Erleichterung wie Honig. Er widersprach nicht, als ich meine Finger in seinem Fell vergrub, und ließ zu, dass ich ihn als körperliche Stütze nutzte, während der Rat beriet.

„Gabriela war mir gegenüber Rechenschaft schuldig", stellte Julius fest. „Das bedeutet, dass jeder ihrer Fehler mein Fehler war. Ich kümmere mich persönlich um die Folgen."

„Und die Gefangenen?" Das war eine ältere Frau, deren Augen wie die eines Alphawolfs auf mich wirkten.

„Die werden heimgeschickt", antwortete Julius. Es fühlte sich fast so an, als wäre er jetzt derjenige auf dem Podium gewesen, der von seinen Ratsmitgliedern ins Kreuzverhör genommen wurde.

„Ist das denn klug?", entgegnete ein anderer Mann – Mitte vierzig, mit Schnurrbart, soweit ich das im Scheinwerferlicht erkennen konnte, das meine Augen tränen ließ. „Die sind doch bestimmt stinksauer, und das aus gutem Grund. Vielleicht wäre es sicherer, sie zu töten."

Neben mir knurrte Orion, so leise, dass ich es eher spürte, als hörte. Doch die Ratsmitglieder schienen das nicht zu bemerken. Stattdessen zankten sie sich hin und her, bis Schnurrbart mit seiner nächsten Bemerkung Orions Aufmerksamkeit erregte und damit auch meine:

„Wir hatten keinerlei Anteil daran, dass dieser ganze Mist entstanden ist. Also sollten wir auch nicht dafür verantwortlich sein, ihn zu beseitigen."

Ich hätte den Geruch nicht wahrgenommen, wenn Orion nicht aufmerksam geworden wäre. Aber jetzt erinnerte mich der beißende Geruch, der von Schnurrbart ausging, an den unangenehmen Beigeschmack in der Luft des Diners, als Gabi mir versichert hatte, nicht für die Bearbeitung der mit roten Punkten gekennzeichneten Rudel verantwortlich zu sein.

Auf der Bohrinsel hatte Orion davon gesprochen, dass ich Lügen riechen konnte. Wenn es das war, was ich bei meiner Mentorin wahrgenommen hatte, dann hatte auch Schnurrbart gelogen. Bedeutete das, dass er mitschuldig an Gabis Bemühungen war, Unschuldige einzusperren?

Ich wusste allerdings, dass ich das Thema jetzt besser nicht ansprechen sollte. Schnurrbart könnte Gabis einziger Komplize sein, vielleicht aber auch nicht. Außerdem hatte ich keine Beweise für eine solche Behauptung. Nichts außer meiner Nase und Orions gespitzten Ohren, was beim Rat nicht gut ankommen würde.

Doch als Schnurrbart anbot, sich der Angelegenheit anzunehmen, konnte ich meinen Mund nicht länger halten. „Ich habe sie gefangen genommen", stieß ich unaufgefordert hervor. „Also sollte ich auch diejenige sein, die sich persönlich entschuldigt."

An der plötzlichen Aufmerksamkeit, die sich in meine Richtung wandte, war zu erkennen, dass zumindest ein paar der Ratsmitglieder meine Anwesenheit vergessen hatten. Sie würden mich gleich wegschicken.

Konnte ich darauf drängen, eingebunden zu werden, ohne dem Rat zu verraten, dass ich Schnurrbart nicht traute? Es musste doch eine Möglichkeit geben, ihn daran zu hindern, die gefangenen Shifter zu töten und ihre Leichen verschwinden zu lassen, wie ich vermutete.

Bevor ich mir noch die richtige Formulierung zurechtlegen konnte, löste Julius mein Problem. „Elspeth und ich regeln das gemeinsam."

Und schon war die Entscheidung gefallen.

Kapitel 20

Auf dem Dach des Gebäudes befand sich ein Hubschrauberlandeplatz, sodass ich nicht lange warten musste, um mit Julius außerhalb der Hörweite der anderen Ratsmitglieder zu sprechen. Das Dröhnen der Rotoren bedeutete jedoch, dass wir Kopfhörer aufsetzen mussten, damit der Pilot mithören konnte ... und dass Orion praktisch aus dem Gespräch ausgeschlossen war, da er mit weit gespreizten Beinen auf dem Metallboden zwischen unseren Sitzen stand und versuchte, während des Starts das Gleichgewicht zu halten.

Trotzdem war das Thema wichtig genug, um es jetzt anzusprechen. „Ich vermute, der Typ mit dem Schnauzer lügt", sagte ich in das Mikrofon vor meinem Kinn.

In der Zwischenzeit überprüfte ich eine andere Vermutung außerhalb des Blickfelds meines Vaters. Ja, der Graben zwischen mir und Orion war immer noch vorhanden, aber er hatte mich zuvor im Besprechungsraum unterstützt. Vielleicht war es ja nicht seine Verärgerung, die ihn in seiner Wolfsgestalt hielt. Vielleicht behielt er sein Fell, weil Reißzähne und Krallen derzeit seine einzige Waffe waren und er sich als mein wichtigster Schutz im Feindesland betrachtete.

Das meiste davon konnte ich nicht ändern, aber das mit den fehlenden Waffen stimmte nicht. Mein Instinkt hatte mich dazu veranlasst, ein paar lebenswichtige Dinge in die Taschen zu stopfen, während ich mich in meinem Schlafzimmer umgezogen hatte, und eines dieser Dinge war zufällig ein Universalmesser, das sich zum Werfen oder Stechen eignete. Wenn Orion mir also nicht bewusst die kalte Schulter zeigte, könnte ihn das Messer dazu bringen, sich zu wandeln.

Also tat ich so, als würde ich mich an der Wade kratzen, während ich die Klinge aus der Scheide zog und sie zwischen uns auf den Boden fallen ließ, wo sie durch meinen Körper vor Julius' Blicken geschützt war. Ein Stoß mit dem Stiefel schickte die Klinge mit dem Griff zuerst in Richtung Orion, aber ich ließ dabei Julius nicht aus den Augen, während mein Vater auf meine Behauptung über Schnurrbart antwortete.

„Lindley? Das würde mich nicht wundern. Derzeit läuft eine Untersuchung gegen jedes Ratsmitglied, um das zu klären."

Ich nickte. Ich hätte wissen müssen, dass Julius die üblichen Loyalitäten außer Acht lassen und jede Schandtat innerhalb seiner Organisation gründlich untersuchen würde. Trotzdem machte sich Enttäuschung in meinem Bauch breit, als ich einen Blick zur Seite warf und feststellte, dass Orion weiterhin auf seinem Pelz beharrte. Sein Blick war auf das Fenster geheftet, sodass ich nicht mal versuchen konnte, anhand der Gefühlslage hinter seinen Augen zu erraten, was er dachte.

Vor zwei Tagen war es noch meine Hauptaufgabe gewesen, alleine zu arbeiten. Jetzt fühlte es sich seltsam an, sich nicht mit Orion unterhalten zu können und keine Antwort zu bekommen.

Nein, nicht seltsam. Es tat weh. Da war ein Loch in mir. Eine Leere, von der ich nicht einmal gewusst hatte, dass es sie gab, bis Orion mein Gefährte geworden war.

Das ist unwichtig, schimpfte ich mit mir selbst. Ich war nicht allein und ich arbeitete schon gar nicht allein. Orion und Julius verfolgten genau die gleichen Ziele wie ich. Gemeinsam würden wir Gabis Grausamkeiten aufräumen.

Es spielte keine Rolle, dass Orion und ich uns im Augenblick nicht miteinander verständigen konnten.

Doch als der Hubschrauber über dem Golf von Mexiko schwebte, konnte ich nicht verhindern, dass sich meine Stimmung verdüsterte, genau wie die Wolken, die sich näherten und die Sonne verdunkelten. Als das gemietete Segelboot über die Wellen geglitten war, hatte das Licht noch auf dem Wasser gefunkelt. Aber jetzt waren sowohl der Himmel als auch das Meer grau und düster.

Ich schluckte etwas runter, das noch bitterer war als der Geruch der Falschheit von Schnurrbart. Und ich hatte nur den Bruchteil einer Sekunde der Warnung in Form von Elektrizität in der Luft, die in meinen Kopfhörern knisterte ...

Dann schrie Julius auf und wandte seinen ganzen Körper von dem nackten Wolf ab, der jetzt einen Großteil der Passagierkabine des Hubschraubers ausfüllte. „Um Gottes willen!", murmelte mein Vater. „Ich hatte gehofft, nie die Genitalien meines Schwiegersohns zu sehen."

Nacktheit mag in menschlichen Kreisen nicht akzeptabel sein, aber ich war eigentlich gar nicht so menschlich, wenn es darauf ankam. Denn obwohl Orion keine Kleidung trug, blieb mein Blick auf dem Mann haften, der darauf bestanden hatte, mir in ein Gebiet zu folgen, das er als Feindesland betrachtete. Und als sich sein Blick endlich mit meinem traf, war mein Lächeln so überschwänglich, wie die Sonnenstrahlen, die plötzlich hinter den Wolken hervorbrachen.

DIE BOHRINSEL SAH VON oben ganz anders aus. Weniger bedrohlich, eher traurig und verlassen. Als ob sowohl das Bauwerk als auch die Shifter, die es beherbergte, übersehene und unerwünschte Überbleibsel wären.

Unerwünscht ... aber offenbar nicht wehrlos. Während wir über dem Gebäude kreisten, meldete sich der Pilot zum ersten Mal zu Wort. „Ein Problem, Ratsherr. Die Gefangenen haben sich in dem Wohnblock verbarrikadiert. Die Wachen befinden sich draußen und sind hungrig."

Neben mir zog Julius die Stirn in Falten. Fand er es wirklich überraschend, dass diese Verzweifelten, die aus ihrem Gefängnis entlassen worden waren, ein wenig Macht an sich gerissen hatten? Das Segelboot war nicht mehr zu sehen und das Ufer war zu weit entfernt, um dorthin zu schwimmen.

„Hol die Wachen ab", brummte Orion und seine Stimme drang durch das Audiosystem des Hubschraubers, schien aber auch direkt dorthin zu fließen, wo sich unsere Schultern berührten. Es gab keinen Sitz neben meinem, aber er hatte sich in die Hocke gesetzt, sodass wir Seite an Seite blieben. „Setz uns ab. Komm in einer Stunde zurück."

„In dem Gebäude befinden sich siebenundfünfzig aufgebrachte Wölfe", entgegnete Julius. Er hatte Orion seine Anzugjacke zusammen mit einem zusätzlichen Headset ausgehändigt, und der Stoff bedeckte gerade so viel nackte Haut, dass mein Vater bereit schien, Orion jetzt direkt anzusprechen. Trotzdem wich sein Blick von Orion ab, als er hinzufügte: „Ich schicke Elspeth nicht allein da rein."

„Und doch hast du sie allein zu mir geschickt", antwortete Orion. Seit dem Augenblick, in dem er sich gewandelt hatte, ließ seine Größe Julius' durchschnittliche menschliche Gestalt geradezu mickrig erscheinen, und jetzt schien Orion noch größer zu werden. Als Antwort darauf krampfte sich Julius' Kiefer zusammen, so wie immer, wenn er etwas sagen wollte, das so bissig war, dass die verbale Wunde noch tagelang danach eitern würde.

Orion brauchte meinen Schutz nicht, aber ich hatte das seltsame Bedürfnis, ihn trotzdem zu beschützen. Obwohl sich das unecht und gezwungen anfühlte, wandte ich eine Technik an, die Gabi mir schon früh in meiner Ausbildung beigebracht hatte: frühzeitiges und häufiges Lob, um aufbrausende männliche Egos zu beruhigen.

„Ihr habt ja beide Recht", warf ich ein und verlieh meiner Stimme eine falsche Fröhlichkeit. „Orion ist ein starker Alpha, also wird er auf der Bohrinsel das Sagen haben. Ich bin nur das schmückende Beiwerk. Und Julius wird seine hervorragenden strategischen Fähigkeiten nutzen, um uns aus der Luft zu unterstützen. Einverstanden?"

Indem ich die Frage an sie zurückgab, erweckte ich nicht den Eindruck, als hätte ich gerade das Kommando über eine fragwürdige Partnerschaft übernommen. Und es klappte. Orions Lippen verzogen sich kurz, dann nickte er.

„Sei bloß vorsichtig", schärfte Julius mir ein, aber er ging nicht weiter darauf ein.

Innerhalb von zehn Minuten waren Orion und ich allein auf dem Deck der Bohrinsel und niemand außer den kürzlich gefangengenommenen Shiftern war in der Nähe.

Kapitel 21

Wir versuchten jedoch nicht sofort, Prince und die anderen zu finden. Das Deck schien leer zu sein, denn die Unterkünfte hinter uns versperrten uns die Sicht auf das Meer in dieser Richtung, während verschiedene rostige Pfosten auf den anderen Seiten mögliche Verstecke boten. Aber ich roch kein Fell in der Nähe, was uns ein wenig Spielraum gab, um das offensichtliche Problem zwischen uns anzugehen.

Sobald der Hubschrauber so weit aufgestiegen war, dass wir uns in normaler Lautstärke unterhalten konnten, blickte ich zu Orion hinauf und wünschte mir, die Sonne wäre nicht hinter einer schweren Wolke verschwunden und hätte den frühen Abend in ein Zwielicht getaucht. Ich konnte seine Augen nicht sehen, als ich vorschlug: „Wir müssen reden. Unsere Verbindung ..."

„Ja, wir müssen reden." Seine Stimme war emotionslos. „Aber nicht jetzt. Da drinnen sind kranke Leute, die nur darauf warten, dass du sie mit Hilfe deines Charmes zur Kooperation überredest."

Ich zuckte zusammen. Offenbar war mein Versuch der manipulativen Vermittlung im Hubschrauber offensichtlicher gewesen, als ich gedacht hatte. „Hör zu", begann ich. „Ich weiß, dass du sauer bist. Die Gefährtenbindung weiß, dass du sauer bist." Das war die einzige Erklärung, die mir einfiel, warum ich nicht mehr in der Lage war, mit ihm über diesen gedanklichen Verbindungsgang zwischen unseren Köpfen in Kontakt zu treten.

Orions Antwort war trügerisch ruhig. „Warum sollte ich sauer sein?"

Ich hätte eingeschüchtert sein sollen. Der Größenunterschied zwischen mir und Orion war so viel größer als der zwischen ihm und Julius. Er überragte mich in diesem Augenblick und ich hatte ihm persönlich eine Waffe übergeben.

Ich fühlte allerdings nur Frustration. Eine solche Frustration, dass mir gar nicht auffiel, dass ich an der reglosen Tätowierung auf meinem Unterarm kratzte, bis der Schmerz meine Reaktion bestimmte. „Keine Ahnung", stieß ich hervor.

„Und genau das ist das Problem", antwortete Orion, während seine größere Hand meine festhielt und mich daran hinderte, den roten Streifen auf meiner Haut weiter zu verlängern. Und zum ersten Mal, seit er sich von seiner Wolfsgestalt zurückgewandelt hatte, wurden die Tätowierungen auf meinem Arm wach und begannen zu tanzen. „Du erinnerst dich nicht daran, dass du gar nicht weit von hier mit einer Waffe an deinem Kopf dagestanden bist?", fuhr er fort.

„Natürlich erinnere ich mich!" Leider waren sämtliche Techniken zur Konfliktbewältigung, die Gabi mir beigebracht hatte, aus meinem Kopf verschwunden, sobald ich mit Orion allein war. Ich bekam bloß eine Gefühlsexplosion zustande. „Ich erinnere mich, dass ich das Ganze vermasselt und zugelassen habe, dass du in diesen Käfig gesperrt worden bist. So war es doch? Bist du enttäuscht von mir?"

„Ja."

Genau wie gestern, als Orion meine Schuldgefühle gegen mich verwendet hatte, traf mich sein einziges Wort heute wie ein Schlag in die Magengrube. Allerdings hatte es mich noch härter getroffen, also hielt ich meine Schultern gerade und mein Kinn hoch. „Na gut, das habe ich wohl verdient."

Orion stieß ein Knurren aus, anstatt zu antworten, und fuhr sich mit der freien Hand über seinen Bartansatz, während er mich mit der anderen Hand weiter festhielt. „Darüber bin ich keineswegs enttäuscht", knurrte er. „Im Gegenteil; ich schulde dir eine Entschuldigung. Ich hätte dich nicht an dir selbst zweifeln lassen dürfen, selbst im Interesse eines größeren Ganzen. Es tut mir leid."

„Es tut dir leid?"

Er nickte, aber die Wärme, die mich jetzt durchströmte, übertünchte nicht seine folgenden Worte. „Es tut mir leid", wiederholte er und seine Iris war stockdunkel, ohne das Funkeln der Sterne. „Ich habe dir wehgetan und das würde ich auch wieder tun. Denn ich bin enttäuscht, dass du geglaubt hast, dein Leben riskieren zu müssen. Du musst aber begreifen, dass ich dein Wohlergehen immer über das von allen anderen stellen werde. Du bist meine Gefährtin. Was hast du denn gedacht, was das bedeutet?"

Gefährtin. Da war es wieder, das Wort, mit dem ich nicht umgehen konnte.

„Ich ... Ich weiß es nicht", begann ich.

Plötzlich schwang die Tür zum Wohnbereich auf und bewahrte mich vor weiteren Ausführungen. „So sehr ich diese Seifenopern während meiner Gefangenschaft auch vermisst habe", erklärte Prince, dessen Stimme deutlich kräftiger klang als bei unserem letzten Treffen, „ich hatte gehofft, etwas von strategischer Bedeutung zu hören. Wenn ihr euch bloß zanken wollt, kommt ihr besser mit rein."

IN DER WINZIGEN CAFETERIA, in die wir geführt wurden, gab es nur drei andere Shifter, zwei Männer und eine Frau, alle mit einer Haltung, die darauf hindeutete, dass sie eigentlich dominant hätten sein müssen. Aber ihnen fehlte diese elektrisierende Präsenz, die es unmöglich machte, den Blicken starker Alphas standzuhalten. Ich war mir sicher, dass sie sich immer noch nicht wandeln konnten.

Während ich sie betrachtete, schlüpften die beiden Männer in eine Sitzecke an dem einzigen Tisch, der groß genug war, um uns alle zu versammeln, und ich war versucht, mich zurückzuhalten. Ich hätte es vorgezogen, mich an den Rand zu setzen, wo ich notfalls aufspringen konnte. Aber Prince machte eine Art „Ladies first"-Geste, und ich folgte den ersten beiden Shiftern auf die lange, geschwungene Bank. Dabei hielt ich meinen Blick auf den Tisch gerichtet, eine unterwürfige Geste, die angesichts der mangelnden Überlegenheit dieser Alphas nicht nötig gewesen wäre. Trotzdem hoffte ich, dass sie sich dadurch beruhigen würden.

Doch dem war nicht so. Prince muss meine gesamte Unterhaltung mit Orion mitgehört haben, oder er hat einfach zwei und zwei zusammengezählt, so, wie er gefangengenommen worden war. „Keine Tricks", knurrte er jetzt, als er Orion bedeutete, sich neben mich zu setzen. „Du möchtest mit uns reden? Sei ehrlich."

„Du hast Recht", erwiderte ich und sah ihm direkt in die Augen, als Orion auf der anderen Seite der Sitzecke Platz nahm, um sich mir gegenüber niederzulassen. Damit war der Platz gegenüber von Prince für die Frau frei, von der ich annahm, dass sie die Gefährtin des letzten Alphas war, wahrscheinlich desjenigen, der das Rudel angeführt hatte, das wir vollständig ausgerottet hatten. Sie war alt genug, um meine Mutter zu sein, aber die Art, wie sie mich anschaute, zeigte keine Schwäche. Die sonnengebräunten Falten unterstrichen die Bedrohlichkeit ihres Gesichtsausdrucks, und ich konnte mich nicht entscheiden, ob das unbestimmte Gefühl der Vertrautheit, das mich überkam, als ich in ihre Richtung blickte, von der Festnahme kam. Ich dachte zwar nicht, dass ich schon mal mit einem der beiden zu tun gehabt hatte, aber vielleicht hatte ich mich ja geirrt?

Unwichtig. Mit Mühe besann ich mich wieder auf die Gegenwart und nicht auf die Vergangenheit, als ich weitersprach und den Blick der Frau erwiderte, bevor ich mich an die Alphas wandte, einen nach dem anderen. „Vielen Dank, dass ihr mir die Gelegenheit gebt, mich zu entschuldigen. Ich habe auf Grund falscher Erkenntnisse gehandelt, aber das soll keine Entschuldigung sein. Ich hätte meine eigenen Nachforschungen anstellen sollen, besonders, bevor ich Kinder gefangen genommen habe. Ich möchte mich aufrichtig bei euch entschuldigen. Und ich mache es wieder gut."

Da schnaubte die Frau. „Wie genau willst du das denn anstellen?"

Und jetzt verstand ich, warum sie mir bekannt vorkam. Sie war die Frau, die dem Kind den Mund verboten hatte, als ich das erste Mal auf die Bohrinsel gekommen war. Ihre Härte hatte mich damals ziemlich genervt, aber ich hielt den Ärger aus meiner Stimme heraus, als ich ihr antwortete.

„Ich bringe jeden von euch persönlich zu seinem Rudel zurück. Außerdem arbeite ich mit dem Rat zusammen, um eine angemessene Entschädigung auszuhandeln. Ich ..."

„Es gibt keine angemessene Wiedergutmachung", unterbrach mich die Frau. „Und wir werden die Bohrinsel nicht verlassen."

Orion nickte und ergriff zum ersten Mal das Wort. „Ihr möchtet hier bleiben, bis ihr euch wieder wandeln könnt. Bis ihr stark genug seid, eure Gebiete zu verteidigen."

Das leuchtete mir ein. Wenn Orions Nachbarn mit dem offensichtlichen Ziel angegriffen hatten, herauszufinden, wie ein neuer Alpha sich verteidigen würde, dann hatten diese Shifter wahrscheinlich kein Land, in das sie zurückkehren konnten, nachdem sie monatelang abwesend gewesen waren.

„Ich kann euch den Weg freimachen", bot ich an. „Es gibt ..."

Jeder Alpha im Raum schüttelte den Kopf, aber nur Prince ergriff das Wort. „Nein. Wir fechten unsere eigenen Kämpfe aus. Was wir von dir brauchen, ist ganz einfach. Erstens: Informationen. Wer hat uns befreit?"

Das hatte ich mich auch schon gefragt. Aber ich hatte gehofft, Orion fragen zu können, wenn wir einen Augenblick Zeit für uns hätten.

„Unschlüssig", antwortete Orion, den Blick fest auf das Gesicht von Prince gerichtet. „Du hast doch miterlebt, wie Elspeth betäubt worden ist, und dann haben sie den Rest von uns mit Gas ausgeschaltet. Ich bin im Aufwachraum munter geworden, wo auch ein Ratsmitglied und seine Tochter anwesend waren."

„Du bist in meinem Zimmer aufgewacht", ergänzte ich, „und meine Schwester und mein Vater haben sich um mich gekümmert."

„Julius LeBlanc", stellte Prince fest. „Und Celeste LeBlanc."

Es gefiel mir nicht, dass er den Namen meiner Schwester kannte, aber es war verständlich, dass Alphas, an denen Experimente durchgeführt und die eingesperrt worden waren, jedes bisschen Information, das sie in die Hände bekamen, nutzen wollten. Ich verkniff mir also meine Erwiderung und fragte stattdessen: „Als Erstes wolltet ihr Informationen haben. Aber was ist das Zweite?"

„Vorräte." Ein Alpha, der vorher nicht gesprochen hatte, knallte eine Liste auf die Tischplatte.

„Und Boote, die uns alle auf einmal transportieren können und ausreichend Treibstoff für mehrere Fahrten zum Festland haben", fügte Prinz hinzu.

Ich nickte, aber Orion war angespannt. Irgendetwas daran gefiel ihm nicht. „Ihr braucht Sicherheiten", stellte er nach einem Augenblick fest. „Um sicherzustellen, dass man euch nicht verarscht, bis sich alle erholt haben."

Da meldete sich die Frau neben Orion wieder zu Wort. „Verstehe ich das richtig, dass ein Ratsmitglied in dem Hubschrauber sitzt?"

„Ja und nein." Ich verstand, worauf sie hinauswollte, und das ergab durchaus Sinn ... wenn man meinen Vater nicht kannte. „Julius wird nicht tagelang oder wochenlang Geisel spielen. Wir können uns etwas Realistischeres einfallen lassen, um euch entgegenzukommen ..."

Später wurde mir klar, warum ich das nicht hatte kommen sehen, warum ich dieses Gespräch so gelassen angegangen war. Orion saß mir gegenüber und wir waren nicht mehr zerstritten, zumindest nicht mehr so sehr wie zuvor, als wir aus dem Hubschrauber gestiegen waren. Ich war dabei, meine Fehler hier am Ort des Geschehens auszubügeln. Und außerdem hatte es einfach etwas Gewaltiges, unter meinesgleichen zu sein, ohne auf irgendwelche Spielchen zurückgreifen zu müssen.

Was auch immer der Grund war, Prince' Antwort kam so schnell und heftig, dass ich gar keine Gelegenheit hatte, mich dagegen zu wehren. „Ich glaube schon, dass Julius Geisel spielen wird", bemerkte er, während sich seine Finger um meine Kehle schlossen und mir fast, aber nicht ganz, die Luft abschnürten. Im selben Augenblick griff der Alpha auf der anderen Seite von mir zu, um meine beiden Hände in einer seiner Hände festzuhalten.

Ich wusste, dass es eine denkbar schlechte Idee gewesen war, mich zwischen mögliche Feinde zu drängen, aber ich hatte geglaubt, die Geste des guten Willens wäre das Risiko wert. Als Orion nun erfolglos versuchte, sich über den Tisch zu stürzen, um mir zu helfen, wurde mir klar, dass ich einen weiteren Fehler gemacht hatte.

„Mit seiner Tochter als Geisel", stellte die Frau fest, „denke ich, dass Julius sich nur allzu gerne für einen längeren Aufenthalt zu uns gesellen wird."

Dann zog der schweigsame Alpha auf Orions anderer Seite ein Messer heraus und schob die Klinge an Orions Kehle.

Kapitel 22

Orion hörte nicht auf, zu versuchen, sich hinter dem Tisch hervorzukämpfen, obwohl bereits Blut an seinem Hals herunterlief. Angst, die ich nicht gespürt hatte, als ich selbst bedroht worden war, durchfuhr mich. *„Tu das nicht!",* sprach ich durch die Gefährtenbindung und meine Worte schmeckten selbst in meinem Kopf bitter und verzweifelt.

Hätte ich Zeit zum Nachdenken gehabt, hätte ich nicht versucht, lautlos mit ihm zu sprechen. Aber ich hatte Angst um Orion, handelte aus einem Urinstinkt heraus ... und es klappte.

Orion beruhigte sich, ließ sich wieder in seinen Sitz sinken und sprach mit ruhiger Stimme.

„Ich habe ein Messer in meiner Tasche. Und Elspeth hat verschiedene Gegenstände in den Taschen ihrer Cargohose, die man als Waffen ansehen könnte. Mir wäre es lieber, wenn eine Frau ihr diese abnehmen würde."

„Ergibst du dich?", forderte ich leise. Er war nicht schwer verletzt, das konnte ich an der wiedereröffneten Gefährtenbindung erkennen. Ich hatte zwar gehofft, dass er sich zurückhalten würde, um unmittelbare Verletzungen zu vermeiden, aber ich hatte eigentlich auch vorgehabt, dass wir die Waffen, von denen er unseren Entführern gerade erzählt hatte, in Verbindung mit dem Überraschungsmoment nutzen

würden, um den Spieß umzudrehen. Jetzt würden wir weder Waffen noch Überraschung auf unserer Seite haben.

„Ich stelle deine Sicherheit immer über alles andere", antwortete Orion. Dann fügte er laut hinzu: „Prince, ich bitte dich als Freund, nicht zu vergessen, dass Elspeth meine Gefährtin ist."

„Verstanden." Prince amüsierte sich über uns beide. Das hörte ich an seiner trockenen Stimme und spürte es daran, wie sich seine Hand ein wenig von meiner Kehle löste.

Sein Ausrutscher hätte mir die Möglichkeit geben können, mich zu wehren, mich aus seinem Griff zu befreien und ihn vielleicht sogar zu bedrohen. Aber das Messer lag immer noch an Orions Kehle, während die Shifter auf beiden Seiten ihn unsanft aus der Sitzecke beförderten.

Und ich verstand endlich, warum er nicht bereit war, meine Haut zu riskieren. Denn ich war genauso wenig bereit, seine aufs Spiel zu setzen. Stattdessen begegnete ich einfach seinen nachtschwarzen Augen, als er mit rauer Stimme eine Aufforderung über unsere Gefährtenbindung aussprach.

„Halte unsere Verbindung offen."

„Ich werde es tun, solange Du es tust", antwortete ich, als seine Entführer ihn abtasteten, was ein Leichtes war, da er nur Julius' Mantel und mein Messer bei sich hatte.

Dann führten sie ihn aus der Cafeteria heraus. Zwei Shifter flankierten ihn, während Prince und die Frau zurückblieben, wobei Prince' Hand locker meinen Hals umfasste, während sie mich mit noch viel grimmigeren Absichten anfunkelte.

Dass Orion nicht da war, war ein Schmerz, der sich erst legte, als ich begriff, dass wir nicht wirklich voneinander getrennt worden waren. Ich konnte den Gang sehen, durch den er gerade schritt. Ich wusste, dass er auch die Shifterin wahrnahm, die mich aus der Sitzecke führte, während sie sich darauf vorbereitete, mich abzutasten.

Es war ein befremdliches Gefühl, die Welt durch Orions Augen zu sehen, während er durch meine sah. Unwillkürlich wich ich vor der Nähe zurück, hielt mich dann aber zurück, als ich feststellte, dass sich zwischen uns dieselbe dornige Hecke erhob, gegen die ich zuvor schon gekämpft hatte.

„War ich eigentlich diejenige, die vorhin unsere Gefährtenbindung gekappt hat?", fragte ich und schenkte der Frau keine große Aufmerksamkeit, da sie viel länger brauchte, um meine Cargohose zu durchwühlen, als sie Orion durchsucht hatte. Trotzdem fehlten ihr immer noch Gegenstände. An Waffen mangelte es uns nicht ganz.

Statt einer direkten Antwort bekam ich einen Erinnerungsblitz, den Orion vielleicht mit mir teilen wollte oder auch nicht. Seine kleine Hand in Mayas etwas größerer Hand, als die Leiche ihrer Mutter auf einem Scheiterhaufen verbrannt worden war. Der Schmerz über den Verlust und die Verunsicherung verstärkte sich noch, als ihr Alpha sie aus dem einzigen Zuhause, das sie gekannt hatten, vertrieb und sie zu Streunern machte, die um Essen und Unterkunft betteln mussten.

Orion wusste, was es heißt, allein zu sein. Das wusste er schon seit seiner frühen Kindheit.

Allmählich wurde mir klar, dass seine Erinnerung eine Erklärung für die vermeintlich einfache Antwort war, die er mir in Worten gab: *Ich löse unsere Bindung niemals.*"

Dann löste Prince endlich seinen Griff um meine Kehle, der in den letzten Minuten eher eine Erinnerung als eine

Drohung gewesen war. „Ich entschuldige mich für diese Zumutung“, verkündete er, „aber ich muss dich bitten, dich hier vor mir zu wandeln. Im Funkraum erhältst du einen neuen Satz Kleidung, wenn du dich mit deinem Vater besprichst.“

Ich war immer noch von Orions Erinnerungen überwältigt und zuckte nur mit den Schultern. Ich würde die Spritze und das Messer, die die Frau übersehen hatte, zwar nicht in den Nähten meiner Cargohose aufbewahren können, aber ich war nicht wirklich schutzlos.

Nicht, wenn Orion auf der Bohrinsel alles mitbekam, was ich sah und hörte.

DER FUNKRAUM WAR EIN winziges Gebäude in der Nähe des Hubschrauberlandeplatzes, das gerade groß genug war, dass ich, Prince und die Frau sich darin zusammenpferchen konnten. Ich konnte ihre Ungeduld förmlich riechen, als ich die Stofffetzen betrachtete, die für mich bereitgelegt worden waren.

Da es sich um Krankenhauskleidung handelte, musste ich mich entscheiden: Entweder ich entblößte teilweise meine Brüste oder ich ließ kalte Luft durch den unvermeidlichen Spalt meine Wirbelsäule hochkriechen. Ich entschied mich für Ersteres, nahm die Demütigung hin und machte weiter, obwohl Orion in meinem Kopf brummte.

„Ich bin mir ziemlich sicher, dass sie nicht genug Kleidung für alle haben, geschweige denn für uns“, teilte ich ihm mit.

„Du hast Recht“, stimmte Orion nach einem Augenblick zu und ich erhaschte einen Blick auf seine Umgebung. Es sah so aus, als hätten sich die anderen Gefangenen in denselben

kleinen Aufenthaltsraum gezwängt, und es musste etwas bedeuten, dass sie Orion erlaubt hatten, sich ihnen anzuschließen, anstatt ihn in eine Gefängniszelle zu sperren.

Dann lenkte der Alpha des Rudels, aus dem die meisten Leute im Aufenthaltsraum bestanden, derjenige, den ich immer noch nicht kennengelernt hatte, obwohl seine Gefährtin mich ständig anfunkelte, Orions Aufmerksamkeit auf sich. *„Du kannst dich wandeln“*, knurrte er. *„Dann tu es.“*

„Um euch zu unterhalten?“, fragte Orion mit trügerisch ruhiger Stimme.

„Nein“, erwiderte der andere Alpha. *„Um die Blockade zu durchbrechen.“*

Ich verstand das nur, weil ich aus grauer Vorzeit wusste, dass ein dominanter Shifter, der seine Gestalt wandelte, oft Werwölfe in der Nähe mit sich zog. Kein Wunder also, dass Orions Blick über die zweibeinigen Shifter glitt, die sich zusammenkauerten, als ob sie sich danach gesehnt hätten, wieder in ihren Pelz zu schlüpfen, dann nickte er. *„Natürlich. Mit wem soll ich deiner Meinung nach anfangen?“*

Ich hätte ihm ja gerne weiter zugehört, aber der Hubschrauber kreiste bereits. Also ließ ich Orions Welt in den Hintergrund treten und kehrte in meine eigene zurück. Eine Welt, in der ich ebenfalls dazu aufgefordert wurde, über mich hinauszuwachsen, um die Schandtaten wiedergutzumachen, die ich all diesen Werwölfen angetan hatte.

„Wenn du möchtest, dass alles glatt läuft, wäre es hilfreich, wenn du mir die Gefahr visuell darstellen könntest[2], schlug ich vor, obwohl Orion, der Julius' Mantel abgelegt hatte, kurz innehielt.

Vor mir hob Prince eine Augenbraue. „Ich soll dich also mit einem Messer bedrohen?"

„Wenn nur wir beide hier wären, würden meine Chancen nicht schlecht stehen, dir das Messer aus der Hand zu reißen und dich zur Geisel zu machen. Oder, was bei unserer derzeitigen Lage wahrscheinlicher ist, ich würde das Messer auf sie richten" – ich wies auf die Shifterin – „und hoffen, dass ihr Gefährte sie nicht als entbehrlich betrachtet."

„Das tut er nicht", bestätigte die Frau. Zum ersten Mal, seit ich sie kennengelernt hatte, lächelte sie ein klein wenig.

„Aber das werde ich nicht", teilte ich Prince und der Frau mit, die sich noch immer nicht die Mühe gemacht hatte, ihren Namen zu nennen. „Ich war vollkommen aufrichtig, als ich gesagt habe, dass ich hier bin, um wieder gut zu machen, was ich euch angetan habe. Es ist keine schlechte Idee, Julius als Geisel zu nehmen, aber er wird sich nicht leichtfertig opfern. Er ist ein vielbeschäftigter Mann und weiß, dass ich auf mich selbst aufpassen kann."

„Was für ein Vater", murmelte die Frau.

„Bist du dir da auch wirklich sicher?", grummelte Orion leise.

Ich nickte und wollte mit meinen folgenden Worten sowohl Orion als auch der Frau antworten. „Mein Vater hat nicht den Fehler begangen, der euch hierher gebracht hat. Das war ich. Und ich werde alles tun, was in meiner Macht steht, um meine Verfehlungen wiedergutzumachen."

Prince betrachtete mich einen langen Augenblick lang. Dann sagte er etwas, von dem ich annahm, dass es als Lob gemeint war. „Jetzt wird mir klar, was Orion in dir sieht."

„Dummheit?" schlug die Frau vor.

„Öffne einen Kanal", antwortete Prince, anstatt näher darauf einzugehen.

Dann packte er mich am Hals, so wie er das in der Cafeteria getan hatte. Er marschierte mit mir hinaus in den Wind, der vom schwebenden Hubschrauber aufgewirbelt wurde.

Und wir hielten erst an, als meine nackten Füße halb über die Kante des Decks ragten.

ICH WAR ZU WEIT WEG, um das Gespräch mitzubekommen, das im Kontrollraum stattfand. Aber der Hubschrauber landete. Julius stieg aus und bewegte sich auf uns zu, wobei er sich bückte, solange er unter den Rotoren durchging. Dann wartete er mit ergeben erhobenen Händen darauf, dass unser einziges Transportmittel abhob und das Dröhnen des Hubschraubers verstummte, bis wir endlich sprechen konnten.

„Das war nicht gerade dein bester Moment ", sagte Julius zur Begrüßung zu mir.

Ich zuckte zusammen, denn er hatte Recht. Prince war nicht absichtlich grob gewesen, als er mich über die Bohrinsel geschubst hatte, aber ich war barfuß und das Deck war rostig. Ich hatte mir eine schmerzhafte Schnittwunde an der Seite meines großen Zehs zugezogen und das Blut tropfte nun behäbig in Richtung Meer.

Außerdem fühlte ich mich in dem Krankenhauskittel, der mir vor den kürzlich inhaftierten Shiftern angemessen erschienen war, vor meinem Vater underdressed. *„Der Schein",* hatte er mich schon dutzende Male ermahnt, wenn ich nach einem übersturzten Wandeln im Hinterhof zum Unterricht geeilt war, und dabei meine Bluse falsch zugeknöpft und meinen Hosenstall offen gelassen hatte. Die väterliche Enttäuschung hatte mir immer ein flaues Gefühl in der Magengrube beschert, aber jetzt musste ich lächeln, als ich mit Orions Augen seinen überraschenden Erfolg betrachtete.

Noch vor wenigen Augenblicken hatte eine Gruppe von fünf Shiftern Orion eingekreist, alle hatten sich ihrer Kleidung entledigt und sich auf den Alpha in ihrer Mitte konzentriert. Als er das erste Mal in die Wolfsgestalt gewechselt hatte, war nichts passiert, auch wenn er sich schnell und kraftvoll gewandelt hatte. Auch beim zweiten Mal waren der Rudelführer und die anderen Erwachsenen nicht von Orions Wandlung betroffen.

Aber ein Jugendlicher war noch formbarer. Während Orions drittem Wandeln hatte der Teenager seinen Wolf zum ersten Mal seit Monaten wiedergefunden. Das fröhliche Herumtollen des Jungen auf vier Beinen entschädigte mich für alle Unannehmlichkeiten, mit denen ich zu kämpfen hatte.

Also ließ ich die Missbilligung meines Vaters von mir abperlen, als ich ihm erklärte: „Wir müssen hier sein. Diese Leute haben keinen Grund, uns zu vertrauen, also geben wir ihnen einen Grund."

Ich hatte gedacht, Julius würde verstehen, dass wir die kaum abgeklungenen Feindseligkeiten nicht wieder aufflammen lassen sollten. Oder dass er mir zumindest glauben und das Thema fallen lassen würde. Stattdessen griff er direkt meinen schwächsten Punkt an. „Ich hoffe nur, Celeste hat Verständnis dafür, dass du übermorgen nicht dabei bist, um ihr bei ihrem Ausflug zu helfen."

Sein verbaler Schlag traf genau ins Schwarze. Es stimmte, dass ich das Datum von Celestes großem Ausflug zum Schuljahresende in die Kartoffelchips-Fabrik völlig aus den Augen verloren hatte, auch wenn ich mich genau daran erinnerte, dass sie mich gebeten hatte, sie zu begleiten. *„Ich traue niemandem sonst zu, dass er Noah C. davor bewahrt, in einer der Maschinen zu landen",* hatte meine Schwester schon vor Monaten gesagt, als sie mich um Hilfe gebeten hatte. *„Ich habe eine Heidenangst, dass der Junge genauso endet wie Augustus Gloop."*

„Ich bin da", hatte ich versprochen, anstatt zu fragen, auf welches Kinderbuch sie dieses Mal angespielt hatte. *„Du kannst dich auf mich verlassen."*

Aber ich würde nicht da sein. Dieser Konflikt würde nicht innerhalb eines Tages vorbei sein. Vielleicht würde ich Celeste nicht mal vorwarnen können, bevor sie sich allein mit Noah C. herumschlagen müsste.

Sie durfte auf keinen Fall in dem Glauben gelassen werden, ich hätte sie vergessen. Selbst wenn ich das kurzzeitig getan haben sollte.

„Kann ich meine Schwester anrufen?", fragte ich Prince und ließ meine Verzweiflung in meine Stimme einfließen. Es war keine Manipulation, wenn ich tatsächlich verzweifelt war, oder?

Aber mein Entführer schien anderer Meinung zu sein. Er schüttelte den Kopf und lehnte meine Bitte mit harter Stimme ab, oder verzögerte sie zumindest. „Privatgespräche finden statt, nachdem Julius sich mit dem Rat unterhalten hat. Nachdem wir alle angeforderten Vorräte erhalten haben."

Dann wandte er sich ab, um sich um meinen Vater zu kümmern, während die grimmige Frau das Messer zog, von dem ich schon geahnt hatte, dass sie es versteckt gehalten hatte. Mit einer Bewegung der Waffe befahl sie mir wortlos, vor ihr zurück zum Wohnblock zu marschieren.

Kapitel 23

Orion, Julius und ich verbrachten die Nacht in getrennten Zellen, aber unsere Bedingungen waren viel besser als die, die ich am Tag zuvor in diesem Raum beobachtet hatte. Jemand hatte sich die Zeit genommen, Matratzen über die nackten Operationstische aus Metall zu legen, auf denen die Shifter vorher festgeschnallt waren. Und wir bekamen verschweißte Pakete mit Lebensmitteln, die nur schwer, wenn überhaupt, zu manipulieren waren.

„Sieht so aus, als wäre die erste Lieferung angekommen", stellte Orion fest und seine Stimme drang sowohl durch die Gefährtenbindung als auch über die Luft zwischen unseren Zellen hindurch. Inzwischen war seine Erschöpfung so sichtbar, dass ich sie in meinen eigenen Muskeln spüren konnte. Die Anstrengung, sich immer und immer wieder zu wandeln, bis sein Körper keine Lust mehr hatte, erschwerte es ihm auch nur, einen Müsliriegel zum Mund zu führen.

„Das war es wert", fuhr Orion über die Gefährtenbindung leise fort, und er hatte Recht. Sein letztes Wandeln hatte im regennassen Freien auf dem Deck stattgefunden, unter denselben Neonröhren, die gestern noch so unheimlich gewirkt hatten. Heute Abend dagegen fiel es dank des Lichts leicht, über die hageren Umrisse der fünf Teenager und des einen Mittzwanzigers hinwegzusehen, die es inzwischen geschafft hatten, ihren Pelz wiederzuerlangen. Sechs junge Wölfe tummelten sich in dem sintflutartigen Regen, während Erwachsene und Kinder in menschlicher Gestalt den Gestank ihrer Gefangenschaft im Golf von Mexiko abspülten.

Ihre Freude war ansteckend, aber das reichte nicht aus. Selbst mit Julius als Sicherheit traute ich dem Rat nicht zu, die Macht so einfach abzugeben. Stattdessen hatte ich den leisen Verdacht, dass Lindley eine Möglichkeit finden würde, diesen Aufstand zu seinem Vorteil zu nutzen. Jeder Augenblick, den wir zögerten, gab ihm mehr Zeit für seine Pläne.

Ich konnte kaum schlafen, wenn ich daran erinnert wurde. Als am nächsten Morgen eine Frau mit dem Frühstück auftauchte, machte ich ihr ein Angebot, von dem ich hoffte, dass es sowohl mir als auch den ehemals gefangenen Shiftern das geben würde, was wir brauchten. „Wenn du mir erlaubst, mit meiner Schwester zu telefonieren", teilte ich ihr mit, „dann wandle ich mich an Orions Seite. Vielleicht reicht es, wenn wir uns zu zweit wandeln, um zu den Erwachsenen durchzudringen."

„Das ist die Entscheidung des Alphas", antwortete die Frau. Sie behandelte uns aber nicht wie Gefangene. Stattdessen schloss sie die Türen von Orion und mir auf und zuckte mit den Schultern, als Julius sie von seiner Tür wegschickte.

„Ich würde lieber hier bleiben." Mein Vater sah kaum von seinem Taschenbuch auf, das er gerade las, was mich überraschte. Ich hatte gedacht, dass ihm solch eine erzwungene Auszeit schwerfallen würde, aber er schien sich über Nacht auf eine Art und Weise entspannt zu haben, wie ich ihn selten zuvor erlebt hatte.

Auf meinen fragenden Blick hin erklärte er: „Ich kann euch nicht helfen und ich möchte euch lieber nicht nackt sehen." An uns alle gewandt fügte er hinzu: „Ich bin mir sicher, dass meine Tochter wie üblich hervorragende Arbeit leisten wird."

Das seltene Lob ließ mich aufhorchen. Das heißt, bis meine innere Hitze auf Bilder stieß, die über die Gefährtenbindung von Orion kamen, Bilder, von denen ich den Eindruck hatte, dass er sie nicht an mich weitergeben wollte.

Er erinnerte sich daran, wie er in den wenigen Augenblicken, in denen ich geschlafen hatte und Julius und Celeste nicht da gewesen waren, als Wolf durch Julius' Haus gestapft war. Im Eiltempo hatte er alle Ausgänge und Gefahrenstellen abgesucht und es noch zu mir geschafft, bevor meine Familie zurückkam.

Gemeinsam erinnerten wir uns daran, wie er nach Luft schnappte und mit seinen Krallen über die harten Keramikfliesen geschlittert war, während das laute Piepsen der verschiedenen Geräte und Lichter es ihm erschwerten, sich zu konzentrieren. Sobald mein Vater zurückkam, schaffte es Orion gerade noch, ihm nicht ins Gesicht zu knurren.

„Du magst Julius nicht", stellte ich über die Gefährtenbindung fest, während wir unserem Begleiter durch eine Reihe von Gängen folgten und Orions Erinnerung im Angesicht der Gegenwart verblasste.

Seine Antwort war sorgfältig formuliert. *„Ich mag nicht, wie er dich behandelt."*

„In seinem Haus?"

„Sein Haus oder deinem Zuhause?"

Es dauerte einen Augenblick, bis ich verstand, was Orion damit sagen wollte – dass ich nämlich im selben Haus wohnte. Dass der Raum sowohl für meine Wolfsgestalt, als auch für meine Menschengestalt geeignet sein sollte.

„Julius ist allergisch gegen Wolfsfell", erklärte ich und hörte, wie schwach dieser Einwand sogar in meinem eigenen Kopf klang. Immerhin war die Villa riesig. Die Hautschuppen meiner Wolfsgestalt wären kaum der Rede wert gewesen, zumal eine Haushälterin ganztägig dafür sorgte, dass alles in Ordnung war.

Aber Orion ging nicht weiter darauf ein. Er schritt einfach schweigend neben mir her, so lange, bis ich ihn zur Rede stellte. *„Das kann doch noch nicht alles sein. Was stört dich noch?"*

„Das möchtest du nicht hören."

Er hatte Recht, das wollte ich nicht. Aber ich hatte nicht so lange überlebt, indem ich nur nach Informationen gesucht hatte, die ich hören wollte. *„Sag schon."*

„Ist dir schon mal aufgefallen, dass Julius dich nur dann als seine Tochter bezeichnet, wenn er etwas möchte?"

Orion hatte Recht damit, dass Julius' Haus – unser Haus – für Shifter nicht gerade einladend war. Aber in diesem Punkt lag er schlichtweg falsch.

„Was denkst du denn, was Julius heute von mir möchte?", konterte ich.

„Keine Ahnung." Orion zuckte mit den Schultern. *„Aber ich kann riechen, dass er etwas will."*

UNSER GESPRÄCH HINTERLIESS einen bitteren Beigeschmack in meinem Mund, aber der wurde bald von dem wundervollen Erlebnis weggespült, mehrere Stunden am Stück unter Werwölfen zu verbringen, die ich nicht hinters Licht führen wollte. Die Alphas hatten zugestimmt, mir ein Telefonat mit Celeste zu erlauben, nachdem ich an der Seite von Orion versucht hatte, die anderen dazu zu bringen, sich zu wandeln, und da das der Kompromiss war, auf den ich ursprünglich gehofft hatte, hatte ich nicht gegen die Verzögerung protestiert. Ich zog mich einfach aus und wandelte mich Schulter an Schulter mit Orion, immer und immer wieder.

Immer wieder wandelten wir uns in perfekter Synchronität und rissen bei unserem fünften Versuch auch die hartgesottene Gefährtin des Alphas mit. Vielleicht lag es daran, dass Orion und ich zusammenarbeiteten, dass ihre Wandlung, einmal begonnen, schneller verlief als ein Wimpernschlag. Dann richtete sie sich auf vier Beinen auf und ich überdachte meine Einschätzung.

Nein, es war nicht unsere Zusammenarbeit gewesen, die die Dauer ihrer Wandlung verkürzt hatte. Sie war einfach eine schnelle Shifterin, wahrscheinlich genauso dominant wie ihr Gefährte, wenn nicht sogar noch dominanter.

Im Gegensatz zu den anderen blieb die knallharte Frau nicht lange in ihrem Pelz, nachdem sie wieder Zugang zu ihm erlangt hatte. Stattdessen schlüpfte sie zurück in ihre menschliche Haut und kniete sich neben meinen Wolfskörper. „Küche. Jetzt“, zischte sie mir ins Ohr.

Ich schüttelte meinen pelzigen Kopf. Zuerst hatte ich hier noch einiges zu tun.

Als Antwort kam ein wolfsähnliches Knurren aus ihrer menschlichen Kehle, das sich allmählich in Worte verwandelte: „Wenn du erfahren möchtest, wie deine Mutter war, kommst du jetzt mit."

War? Wie meine Mutter *war?*

So schnell wie meine müden Muskeln es zuließen, gesellte ich mich wieder zu ihr in die Menschenwelt, aber die Frau war schon weg. Und jetzt holten mich auch meine körperlichen Grenzen ein, vor allem, nachdem ich mich so oft in kurzer Folge gewandelt hatte. Meine zittrigen Beine hätten mich zurück zu Boden stürzen lassen, wenn Orion meinen Sturz nicht abgefangen hätte.

„Eine kluge Frau weiß, wie man sich hinsetzt, bevor sie hinfällt", grummelte er und seine Worte drangen durch seinen Körper, durch die Gefährtenbindung und durch die Luft zwischen uns. Unsere Tattoos tanzten dort, wo sich unsere Haut berührte. Und als er sich mit mir im Arm erhob, schien es fast so, als würde das Gefährtenbranding ihn bei seinen Bemühungen unterstützen.

„Ich besorge dir was zu essen", verkündete Orion, während uns der Duft von Kaktusblüten umwehte.

Es war schwer zu denken, während sein Körper so nah an meinem war. Es war schwer, mich daran zu erinnern, dass ich nicht bereit war, mich auf eine Bindung einzulassen, über die ich nur so wenig wusste.

Mühsam zwang ich mich, mich von ihm zu lösen und versuchte dabei, das Gefühl, nicht zu beachten, wie meine Haut gegen seine glitt. „Nein, du wandelst dich weiter", antwortete ich und wandte meinen Blick von der Nacktheit ab, die sich nun gar nicht mehr so unschuldig anfühlte.

Die Ablenkung funktionierte, denn Orion hatte noch ein halbes Dutzend Wandlungen vor sich, bevor er eine Pause brauchen würde. Ich spürte seine Sehnsucht, zu seiner Aufgabe zurückzukehren, genauso wie ich wusste, dass ich, nachdem ich gegessen und eine Stunde Pause gemacht hatte, noch ein paar Werwölfen helfen konnte, ihren Pelz zurückzubekommen.

In der Zwischenzeit musste ich herausfinden, ob diese hartgesottene Gefährtin des Alphas meine Mutter wirklich kannte. Ob sie sich mit der Vergangenheitsform auf ihren Tod oder einfach auf eine alte Bekanntschaft bezogen hatte.

Es war ja nicht so, dass ich mich davonschleichen wollte, um etwas Unerlaubtes zu tun. Aber so nahe ich mich Orion in diesem Augenblick auch fühlte, seine Geringschätzung von Julius ließ mich zögern, ihn in das bevorstehende Gespräch einzubeziehen. Ich wollte nicht, dass sein Unmut auf mich abfärben und meine Gefühle gegenüber einem weiteren Elternteil trüben würde.

Also wartete ich, bis Orions Aufmerksamkeit wieder auf die Werwölfe um ihn herum gerichtet war. Dann zog ich die Klamotten an, die ich bekommen hatte – diesmal welche mit richtigen Knöpfen und einem Bund. Und ich drosselte unsere Gefährtenbindung sanft herunter, bis nur noch das Bewusstsein für die Sicherheit des anderen durchkam.

Ich dachte, ich wäre dabei besonders raffiniert vorgegangen, aber Orions Stimme ließ mich innehalten, als ich mich abwandte. „Was soll das?“

Obwohl wir von Werwölfen umgeben waren, schenkte uns in diesem Augenblick niemand Beachtung. Also sagte ich Orion die Wahrheit, oder zumindest den Kern der Wahrheit, der meinem Handeln zugrunde lag. „Ich brauche Zeit, um über einiges nachzudenken.“

Mit einem Mal verfinsterten sich seine Augen und der Schimmer des Sternenlichts, der den ganzen Tag in ihnen gefunkelt hatte, erlosch. Für den Bruchteil einer Sekunde erinnerte er mich an den kleinen Jungen, der seine Mutter, sein Haus und seine Rudelbindung auf einmal verloren hatte. Hatte er etwa Angst, auch mich zu verlieren?

„Dinge über unsere Gefährtenbindung?", grummelte er.

„Ja." Vielleicht war das der Augenblick, um endlich reinen Tisch zu machen. Ich machte einen Schritt auf ihn zu. „Kannst du mir erklären, wie sich ein Gefährtenbranding von einer gewöhnlichen Gefährtenbindung unterscheidet? Warum alle so große Augen machen, wenn sich unsere Tattoos bewegen?"

Da biss Orion die Zähne zusammen. Und obwohl ich unsere Gefährtenbindung so fest geknüpft hatte, dass ich kaum etwas von seinen Gefühlen mitbekam, wusste ich, was er sagen würde, bevor er es aussprach. „Da gibt es nichts nachzudenken. Das Gefährtenbranding ist einfach da."

Dann wandte er sich ab. Stellte eine weitere Gruppe von Shiftern zusammen, um mit ihnen zu arbeiten.

Nun, wenn Orion sich weigerte, Antworten zu geben, war ich mir ziemlich sicher, dass ich jemanden kannte, der das tun würde.

Kapitel 24

„Ich heiße Vega", stellte sich die knallharte Frau vor, als ich ihrem Duft von Salz und Eisen in die Küche folgte. Ihre Stimme verriet, dass sie sich immer noch ärgerte, dass ich da war, aber es schien, als würde sie für uns beide kochen. Denn mit immer noch säuerlichem Gesicht schob sie zwei Tassen und zwei Teller mit etwas, das aussah wie Zimttoast, auf den kleinen Tisch, der in einer Ecke neben dem riesigen Herd stand.

„Ich bin Elspeth", erwiderte ich, obwohl Vega das sicher schon wusste. Kein Wunder, dass die andere Frau den Kopf schüttelte, als würde ich ihre Zeit verschwenden, sich auf den Stuhl an der Wand setzte und darauf wartete, dass ich den ungeschützten Platz auf der anderen Seite einnahm.

„Du glaubst also wirklich, dass du den Schlamassel, den du da angerichtet hast, wieder in Ordnung bringen kannst", stellte sie nach einem Augenblick fest. „Deine Mutter war auch so. Idealistisch. Unrealistisch."

„War?"

Vega schenkte meiner Frage keine Beachtung und schob den zweiten Becher mit heißer Schokolade näher an mich heran. In meinem Zimmer hatte ich Angst gehabt, das von meinem Vater angebotene Wasser zu trinken. Und jetzt saß ich einer Werwölfin gegenüber, die mich nicht ohne Grund mit einem Messer bedroht hatte ... und es fiel mir seltsamerweise leicht, einen Schluck zu nehmen.

Nicht, dass der Kakao aus der Tüte besonders schmackhaft gewesen wäre. Offensichtlich hatte der Rat keinen Grund gesehen, diese Shifter mit Gourmetprodukten zu versorgen.

„So nicht." Vegas Finger auf meinem Handrücken waren nicht nur dazu da, meine Aufmerksamkeit zu erregen. Stattdessen half sie mir, eine Ecke des Toasts, den ich abwesend in die Hand genommen hatte, in die heiße Schokolade zu tunken und ihn gerade so lange hineinzuhalten, dass er die Feuchtigkeit aufsaugte, ohne dabei zu labberig zu werden. Ihre Berührung war fast schon grob und gleichzeitig so unglaublich fürsorglich. „Jetzt probier mal", sagte sie, wobei ihr Tonfall weiterhin ungeduldig klang.

Ein Blick auf das Toastbrot hatte gezeigt, dass es aus denselben billigen Zutaten wie der Kakao bestand. Aber ich wusste, wann Gehorsam besser war als Streit. Also nahm ich einen Bissen und hatte eigentlich vor, ihn schnell runterzuschlucken und die Frau mit Fragen über meine Mutter zu löchern. Stattdessen ... genoss ich.

„Wow", stieß ich hervor, als sich auch der letzte Rest der Köstlichkeit auf meiner Zunge aufgelöst hatte.

„Zara hat mir dieses Geheimnis verraten." Vega tippte mit ihrem eigenen Toast gegen die Untertasse und betrachtete den Kakao, den sie nicht angerührt hatte. „Wir hatten heiße Schokolade und Zimttoast am Abend, bevor sie entführt worden ist."

„Entführt?" Ich hatte gedacht, meine Eltern hätten mich weggeschickt, weil sie kein Interesse daran gehabt hatten, mich aufzuziehen. Ich hatte angenommen, dass meine leibliche

Mutter und mein leiblicher Vater irgendwo da draußen das schönste Leben führten, ein Leben, in dem sie keine Tochter hatten.

Aber Vegas Atem roch nach Wahrheit, als sie mir eine Geschichte erzählte, die meine Vergangenheit unerbittlich auf den Kopf stellte. Eine Geschichte, die mich mit viel mehr Fragen zurückließ, als ich gehabt hatte, als ich mich hingesetzt hatte.

VOR SECHSUNDZWANZIG Jahren war meine Mutter zufrieden, wenn nicht sogar glücklich gewesen. Als älteste Tochter eines Alphas ohne Söhne war von Zara erwartet worden, einen dominanten Shifter zu heiraten, um die Macht ihres Clans zu festigen. Gemeinsam hatten sie und ihre Eltern sich für einen geeigneten Kandidaten entschieden, den jüngeren Sohn des Alphas von nebenan. Die beiden Teenager hatten sich kennengelernt, Gefallen aneinander gefunden und sich verlobt.

Doch dann war plötzlich Schluss mit lustig gewesen. Mit siebzehn Jahren war Zara als zu jung für die Verlobung angesehen worden. Sie hatte zwar nicht mit ihrer Zukunft gehadert, aber sie hatte auch nicht allzu viel darüber nachgedacht. Bis sie zu einem Mitternachtslauf durch die Wüste aufbrach, der nur allzu gut zu meinen eigenen Erfahrungen passte.

„In jener Nacht hat Zara einen Fremden getroffen", erzählte Vega und zuckte mit den Wangen, als ob die Erinnerung schmerzhaft wäre. „Er hat sie Dinge fühlen lassen, von denen sie nicht gewusst hat, dass sie dazu fähig sein würde."

Ich fröstelte, obwohl die heiße Schokolade und der Toast meinen Bauch wärmten. „Meine Mutter hat ein Gefährtenbranding bekommen? Ich dachte, das wäre seit Generationen nicht mehr passiert?"

„Ist es auch nicht", bestätigte die Frau, die mir gegenüber saß, mir aber nicht direkt in die Augen sah. „Bis zu Zara."

Meine Finger wanderten zu meinen eigenen Tätowierungen. Trotz aller Bewunderung verstand ich ihre Bedeutung immer noch nicht. Orion wich meinen Fragen immer wieder aus und die Art, wie Vega ihren Blick abwandte, deutete darauf hin, dass sie mir auch nicht weiterhelfen würde.

Ich konnte nach dem Gefährtenbranding oder nach meiner Mutter fragen, ein Thema, über das Vega bereits bereit gewesen war, zu sprechen. „Was hast du damit gemeint, als du gesagt hast, Zara wäre mitgenommen worden?"

„Das möchte ich dir ja gerade erklären. Meine Schwester ..."

„Deine Schwester?" War das der Grund, warum Vega mir so bekannt vorgekommen war, als wir einander begegnet waren, obwohl ich mir sicher war, dass ich ihr bei der Zerschlagung ihres Clans nicht über den Weg gelaufen war?

Vega funkelte mich an, als ob sie sich an denselben Tag aus einer ganz anderen Perspektive erinnern würde. „Ja, ich bin deine Tante. Ich habe den dominanten Kerl geheiratet, der für deine Mutter bestimmt war. Ich bin die Alpha dieses Rudels."

An dieser Behauptung gab es so viele Aspekte, die meine Welt aus dem Gleichgewicht brachten, und ich ertappte mich dabei, dass ich mich an der am wenigsten wichtigen Frage festhielt:

Vega war selbst die Alpha und nicht die Gefährtin des Alphas? Waren Werwölfe nicht streng patriarchalisch? Altmodisch bis zur Verknöcherung?

Ich war nicht sonderlich überrascht, als Vegas Finger mein Kinn nach oben drückte, um meinen offenstehenden Mund zu schließen. „Du fängst noch Fliegen", mahnte sie. Und trotz ihres schroffen Tons und ihrer Berührung, verstand ich ein wenig, was es bedeutet haben könnte, ihre Nichte zu sein.

Und die Vorstellung von dieser Vergangenheit löste etwas tief in mir aus. „Ich gehöre zu diesem zusammengeschlossenen Rudel?", sprach ich, ohne nachzudenken. „Zu *diesem* Rudel?"

Diese Vorstellung war so außergewöhnlich, dass meine Reaktion Orion aufgeschreckt haben muss. Denn durch die gedämpfte Gefährtenbindung drang eine Frage, die nicht einmal aus Worten bestand.

„Mir geht es gut", antwortete ich, während Vega mir schroff versicherte, dass ich tatsächlich ein Mitglied des Rudels gewesen wäre, das Gabi hier auf der Bohrinsel gefangen hielt, wenn alles so gekommen wäre, wie Zara ursprünglich geplant hatte.

„Und das Boot statt des Anrufs?", drängte Orion leise und nutzte die teilweise geöffnete Verbindung, um mir Fragen zu schicken. *„Akzeptabel?"*

Ich hatte keine Ahnung, wovon Orion sprach. Aber Vega schien nicht die Art von Frau zu sein, die es sich gefallen ließ, wenn ihre Zuhörer nicht gefesselt waren. Also bejahte ich die Frage, bevor ich unsere Gefährtenbindung zu einem dünnen Rinnsal herunter drosselte. Dann stellte ich der ersten Blutsverwandten, die ich je kennengelernt hatte, eine weitere

Frage. „Was ist in der letzten Nacht passiert, in der du meine Mutter gesehen hast?"

Meine Tante überlegte einen Augenblick, dann kam sie auf eine Geschichte zurück, die für sie offensichtlich genauso aufwühlend war wie für mich. „Zara ist von ihrem Lauf zurückgekommen und hatte eine winzige Spur eines Tattoos wie das deine auf der Haut", erzählte Vega mir. „Ihre Wangen waren hochrot und ihre Worte sind so schnell aus ihr heraus gesprudelt, dass ich eine Weile gebraucht habe, um zu verstehen, was passiert war. Sie war total aufgeregt und verängstigt zugleich. Sie hat einfach nicht gewusst, was sie tun sollte."

„Weil sie bereits mit jemand anderem verlobt war", vermutete ich.

„Wegen unseres Rudels", berichtigte mich die Frau mir gegenüber. „Die Verpaarung, der Zara zugestimmt hatte, sollte sicherstellen, dass es keine Übergriffe von anderen Clans gab, als unser Vater immer älter geworden war. Zara hatte sich dafür entschieden, und sie war der Meinung, wir könnten ohne ihr Opfer nicht überleben."

Vegas Stimme überschlug sich ein wenig und ich konnte mir einen Augenblick lang vorstellen, wie sie so gewesen sein musste, als kleine Schwester, mit dem Zeug dazu, Alpha zu werden. Es muss ihr übel aufgestoßen sein, dass ihr Geschwisterchen dieses Potenzial nicht erkannt hat. Dass Zara Opfer hatte bringen müssen, während Vega das Ganze womöglich besser im Griff gehabt hätte.

Nun schien meine Tante die Vergangenheit mit einem kurzen Kopfschütteln zu verdrängen. „Ich habe ihr noch gesagt", erzählte sie und blickte in die Tasse Kakao, aus der sie immer noch nicht getrunken hatte, „dass unser Vater ihr nicht böse sein würde, wenn sie ihre neue Verbindung der alten vorziehen würde. Dass das, was sie und dieser Unbekannte hatten, unendlich wertvoller war als ein gewöhnliches Bündnis. Zara hat dann mein Zimmer verlassen und beschlossen, darüber zu schlafen und es unserem Vater am Morgen zu sagen. Aber am nächsten Morgen war sie weg."

„Also hat mein Großvater" – das Wort blieb mir im Hals stecken, aber ich konnte den Kloß überwinden – „meiner Mutter etwas angetan?"

Er konnte sie in dieser Nacht nicht umgebracht haben, weil es ja mich gab. Aber Rudelführer trafen immer wieder harte Entscheidungen. Wenn meine Mutter mehr getan hätte, als nur einem Unbekannten in der Wüste zu begegnen, wenn ich bereits gezeugt worden wäre, als sie zugegeben hatte, was passiert war ...

Vega schüttelte jedoch den Kopf. „Unser Vater hat nach ihr gesucht. Wir alle haben nach ihr gesucht. Aber wir haben weder von Zara noch von dem Fremden, an den sie gebunden war, jemals eine Spur gefunden. Deshalb behaupte ich, dass sie entführt worden ist. Sie wäre nicht gegangen, ohne mir Bescheid zu sagen, und Zara ist nie wieder gesehen oder gehört worden."

Ich lehnte mich zurück und war völlig durcheinander. Meine Mutter war also auf die gleiche starke Verbindung gestoßen wie ich. Und dann, nachdem sie sich ihrer Schwester anvertraut hatte, war sie verschwunden. Was hatte das für mich zu bedeuten, wo sich doch schon Tattoos in meine Haut eingebrannt hatten?

„Kannst du mir mehr über das Gefährtenbranding erzählen?", begann ich.

Daraufhin schürzte Vega die Lippen, als wäre ich ein kleines Kind, das Dreck auf frisch gesaugten Teppichen verteilt. „Ich habe dir schon alles gesagt, was du wissen musst."

„Aber was bedeuten die Tattoos?", drängte ich. „Warum zeigt jeder so eine heftige Reaktion, wenn er meine sieht?"

Vega hielt einen Augenblick inne, dann sprach sie einen Reim, anstatt eine Erklärung zu geben: „Unter dem schweigenden Mondesglanz, vereint sich das Gefährtenbranding im Tanz. Geschmiedet aus Liebe, im Dunkel entfacht, erwacht es erneut in der Tiefe der Nacht."

Anschließend eilte sie ohne weitere Erklärung aus der Küche. Dabei blieb sie mit dem Fuß an ihrem Stuhl hängen und dieser fiel krachend zu Boden.

Und ich saß da, ließ den Zimttoast im billigen Kakao zergehen und versuchte, mir nicht vorzustellen, wie mein Leben verlaufen wäre, wenn ich als Vegas Nichte und nicht als Julius' Tochter aufgewachsen wäre. Eine andere Vergangenheit war zwar verlockend, aber das eigentliche Problem war, was sich in den letzten beiden Tagen tatsächlich ereignet hatte.

In Orions Clan hatten mehrere Shifter auf meine Tätowierungen reagiert, als ob die Runen dort selten und wichtig gewesen wären. Das galt auch für Gabi und alle anderen, vor denen ich mich heute gewandelt hatte. Jeder Werwolf, der das Gefährtenbranding gesehen hatte, hatte mit Ehrfurcht reagiert, ein Beweis dafür, dass sie sich seiner Bedeutung bewusst gewesen waren. So sehr, dass Vega sogar ein Gedicht aufsagen konnte, das sie sich höchstwahrscheinlich nicht auf der Stelle ausgedacht hatte.

Doch trotz dieses Bewusstseins war niemand bereit zu erklären, was die Tattoos bedeuteten. Selbst Orion wechselte immer das Thema, wenn ich ihn nach unserer Verbindung fragte.

Ich wollte nicht an den dunklen Verdacht denken, der sich in meinem Kopf breit machte. Aber ich war darauf getrimmt worden, Gefühle zugunsten von Fakten zu verdrängen, und die Fakten waren nicht zu leugnen.

Ich watete durch trübe Gewässer. Und Orion wusste viel mehr, als er zugeben wollte.

Kapitel 25

Eine Stunde später fand ich Orion auf Deck. Prince klopfte ihm auf die Schulter und wandte sich ab, als ich in Hörweite kam, sodass nur noch Orion mich mit einem einzigen Wort begrüßte: „Bereit?"

Die Art und Weise, wie er sich gegen einen rostigen Pfosten lehnte, deutete darauf hin, dass er seine gesamte Energie fürs Wandeln verbraucht hatte, seit ich ihn zuletzt gesehen hatte. Trotzdem funkelten seine Augen, was ich bisher für Freude über meine Gesellschaft gehalten hatte, jetzt war ich mir nicht mehr sicher, ob ich es richtig verstanden hatte.

Ich hatte auch keine Ahnung, wofür ich bereit sein sollte. Und meine Unsicherheit muss durch die gedämpfte Gefährtenbindung gedrungen sein, denn Orion runzelte die Stirn und erklärte es mir.

„Du hast doch mit deiner Schwester sprechen wollen. Aber dann hast du gesagt, ein Boot wäre besser als ein Anruf."

Während er mir das erklärte, führte er mich zu der langen Leiter, die zu der Stelle hinunter führte, an der ich mein Segelboot festgemacht hatte und an der jetzt mehrere Schnellboote warteten. Der Rat hatte alle Forderungen erfüllt, und es schien, dass Prince bereit war, uns das neue Transportmittel zu überlassen, obwohl Orion und ich eigentlich genauso Gefangene sein sollten wie mein Vater.

Zumindest schien das der Fall zu sein. Denn niemand folgte uns oder widersprach, als Orion mir die Hand reichte, um das nächstgelegene Boot zu besteigen, und dann den Motor anließ. „Das war's?", fragte ich über das Dröhnen der Maschine und das Klatschen der Wellen gegen den Rumpf hinweg, als das Boot von der Bohrinsel ablegte. „Sie lassen uns einfach so gehen?"

„Um mit Celeste zu sprechen", bestätigte Orion, den Blick auf den Horizont gerichtet.

„Vertrauen sie darauf, dass wir wieder zurückkommen?"

Da zuckte er mit den Schultern. „Ich habe dir doch gesagt, dass Prince und ich Freunde sind."

Ich muss wohl angespannter gewesen sein, als ich gedacht hatte, denn die instinktive Erwiderung kam direkt aus meinem Mund, anstatt nur in meinem Kopf herumzuschwirren, wo sie keinen Schaden anrichten konnte. „Wölfe sind nicht befreundet. Wölfe handeln Deals aus. Sie schmieden Allianzen."

„Das glaubst du wirklich?"

Tat ich das? Ich konnte mich noch gut daran erinnern, wie Gabi mich vor meiner ersten Mission mit genau denselben Worten gewarnt hatte. Aber es war ja nicht so, dass Gabi immer nur mein Bestes im Sinn gehabt hätte.

Ihr Verrat tat immer noch weh, wenn ich daran dachte. Und diese Kränkung ließ meine Lippen noch lockerer werden.

„Du erwartest, dass ich dir das einfach so abnehme", stieß ich hervor. „Dabei tust du alles, was in deiner Macht steht, um zu verhindern, dass ich erfahre, was es heißt, ein Gefährtenbranding zu haben. Ich bin doch kein Samenkorn, das im Dunkeln warten muss."

Das Schweigen war die Bestätigung. Nun, zwischen uns war es nicht wirklich ruhig. Der Wind peitschte an meinen Ohren vorbei und trug entferntes Lachen und Musik von einem Kreuzfahrtschiff herüber, das langsamer im rechten Winkel vor uns herfuhr. Das tiefe Brummen des Motors unseres eigenen Bootes erinnerte mich an das Vibrieren von Orions Stimme, wenn sich unsere Haut berührt hatte.

Doch jetzt berührten wir uns nicht. Stattdessen schienen wir meilenweit voneinander entfernt, als Orion zugab: „Du hast recht. Es ist zum Haare raufen. Ich könnte dir auch einfach erzählen, dass es Unglück bringt, offen über das Gefährtenbranding zu sprechen."

„Maya hat das Gefährtenbranding erwähnt, als sie es zum ersten Mal gesehen hat", warf ich ein, bevor er fortfahren konnte. „Und seitdem hat sie es mehrmals erwähnt."

Da erhellte der Anflug eines Lächelns Orions Gesicht. „Tatsächlich. Weil sie Heilerin ist. Meine Schwester ist daran gewöhnt, sich über Stuhlgang und sexuelle Funktionsstörungen zu unterhalten."

Selbst inmitten des Aufruhrs der Gefühle, der sich in mir zusammenbraute, konnte ich nicht widerstehen, nachzufragen. „Du meinst, das Gefährtenbranding wirkt sich negativ auf deine Männlichkeit aus?"

„Nein." Jetzt breitete sich Orions Belustigung zu einem honigsüßen Band zwischen uns aus. Eines, das sofort vom Wind weggeweht wurde, als er wieder zu einem ernsteren Punkt zurückkehrte. „Ich gebe zu, dass ich persönlich das Thema vermieden habe, weil ich nicht geglaubt habe, dass du bereit wärst, die Wahrheit zu hören."

Die Freundlichkeit, die uns einen Augenblick zuvor verbunden hatte, war dahin. Das Ganze erinnerte mich viel zu sehr an die Art und Weise, wie Gabi mich behandelt hatte, indem sie mir wichtige Tatsachen vorenthielt, während sie sich wie meine beste Freundin benommen hatte. „Du hast nicht zu bestimmen, was ich zu hören bereit bin und was nicht."

Orion zuckte mit den Schultern. "Okay."

Doch trotz seiner offensichtlichen Zustimmung kam er nicht auf das eigentliche Thema zurück. Er steuerte unser Boot nur etwas näher an die Küste heran, damit wir dem Kreuzfahrtschiff nicht in die Quere kamen. Und dann klopfte es an der Tür in meinem Kopf, die ich fast vollständig zwischen uns geschlossen hatte.

„Nein", antwortete ich laut. „Ich kann nicht klar denken, wenn wir uns auf diese Weise unterhalten. Sag es mir in Worten. Du hast doch gewusst, dass meine Eltern ein Gefährtenbranding hatten."

Er schüttelte den Kopf. „Das habe ich nicht. Ich habe es bloß vermutet."

„Vermutungen, von denen du annimmst, dass ich nicht bereit bin, sie zu hören."

Da heulte der Motor auf, als ob Orion unabsichtlich den Gashebel betätigt hätte. Er brauchte einen Augenblick, um die Geschwindigkeit des Bootes wieder zu verringern, dann gab er zu: „Ich glaube, es ist kein Zufall, dass du dazu erzogen worden bist, deine eigene Art zu fürchten."

„Ich fürchte dich aber nicht ...", fing ich an, stockte dann aber, als ich meine eigenen Worte hörte. Dich, nicht wir. Genau wie Orions Behauptung darüber, wie ich über das Haus gesprochen hatte, in dem ich aufgewachsen war. Tatsächlich sah ich mich selten als Wölfin, außer zu den seltenen Gelegenheiten, bei denen ich außerhalb eines Auftrags auf die Jagd ging.

Der bittere Geschmack der Erkenntnis lag noch einen langen Augenblick auf meiner Zunge, bevor Orion fortfuhr. „Ich vermute, dass deine Freundin Gabi nicht das einzige Mitglied eurer Organisation ist, das daran arbeitet, Shifter zu unterlaufen. Ich vermute, dass man mit uns beiden ein falsches Spiel treibt. Julius wartet, bis sich unsere Gefährtenbindung verfestigt hat, bevor er sie für seine eigenen Ziele einsetzt."

„Wie?", fragte ich. „Und vor allem, warum? Du lässt mich mit verbundenen Augen durch dieses Labyrinth laufen, wenn du dich weigerst, mir zu sagen, wie das Gefährtenbranding funktioniert. Was verheimlichst du mir?"

„Ich verheimliche dir gar nichts", seufzte er und sein großer Körper schien sich zusammenzuziehen. „Nur das, was unter Shiftern ohnehin allgemein bekannt ist. Das Gefährtenbranding hat seinen Ursprung im Outpack. Es ist nicht unbedingt ein fühlendes Wesen, aber es verfolgt eine Absicht."

Unwillkürlich stupste ich die Tätowierung an, die sich auf meinem Unterarm abzeichnete. „Absicht?"

Das gefiel mir ganz und gar nicht. Eine Wölfin in mir zu haben war eine Sache, eine Eigenschaft, von der ich gelernt hatte, dass sie sowohl störend als auch nützlich sein konnte, wenn man sie richtig handhabte. Aber meine Wölfin war ein Teil von mir. Ich war damit geboren worden. Das Gefährtenbranding hingegen war eine fremde Macht, die mir von außen aufgezwungen worden war.

„Was möchte es denn?" Meine Stimme klang nun etwas zu hoch.

„Es möchte, dass wir zusammen sind."

Seine Worte waren schlicht. Sie klangen romantisch ... und waren es doch nicht.

„Und wenn ich das nicht möchte? Wie werde ich es dann los?" Ich kratzte mich jetzt am Arm, rote Striemen folgten dem Weg meines Fingernagels, während sich das Tattoo weit tiefer wand, als ich es mit dem Fingernagel erreichen konnte.

„Das tust du nicht", antwortete Orion. „Du kannst unsere Verbindung ablehnen. Aber das Gefährtenbranding wird die Sache nicht auf sich beruhen lassen. Er wird alles tun, was in seiner Macht steht, um uns wieder zusammenzubringen."

Damit sagte er, dass ich keine Wahl hatte. Ich war nicht nur kein Mensch mehr, sondern hatte jetzt ein anderes Wesen in mir, das über meine Zukunft entschied. Vielleicht manipulierte es sogar meine Gefühle, damit ein Mann, den ich kaum kannte, ein fester Bestandteil meines Lebens wurde.

Und ich verlor die Beherrschung. Jetzt kratzte ich nicht nur die Oberfläche meiner Haut auf. Ich grub mich mit meinen Fingernägeln regelrecht ein und versuchte, das Gefährtenbranding herauszureißen. Ich konnte nicht mehr atmen. Nicht mehr klar denken ...

Dann umarmten mich Orions Arme ganz fest und zwangen meine Hände an meine Seiten. Flüchtig erkannte ich, dass er mich davor bewahren wollte, mich selbst zu verletzen. Aber ich wollte seine Hilfe nicht. Wollte nicht Teil einer Partnerschaft sein, um die ich nie gebeten hatte. Ich wollte nicht ...

Ich merkte erst, dass unser Boot außer Kontrolle geraten war, als ein Signalhorn die Stille um uns herum durchbrach. Wir waren zu nah an das Kreuzfahrtschiff herangekommen und es konnte unmöglich seinen Kurs ändern oder anhalten, bevor wir es rammen würden.

„Dreh doch ab!", schrie ich den Alpha an, dem es wichtiger zu sein schien, mich festzuhalten, als einen direkten Zusammenstoß zu verhindern.

„Hör auf, dich zu verletzen!", schrie er zurück.

Erneut erschallte das Signalhorn. Jemand auf dem Oberdeck stieß ein Kreischen aus und die Wellen schlugen seitlich an unser Boot und brachten uns beide aus dem Gleichgewicht.

Das Gefährtenbranding hatte uns gerettet. Ich begriff das Ganze zwar nicht so recht, aber in einem Augenblick waren wir noch auf einen Unfall zugesteuert. Und im nächsten Augenblick durchströmte mich ein gewaltiger Schwall von Gefühlen, der auf meinem Arm begann und dann meinen ganzen Körper durchflutete. Meine Sicht trübte sich. Und als ich die Welt wieder scharf sah, waren wir eine Viertelmeile vom Schiff entfernt, der Motor war abgewürgt, das Wasser spiegelglatt in alle Richtungen.

Auf meinem Arm tanzte das Tattoo wie ein Gefangener, der gerade seine wölfische Hälfte wiedererlangt hatte. Aber die Energie und die Einigkeit, die zwischen mir und Orion während unseres gemeinsamen Wandelns auf der Bohrinsel entstanden waren, fehlten völlig.

Ich ließ mich auf die nächstgelegene Bank sinken, so erschöpft, dass ich mich nicht mehr auf den Beinen halten konnte.

Kapitel 26

In diesem Augenblick hätte ich so gerne Celeste angerufen. Hätte mich an ihrer Schulter ausgeweint, so wie beim ersten Mal, als ich den Rat verärgert hatte. „Du musst nicht für sie arbeiten", hatte sie mir damals noch gesagt und mir durch die Haare gestrichen, als wäre ich eine ihrer Schülerinnen am ersten Schultag gewesen, als hätten die Eltern, die bis dahin das ganze Leben des Kindes bestimmt hatten, es für immer im Stich gelassen.

„Ich bin doch keine deiner Schülerinnen", hatte ich mit einem Schluckauf ausgestoßen, während ich mich dafür geschämt hatte, mit meinen Tränen ihren Pullover zu beschmutzen.

„Ich wünschte, das wärst du", hatte Celeste entschlossen geantwortet. *„Dann wüsstest du vielleicht, wie viel du wert bist."*

Damals hatte mich ihre Wut in meinem Namen dazu gebracht, mich meinem Versagen zu stellen und daran zu wachsen. Jetzt half mir die Annäherung an meine Schwester, mich zusammenzureißen, als Orion den Schlüssel herumdrehte und den Motor des Bootes wieder zum Leben erweckte. Ich konnte mich immer noch nicht zum Sprechen durchringen, während er uns mit äußerster Vorsicht zu einer Anlegestelle fuhr, wo bereits ein Mietwagen auf uns wartete.

Er kannte Julius' Adresse – meine Adresse. Dort angekommen, beobachtete er schweigend, wie ich meine Handfläche an den Sensor an der Eingangstür hielt, um die Tür zu öffnen.

Erst als das Schloss aufschnappte, brummte er: „Wäre es dir lieber, wenn ich hier draußen warten würde?"

Seine nachtschwarzen Augen stellten eine andere Frage: Hatte er mit seiner Vermutung recht gehabt, dass ich noch nicht bereit dazu war, von dem Gefährtenbranding zu erfahren?

Ich musste mich mit aller Kraft zusammenreißen, um nicht an dem frischen Schorf auf meinem Arm zu kratzen. Stattdessen nickte ich einfach und betrat allein das Haus meiner Kindheit.

Als Erstes fiel mir der Gestank von Reinigungsmitteln auf, der so beißend war, dass er in meinen Nasenlöchern juckte. Der Geruch schien Celeste oder Julius nie gestört zu haben, also hatte ich in den Jahrzehnten, in denen ich dort gewohnt hatte, auch nie ein Wort darüber verloren. Aber jetzt, wo ich in dem großen Foyer des Hauses stand, in dem ich aufgewachsen war, schien der Geruch lange vergessene Erinnerungen wachzurufen, die an den Rändern meines Bewusstseins zu nagen schienen.

Ich hatte genau hier gestanden, eine kräftige Hand hatte mich an der Schulter gepackt, ich war viel kleiner gewesen als jetzt. Und ich hatte solche Angst gehabt ...

Dann war Celeste aufgetaucht, so wie sie auch jetzt auftauchte. Nun, Celeste als Kind war viel kleiner gewesen als die jetzige Celeste. Ihr erwachsenes Ich war aber auch nicht viel zurückhaltender, während sie die Treppe hinunter auf mich zu stürmte, und ihre Geschwindigkeit ließ vermuten, dass sie schon den ganzen Tag auf mich gewartet hatte.

„Elspeth!", rief sie, als ob sie es gar nicht mehr erwarten konnte, mich zu berühren. Geräusche bewegten sich schneller durch den Raum als Füße.

Ich kam ihr am Fuß der Treppe entgegen und ihre vertrauten Arme drückten mich fest an sich, wie eine Umarmung unter Schwestern, die Sorge, Liebe, aber auch Verärgerung vermittelte. Und ich vergaß, was zwischen mir und Orion passiert war, verdrängte für einen Moment die bruchstückhaften Erinnerungen und die nach Zimttoast duftenden Geschichten. Nur noch meine Schwester war in meinem Sinn, als sie mich losließ und fragte: „Was ist hier eigentlich los?"

Mein Arm brannte an der Stelle, an der ich ihn aufgekratzt hatte, aber ich glaubte nicht, dass menschliche Augen das im schummrigen Licht des Eingangsbereichs bemerkt hätten. Also wich ich aus. „Wie kommst du darauf, dass irgendwas los ist?"

„Wie ich darauf komme? Der Rat hat eines seiner Mitglieder geschickt, um mir auszurichten, dass ich mir keine Sorgen machen soll. Sie haben behauptet, du und Julius wären einfach unerwartet weggerufen worden."

„Natürlich hast du dir Sorgen gemacht." Jetzt ergab ihre hibbelige Energie mehr Sinn. Julius und ich haben oft das Abendessen verpasst, manchmal haben wir uns auch tagelang nicht bei Celeste gemeldet. Aber wir hatten noch nie Ratsmitglieder gebeten, ihr das auszurichten. Damit hatten sie ihr doch bloß unnötig Angst eingejagt.

„Ich wiederhole", fragte Celeste und warf mir einen finsteren Blick zu, „was ist hier los?"

„Alles." Ich wischte mir mit einer Hand über das Gesicht. Plötzlich war ich todmüde. Das Gefährtenbranding, die Aufarbeitung der Vergangenheit meiner Mutter und diese wunderbare und zugleich schreckliche Verbindung zu Orion zu erklären, war mir in diesem Augenblick zu viel.

Celeste hatte mich immer besser gekannt als ich mich selbst. Und sie ging auch sanfter mit meinen Schwächen um. „Du möchtest nicht darüber reden." Sie zuckte mit den Schultern. „Schon gut. Ich habe Double-Fudge-Eis im Gefrierschrank versteckt, wo Daddy es nicht finden kann."

Unser Vater fand, dass wir zu viel Zucker aßen, deshalb neigte er dazu, Desserts genauso wegzuschmeißen, wie jemand, der Whiskeyflaschen ausschüttet , der mit einem Alkoholiker zusammenlebt. Irgendwie war das süß von ihm. Zumindest hatte ich das gedacht. Jetzt fragte ich mich allerdings, ob sein Verhalten nur ein weiteres Symptom eines Mannes war, der Kontrolle ausübte, wo immer er konnte.

Aber deshalb war ich nicht hier. Ich war hier, um meiner Schwester behutsam beizubringen, dass ich sie enttäuscht hatte. In Anbetracht der anderen Ereignisse hätte der Besuch eines Kindergartens in einer Kartoffelchips-Fabrik keine Rolle spielen sollen. Aber *Celeste* war mir wichtig.

Also schob ich meine eigenen Gedanken beiseite und entschuldigte mich. „Es tut mir so leid, Celi. Ich kann morgen nicht auf deinen Ausflug mitkommen." Tränen schossen mir in die Augen, als ich zugab: „Ich habe es vermasselt."

„Hey." Diese Umarmung bedeutete: Ich hab dich lieb und ich verzeihe dir. Dann, falls ich den Unterton überhört haben sollte, sprach Celeste das Ganze nochmal laut aus. „Das ist doch nicht schlimm. Ich habe einen Plan B."

„Weil du gewusst hast, dass du dich nicht auf mich verlassen kannst."

„Weil ich gewusst habe, dass Daddy in letzter Minute etwas von dir verlangen würde und du nicht in der Lage wärst, Nein zu sagen."

Ihre Worte hingen in der Luft zwischen uns. Sie verwoben sich mit dem, was Orion zu mir gesagt hatte. Plötzlich erkannte ich, dass ich noch nicht mal selbst dazu bereit war, es mir einzugestehen. „Ich habe Angst, Julius eine Absage zu erteilen, weil ich befürchte, dass er nicht länger mein Vater ist, wenn ich nicht mitspiele."

Ich hatte erwartet, dass Celeste das Gegenteil behaupten würde. Stattdessen nickte sie. „Du hast wahrscheinlich recht. Daddy liebt uns nur, wenn er mit uns zufrieden ist. Aber meine Liebe ist bedingungslos, Elspeth. Was dich und mich angeht, ist alles in Ordnung."

Das ließ mich erschaudern. Wir hatten noch nie so offen darüber gesprochen. Und auch wenn ich das nicht hätte tun sollen, bat ich um Bestätigung. „Auch wenn ich jetzt wieder durch diese Tür verschwinde, ohne dir zu sagen, was los ist? Auch wenn ich den Ausflug ohne Erklärung sausen lasse?"

„Auch dann. Aber vorher brauche ich noch eine Umarmung."

Celeste war die beste Umarmerin der Welt. Und dann umarmte sie eine Entscheidung direkt in mich hinein.

Nachdem wir uns voneinander verabschiedet hatten, zwang ich meine erschöpften Beine, mich die Treppe hinaufzutragen, anstatt wieder durch die Vordertür zu schlüpfen, durch die ich gerade erst gekommen war. Ich verbrachte eine lange halbe Stunde damit, in einen Raum einzubrechen, von dem man mir immer gesagt hatte, er wäre tabu.

Ich las dort Dinge, die nie für meine Augen bestimmt gewesen waren. So schrieb ich die Vergangenheit meiner Mutter ein weiteres Mal um.

Die Vergangenheit meiner Mutter und meine eigene.

ICH HIELT MICH AN JULIUS' Schreibtisch fest, um mich gegen seismische Erschütterung zu stemmen, die mich in meinen Grundfesten erschütterte. Hinzu kam die schiere Erschöpfung. Vor allem aber reagierte ich darauf, dass alles, was ich über meine Vergangenheit zu wissen glaubte, zerbrochen war und sich die Bruchstücke nun zu einem neuen, unübersichtlichen Ganzen zusammenfügten.

„Das ist doch schon ewig her", sagte ich mir. Nun, einiges davon lag noch nicht ganz so lange zurück. Trotzdem brauchten mich die Shifter auf der Bohrinsel. Die meisten von ihnen hatten es immer noch nicht geschafft, sich zu wandeln, und wenn der Rat das schon mir antun würde, was würden sie dann erst mit den Werwölfen anstellen, die bereits als entbehrlich angesehen wurden?

Orion und ich mussten dringend zurückkehren und unsere Arbeit zu Ende bringen.

Also zwang ich meinen Körper, auf Autopilot zu gehen. Ich verließ die Villa und ließ Orion uns zurück zum Hafen fahren. Dort bemerkte ich kaum die biolumineszierenden Planktonwolken, die im Wasser, durch das wir fuhren, blaugrün schimmerten. Und ich war zutiefst dankbar, Julius schlafend vorzufinden, als wir zurückkamen.

Ich war noch nicht bereit, mich mit ihm auseinanderzusetzen.

Eigentlich war ich noch nicht bereit, mich mit irgendetwas auseinanderzusetzen. Nicht, solange jede Zelle in meinem Körper weh tat, vor allem die in meiner Brust. Obwohl unsere Aufpasser nur die Tür zum Flur verschlossen hatten, legte ich mich allein in mein Bett, anstatt Orions stille Einladung anzunehmen, mich zu ihm zu legen.

Danach schlief ich unruhig, in der Erwartung, dass eine weitere Katastrophe über mich hereinbrechen würde. Am nächsten Morgen war ich dann nicht ganz so überrascht, als ein Shifter mir die Nachricht von etwas noch Schrecklicherem überbrachte, als ich mir in der Nacht ausgemalt hatte.

Das Tablet zitterte in den Händen der Frau, als sie uns eine Eilmeldung zeigte. „Amoklauf", verkündete der Lauftext am unteren Bildschirmrand. „Kindergärtnerin während missglücktem Ausflug als Geisel genommen."

Celeste. Wäre die Shifterin nahe genug gewesen, hätte ich ihr das Tablet aus der Hand gerissen. Stattdessen sah ich zu, wie ein kleiner Junge, von dem ich bald vermutete, dass es Noah C. war, neben der Reporterin stand. Tränen liefen über seine Wangen, aber sein Kinn war hoch erhoben, als er verkündete: „Ms. LeBlanc hat uns alle gerettet. Sie hat zu mir gesagt, ich solle mutig sein und die Klasse hinausführen, dann ist sie quer durch den Raum gekrochen, hat ein Geräusch gemacht und der Bösewicht ist ihr gefolgt."

„Du warst sehr mutig", stimmte die Reporterin zu und strich dem Jungen die pausbäckigen Locken glatt.

„Nein, *Ms. LeBlanc* war mutig", widersprach Noah C. Seine Unterlippe bebte, aber er redete weiter und plapperte

Worte nach, von denen ich das Gefühl hatte, dass Celeste sie mehr als einmal in ihrer Klasse benutzt hatte. „Wie die kleine Lokomotive, die auch eine Menge drauf hat. Sie hat gesagt, wenn wir sie anfeuern, hilft das der Lokomotive, tschu-tschu-tschu den Berg hochzukommen. Sollen wir sie jetzt anfeuern?"

Die Kamera schwenkte auf das Außengelände der Kartoffelchips-Fabrik. Auf eine Polizeiabsperrung, die jeden daran hinderte, sich dem Gebäude zu nähern, in dem sich ein bewaffneter Angreifer versteckte, und eine Kindergärtnerin, die mich gestern Abend umarmt hatte und heute ihr eigenes Leben riskierte, um ihre Schüler zu retten.

Ich musste unbedingt etwas tun. Und zwar *sofort*. Aber mein Körper war wie erstarrt. Ich konnte weder sprechen noch mich bewegen.

Orion sah mich an, öffnete seinen Mund und schloss ihn wieder. Dann übernahm Julius das Kommando.

„Wir müssen dorthin." Der Mann, den ich einmal meinen Vater genannt hatte, schritt voran ... und prallte gegen die Gitterstäbe, die eine Millisekunde vor ihm eingerastet waren. Wir standen auf der einen Seite der Absperrung, die Shifterin mit dem Tablet auf der anderen.

Sie löste ihre Hand von einem Steuerfeld, das ich vorher gar nicht bemerkt hatte, und schüttelte den Kopf. „Ihr müsst auf die Erlaubnis unseres Alphas warten", erwiderte sie, bevor sie auf dem Absatz kehrt machte und uns drei eingesperrt im Zellenblock zurückließ.

Nun ja, zumindest vorübergehend. Sachen zu öffnen, von denen andere dachten, sie ließen sich nicht öffnen, war eine meiner üblichen Lehrstunden bei Gabi gewesen. Kein Wunder, dass Julius' Augen funkelten, als er sich zu mir umdrehte. „Hol uns hier raus."

Die Aufgabe wäre unmöglich gewesen, während Vegas Rudel hier festgesessen war. Damals war der Raum kahl gewesen und die Wachen hatten darauf geachtet, gefährliche Gegenstände außerhalb der Reichweite der Gefangenen zu halten. Aber Orion und ich hatten gestern mit Hochdruck daran gearbeitet, dem Rudel zu helfen, wieder zu sich zu finden. Vielleicht war der Zellenblock deshalb mehr ein Schlafsaal als alles andere.

Es gab Werkzeuge, mit denen ich das Gitter öffnen konnte. Das dauerte nicht sehr lange.

Zu den Booten zu gelangen, war ebenso einfach. Orion und ich hatten gestern das Labyrinth der Gänge kennengelernt. Und obwohl unsere Gefährtenbindung heruntergefahren war, arbeiteten wir nahtlos zusammen. Es lief sogar so glatt, dass ich fast schon glaubte, das Gefährtenbranding würde uns den Weg ebnen.

Bis wir das Dock erreichten und mehr als nur das Plätschern der Wellen an den Bootsrümpfen hörten. Ein fernes Grollen im Norden wurde jeden Augenblick lauter. Ich suchte den Horizont ab und war nicht sehr überrascht, als sich die Punkte in der Luft zu einem halben Dutzend Hubschraubern verdichteten, die direkt auf die Bohrinsel zusteuerten.

Kapitel 27

„Vergiss die", forderte Julius. „Celeste braucht Hilfe."

Wie wahr. Ich hatte die Angst meiner Schwester gespürt und konnte mir die Szene bildlich vorstellen, wie sie Noah C. geschildert hatte.

Celeste hatte die Heldin gespielt, um ihre Klasse zu retten. Celeste, eingesperrt in einer Fabrik mit einem Mörder. Celeste, ganz allein, als sie ihre Familie am meisten brauchte.

Schuldgefühle fraßen sich durch mein Inneres wie ein Wolf, der nach einem Ausweg sucht. Das war alles meine Schuld. Ich hätte dort sein müssen.

Und doch ... was ich gestern herausgefunden hatte, zeichnete ein ganz anderes Bild. Ich warf einen Blick auf Orion und er sah mich unverwandt an. Obwohl ich gestern ausgeflippt war und ihn kaltgestellt hatte, war er heute bereit, alles zu tun, was ich wollte.

Er wusste jedoch nicht, was ich wusste. Er würde diese Entscheidung nicht an meiner Stelle treffen.

„Was glaubst du, wer in diesen Hubschraubern sitzt?", fragte ich Julius und ignorierte dabei die Tatsache, dass meine Stimme ruckte und erstickte wie ein Wolf, der von einer Leine zurückgehalten wurde, die er total vergessen hatte.

„Machtkämpfe sind das, was Rudel ausmacht." Julius' Antwort kam so schnell, dass es schien, als hätte er tagelang darüber nachgedacht und nicht nur eine Minute. Jedenfalls lange genug, um zu wissen, wie er andeuten konnte, dass Shifter sich in diesen Hubschraubern befanden, ohne es auszusprechen und mich den Mief der Unwahrheit in seinem Atem riechen zu lassen.

„Ist das so?", antwortete ich.

Julius nickte und seine Stimme war so leise, dass ich mich anstrengen musste, um sie über den Wellen und dem zunehmenden Dröhnen der Hubschrauber zu hören. „Das ist aber nicht unser Problem. Lass sie ihre eigenen Kämpfe austragen. Deine Familie braucht dich jetzt."

Und jetzt versagte meine Stimme endgültig. „Meine Familie?" Ich rief eines der Fotos auf, die ich gestern Abend mit meinem Handy gemacht hatte. Dann drehte ich das Display um, um es Julius zu zeigen und spuckte aus: „Ich war eine verdammte Laborratte."

Orion konnte auf den ersten Blick nicht ahnen, was dieses Foto bedeutete, aber er ächzte trotzdem, als hätte er einen Schlag in den Magen bekommen. Er spürte meinen Schmerz so deutlich, als wäre es sein eigener, und diese gemeinsame Pein linderte den Schmerz in mir ein klein wenig.

Julius hingegen zeigte keine andere Gefühlsregung als Enttäuschung, als er das Foto betrachtete. „Du hast mein Arbeitszimmer durchwühlt. Aber hast du auch das Notizbuch zu Ende gelesen?"

Er meinte damit die Zusammenstellung wissenschaftlicher Beobachtungen, die auf dem Regal hinter seinem Schreibtisch stand und die für jedermann leicht zugänglich war. Die Tatsache, dass weder Celeste noch ich das Buch vorher entdeckt hatten, zeugte von unserem Respekt vor dem Mann, der sich unser Vater nannte.

Gestern Abend hatte das Überfliegen der ersten Seite ausgereicht, um mich umzuwerfen, und meine Beine gaben so unvermittelt nach, dass ich mir beim Aufprall auf das Holz die Knie aufgeschlagen hatte. Aber das hatte ich in dem Augenblick gar nicht mitbekommen. Stattdessen konnte ich nur ungläubig auf diese Schilderung meiner Kindheit starren.

„Das Subjekt ist eine junge Frau", war da in Julius' vertrauter Handschrift geschrieben. Es waren eine Größe und ein Gewicht angegeben, mit dem ich noch nicht alt genug für den Kindergarten gewesen war. *„Sie weigert sich, zu sprechen oder sich zu bewegen. Die Wölfin ist in ihr auf dem Vormarsch."*

Danach blätterte ich Dutzende von Seiten durch und hielt fest, wie die Tage und Wochen vergangen waren, in denen der Mann, den ich für meinen Vater gehalten hatte, das Verhalten von Mensch und Wolf aufgezeichnet hatte. In der Ecke zu weinen, galt als wölfisch. Ihm in die Augen zu schauen, war menschlich.

Meine Kehle war wie zugeschnürt und ich übersprang ein großes Stück in der Mitte, bevor ich einen anderen Tonfall wahrnahm. Celeste und ich waren einander vorgestellt worden und Julius hatte eine bemerkenswerte Entdeckung gemacht. Ich hatte mich in der Gegenwart eines Menschenkindes menschlich verhalten. Vielleicht war es der falsche Weg, mich offen belehren zu wollen. Schließlich waren Wölfe Rudeltiere. Wir lernten von denen, mit denen wir Zeit verbrachten.

Einen Tag später brachte mich Julius aus dem Labor nach Hause. Zuerst wurde ich eingesperrt, es sei denn, er war anwesend, um mich und seine Tochter zu beobachten und zwischen uns zu vermitteln. Aber Celeste verstand diese Trennung nicht und es dauerte nicht lange, bis wir beide im selben Schlafzimmer schliefen. Bevor die Mahlzeiten zur Familienzeit wurden und nicht mehr nur eine Ausrede waren, um mein zunehmend „zivilisiertes" Verhalten zu beobachten.

Natürlich gab es auch Rückschläge. Wir beide kauerten zusammen in einem Bett wie wilde Tiere. Aber Julius hatte unsere Regelungen angepasst und ich hatte mich weiter verbessert.

Der letzte Absatz, nachdem ich erst zwei Drittel des Heftes gelesen hatte, brachte mich zum Weinen. *„Diese Studie ist beendet. Ich kann nicht länger an meinen Töchtern experimentieren."*

Der Plural – Töchter – hatte mich mit so viel Liebe für Julius erfüllt, dass ich überlegt hatte, sein Arbeitszimmer zu verlassen und zurück zur Bohrinsel zu eilen, um ihn fest an mich zu drücken, obwohl mein Vater nur selten für Umarmungen still hielt.

Aber Gabi hatte mich eines Besseren belehrt. *„Du bekommst nicht oft eine zweite Gelegenheit für eine unentdeckte Durchsuchung. Nutze lieber deine erste Chance."*

Also legte ich das Notizbuch zurück ins Regal und wühlte weiter. Das Versteck, das ich schließlich fand, war weder ein Wandsafe, noch ein verstecktes Fach im Schreibtisch, sondern eine ausgehöhlte Stelle in einem verzierten Deckenbalken. Dort fand ich weitere Hinweise auf meine sogenannte Kindheit – das Experiment war auch nach Abschluss des ursprünglichen Notizbuchs fortgesetzt worden – sowie Daten über die Gefangennahme meiner Eltern, ihre Inhaftierung, ihre

Weigerung, ihr Gefährtenbranding zu benutzen, und ihren schließlichen Tod.

Ja, meine Eltern waren wirklich tot. Und ja, Vega hatte auch Recht gehabt – die beiden waren entführt worden, anstatt ihr Zuhause freiwillig zu verlassen.

Und zwar von diesem Mann, der sich mein Vater nannte.

„Ich war ein Spielball", sprach ich jetzt, und meine Stimme war so belegt, als wären seit meinen letzten Worten nicht Sekunden, sondern Tage vergangen. In der Zwischenzeit tat ich das, was ich von Anfang an hätte tun sollen – ich vertraute dem Mann, der sich des Vertrauens würdig erwiesen hatte.

Denn egal, wie unbehaglich mir das Gefährtenbranding war, Orion hatte während unserer gesamten Zeit immer nur mein Bestes gewollt. Ja, er hatte mir zwar Dinge vorenthalten, auf die ich nicht vorbereitet gewesen war. Ja, er hat versucht, dass ich mich schuldig fühle, um mein Leben zu retten.

Aber das Schlimmste, was ich über Orion sagen konnte, war, dass er mich unterschätzt und mich verhätschelt hatte ... aber habe ich nicht immer alles drangesetzt, dass alle genau das getan haben?

Jetzt brauchte ich seine Unterstützung, und dafür musste er alles verstehen, was ich begriffen hatte. Also packte ich den unterbrochenen Faden der Gefährtenbindung und öffnete ihn weit. Ich ließ Orion sehen, was ich den letzten Tag verborgen gehalten hatte, auch wenn das bedeutete, dass er auch die Gefühle sah, die ich nicht bereit war zu teilen.

Ich konnte nur hoffen, dass er auf das Wesentliche achten würde, auf die Angaben über Julius. Dass er verstehen würde, was ich als Nächstes brauchte und dass er eine Möglichkeit finden würde, das umzusetzen.

„Ein Spielball der Wölfe", stimmte Julius zu, ohne zu wissen, was zwischen mir und Orion vorging. „Also lass sie ihre Kämpfe austragen. Sie ..."

„Ein Spielball für den Rat", unterbrach ich ihn. „Der Rat, der diesen angeblichen Anschlag auf Celeste eingefädelt hat, um mich dazu zu zwingen, mich zwischen meiner Schwester und Shiftern zu entscheiden, die ich erst seit ein oder zwei Tagen kenne. Aber Celeste ist nicht wirklich in Gefahr, oder? Denn sie ist deine Tochter. Deine echte Tochter. Und sobald du zu erkennen gibst, dass dein Plan gescheitert ist, wird der Schütze auf wundersame Weise verschwinden."

Bis dahin würde Celeste natürlich Angst und Schrecken erdulden. Ich wusste, dass sie nicht eingeweiht war, dass sie in eine Welt gezwungen worden war, mit der sie nichts zu tun haben wollte.

Aber ich konnte dieses Wissen nicht in meine Entscheidung einfließen lassen. Nicht, wenn ich Celestes Angst gegen die Sicherheit der Shifterkinder abwog, die ich schon einmal durch die Hölle geschickt hatte.

Als Orion ein einziges Wort über die Gefährtenbindung schickte – „Jetzt?" –, nickte ich. Und ich zuckte mit keiner Wimper, als er Julius zu Boden stieß.

DIE HUBSCHRAUBER WAREN so nah, dass ich erkennen konnte, dass es sich um militärische Truppentransporter handelte. Waren sie hier, um die Unordnung zu beseitigen, die Julius hinterlassen hatte, nachdem er mich von der Bohrinsel gelockt hatte? Wenn ja, hatte ich das Gefühl, dass ihre Waffen mit Kugeln geladen waren und nicht mit Betäubungspfeilen.

Ich hatte jetzt zwar keine Zeit, mich um Julius zu kümmern, aber ich musste mir die Zeit nehmen. Denn Celeste stand Todesängste aus, und je eher ihr Vater das Festland erreichte, desto eher konnte sie sich mit einem Schaumbad und einem Becher Schokoladeneis beruhigen. Ich war nicht bereit, die geistige Gesundheit meiner Schwester zugunsten von Shiftern gänzlich außer Acht zu lassen. Ich war fest entschlossen, sie beide zu retten.

Also klammerte ich mich an die kalten, nassen Sprossen der Leiter und zwang mich, schneller zu klettern, wobei ich Orion, der Julius festhielt, unten zurückließ, selbst als die Hubschrauber näher kamen.

Auf Deck wurde mir klar, dass ich nicht die Einzige war, die die Gefahr aus der Luft bemerkt hatte. Wölfe und zweibeinige Shifter stürmten in verschiedene Richtungen und bereiteten sich auf eine Invasion vor. Es schien keine Rolle zu spielen, dass sie zusammen weniger als ein halbes Dutzend Messer und Handfeuerwaffen und außer ihren Zähnen keine weiteren Waffen besaßen.

Sie hatten ja auch mich. Oder zumindest würden sie meine volle Unterstützung haben, sobald ich mit Julius fertig war.

Zu diesem Zweck hielt ich Ausschau, bis ich einen Rücken entdeckte, der mir bekannt vorkam. „Prince!", rief ich in seine Richtung.

Der Wind hatte aufgefrischt und versuchte, meine Worte in den Golf von Mexiko hinauszutragen. Das konnte doch nicht schon der Rückstoß der Hubschrauberrotoren sein? Ich hielt mich zurück, um nicht über die Schulter zu schauen. Ein Blick würde die Annäherung des Feindes ja nicht verlangsamen.

Zum Glück besaß Prince Shifterohren. Er drehte sich mit zusammengekniffenen Augen zu mir um. „Ich habe gedacht, du wärst eingesperrt."

Doch ich zuckte bloß mit den Schultern, anstatt mich zu erklären. Und ich hoffte, dass Orions Freundschaft mit Prince so belastbar war, wie er versprochen hatte, denn ich war dabei, ihn um einen Gefallen zu bitten. „Du musst in ein Boot steigen, Julius zurück ans Ufer bringen und ihn dann irgendwo abladen."

„Seine Leiche entsorgen?"

Offenbar hatten sich Orion und sein Freund unterhalten, während ich nicht dabei gewesen war. Denn Prince' Zähne blitzten jetzt scharf, als ob er sich auf die Idee freute, Julius anzugreifen.

Doch das durfte nicht geschehen. Nicht, wenn ich Celeste schnell befreien wollte. „Nein." Ich schüttelte den Kopf. „Julius muss gehen und sprechen können, wenn du ihn zurücklässt. Und er sollte lieber früher als später Zugang zu einem Handy bekommen."

„Schade. Wo ist er denn jetzt?"

Ich deutete auf ihn, dann zog Prince davon und mir wurde klar, dass ich ihn nicht aufgefordert hatte, bei den anderen Alphas für mich zu bürgen. Was ein Problem war, denn keiner der anderen vertraute Orion, geschweige denn mir. Und wenn diese Hubschrauber tatsächlich die Säuberungsaktion sein sollten, für die ich sie hielt, dann musste der, der hier auf der Bohrinsel das Sagen hatte, sich anhören, was ich zu sagen hatte.

Ich drehte mich herum und suchte nach den Gesichtern der Alphas, denen ich nur einmal begegnet war. Keiner von ihnen war zu sehen, aber jemand anderes schon.

„Vega!“, schrie ich nach der Frau, die mich vor nicht allzu langer Zeit mit einem Messer bedroht hatte, die mich in der Küche wie ihre Nichte behandelt hatte und dann einfach abgehauen war, als ich nach den wichtigsten Einzelheiten gefragt hatte.

Als die ältere Frau sich zu mir umdrehte, funkelte sie mich mit verärgerten Augen an. Sie hielt mich wohl für völlig unwichtig.

Also manipulierte ich sie auf die einzige Art und Weise, die ich kannte – ich benutzte den Ehrentitel, von dem ich hoffte, dass er mir das einbringen würde, was ich brauchte. „Tante! Bitte!“

Sie wollte sich schon abwenden, aber etwas in meinem Gesicht muss sie umgestimmt haben. Hatte sie erkannt, dass die Worte, die ich ursprünglich als Manipulation gemeint hatte, auf meiner Zunge echt schmeckten? Konnte sie sehen, wie mich Erleichterung durchströmte, als ich merkte, dass ich hier doch eine Bezugsperson hatte?

Was auch immer der Grund sein mochte, meine Tante kam auf mich zu, und ihre Körpersprache deutete darauf hin, dass sie mir ein paar Sekunden Zeit geben wollte, um mein Anliegen vorzutragen, aber auch nicht mehr.

Also sprach ich so schnell ich konnte und erzählte, was ich über die Taktik der Streitkräfte in den herannahenden Hubschraubern vermutete. Ich beendete meine Ausführungen mit der Aufforderung, alle Shifter auf dem Deck in den Wohnblock zu schicken und dann alle durch die Hintertür hinauszuschleichen und sich zu zerstreuen, während sie außer Sicht blieben.

„Wo bist du, während wir das alles durchziehen?", fragte Vega. Sie war nicht ganz überzeugt. Nicht, dass ich ihr das hätte verübeln können. Sie hatte keinen Grund, mir zu vertrauen.

Aber mir fehlte die Zeit für weitere Erklärungen. Denn die Hubschrauber waren jetzt in Reichweite der Scharfschützen. Und während wir keine Langstreckengewehre besaßen, hatten sie sehr wohl welche.

Der erste Schuss verfehlte sein Ziel, aber die zweite Kugel traf den Arm eines Teenagers, der zu den ersten gehörte, die sich gewandelt hatten. Der Junge schrie auf eine Art und Weise, über die sich seine Freunde vermutlich noch jahrzehntelang lustig machen würden ... vorausgesetzt, sie überlebten die nächsten paar Stunden.

Ich musste verhindern, dass der Rest der Shifter in die Enge getrieben wurde, wie das Ungeziefer, für das die Angreifer sie hielten. Schon öffnete ich meinen Mund, um zu betteln.

Doch zu meiner Überraschung brauchte Vega keine weiteren Überredungskünste. „Ich vertraue dir um deiner Mutter willen", brüllte sie über das Dröhnen der Rotoren hinweg. „Aber wenn du lügst, mache ich dich fertig."

Trotz der Härte ihrer Worte muss sie im selben Augenblick ihre Rudelbindung benutzt haben, um Befehle zu erteilen. Denn die Shifter, die sich in Deckung begeben hatten, änderten ihre Richtung und strömten stattdessen auf den Wohnblock zu. Jemand half dem Teenager wieder auf die Beine, damit er sich dem Strom anschließen konnte.

Dann sah ich nicht mehr nur durch meine eigenen Augen, sondern auch durch die von Orion. Prince ließ den Motor des Motorbootes an, Julius lag gefesselt und geknebelt neben ihm. Die beiden verschwanden aus dem Blickfeld, während Orion darauf achtete, dass sie den Hubschraubern entkamen. Sie würden es schaffen …

Plötzlich stieß mich jemand unsanft an, während eine Frauenstimme zischte: „Versuch, kein Idiot zu sein."

Ich zuckte zusammen, dann bemerkte ich, dass eine Kugel nur wenige Zentimeter von mir entfernt auf dem Deck aufschlug. Vega und ich waren die Einzigen, die noch im Freien waren. Meine Beine erinnerten sich plötzlich wieder daran, wie man sich zu bewegen hatte, und drei Schritte später war ich gegen einen rostigen Pfosten auf der anderen Seite des offenen Platzes gedrückt, der sich vor dem Wohnblock auftat.

In der Zwischenzeit begegnete mir Vegas Blick aus einer Entfernung, die sich für Menschen als zu nah anfühlte, für Werwölfe aber wahrscheinlich völlig angemessen war. Während ich ihr in die Augen sah, versuchte ich zu erraten, ob sie ihren Rudelkameraden befohlen hatte, aus dem Wohnblock zu fliehen, nachdem sie ihn betreten hatten. Ob sie, selbst wenn sie diesen Befehl weitergegeben hatte, hinreichend Zeit gefunden hatten, um dem zu entkommen, was sich anbahnte.

Auf der anderen Seite des Decks der Bohrinsel zerbrach ein Fenster durch Scharfschützenfeuer. Dann flog eine Drohne durch dieses kleine, zerklüftete Loch direkt in den Wohnblock.

Es dauerte nicht lange, bis ich den schwachen Hauch von Tränengas roch, der aus der Öffnung austrat. Die Taktik hätte direkt aus Gabis Feder stammen können.

„War da noch jemand drin?", fragte ich die Frau, die mich vor den Schüssen gerettet hatte, die mir aber vielleicht nicht geglaubt hatte, als ich behauptete, dass dies der erste Schritt des Rates sein würde. Vielleicht wollte sie sich mit ihrem Rudel drinnen verkriechen, anstatt die Anlage als Ablenkung zu nutzen. Vielleicht hatte sie …

Vegas heftiges Kopfschütteln beendete meine Sorgen und war gleichzeitig ein Abschiedsgruß. Ohne ein weiteres Wort war sie weg. Sie steuerte nicht auf den Wohnblock zu, sondern um eine Seite herum, wo ich vermutete, dass sie ihr Rudel in ein Versteck geschickt hatte.

Und meine Schultern hätten sich vielleicht entspannt, wenn nicht just zu diesem Zeitpunkt eine Leine aus einem der Hubschrauber herabgelassen worden wäre. Eine vertraute Gestalt war drauf und dran, auf den mit Tränengas beschossenen Wohnblock zuzustürmen.

Ich kannte diese Gestalt so gut wie jeden anderen, den ich einmal als Familienmitglied betrachtet hatte. Ich wusste, dass sie die letzten drei Meter springen würde, um dann zusammengekauert auf Deck zu landen und ihre Umgebung abzusuchen. Sie würde mit einer Hand eine Pistole halten und sich mit der anderen festhalten, bereit, sich von Deck zu stoßen und in jede Richtung loszulaufen.

Ich wusste das, weil sie mich für ein ähnliches Szenario trainiert hatte. Wie ich vermutet hatte, war Gabi nicht vom Dienst entbunden worden. Warum auch, wenn der gesamte Rat über die Geschehnisse informiert war?

Stattdessen führte meine ehemalige Mentorin den Angriff an.

Kapitel 28

So ist das, wenn man Schüler ist. Man lernt nicht nur den Unterrichtsstoff, sondern auch seine Lehrer kennen.

Deshalb war ich nicht überrascht, als Gabi der Tatsache keine Beachtung schenkte, dass offensichtlich mindestens zwei Leute aus dem Wohnblock geflohen waren. Sie ging davon aus, dass unsere schwächeren Mitglieder immer noch da drin waren und sich wegen des Tränengases die Augen rieben. Genau diese Schwachstelle würde sie zu ihrem Vorteil nutzen.

Während Gabi eine Gasmaske aus ihrem Rucksack zog, grinste ich, meine Zähne waren so scharf wie die von Prince, als ich ihn das letzte Mal gesehen hatte. Sie spielte mir direkt in die Hände.

Ich hatte jedoch nicht erwartet, dass noch mehr Seile von den schwebenden Hubschraubern herabgelassen würden. Ich hatte auch nicht erwartet, dass ein halbes Dutzend Soldaten herabsteigen und sich zu meiner Trainerin auf das Deck der Bohrinsel begeben würden. Normalerweise arbeitete Gabi lieber allein. Sie und sechs bewaffnete Kameraden würden viel schwieriger zu überwältigen sein.

Und falls der Angriffstrupp noch größer werden sollte …

Seit meinem gestrigen Ausraster, hatte ich die Tätowierungen auf meinem Arm ignoriert. Aber jetzt erinnerten sie mich daran und ich beschloss, mich nicht wie ein Idiot zu verhalten. Dies war der Augenblick, in dem ich jede Waffe in meinem Arsenal einsetzen musste, ohne mich zurückzuhalten.

Also machte ich mir meine Absichten klar. Biss die Zähne zusammen. Dann starrte ich zu den Hubschraubern hinauf und sprach leise vor mich hin.

„Jede Wolke hat einen Silberstreif."

Die Tattoos wanden sich genau so, wie ich erwartet hatte, aber ich hatte nicht damit gerechnet, dass der Schorf von gestern aufbrechen würde. Dass die Haut brennt, als hätte ich sie mit Spiritus übergossen. Wären unsere Gegner Wölfe gewesen, wäre der anschließende Blutgeruch ein Problem gewesen. Aber die leichte Blutung verschaffte den menschlichen Agenten keinen Vorteil und ich konnte den Schmerz weitgehend ausblenden.

Einen langen Augenblick lang dachte ich, dass nichts weiter geschehen würde. Dann allerdings begann sich auf halbem Weg zwischen dem Deck der Bohrinsel und den Hubschraubern Nebel zu bilden. Zuerst war es nur ein dünner Schleier, durch den der blaue Himmel noch deutlich zu sehen war. Dann wurde der Nebel so dicht, dass die Landschaft um mich herum in ein regelrechtes Zwielicht versank.

Mit anderen Worten: Eine tief liegende Wolke schwebte über uns. Genau wie ich erhofft hatte.

Jetzt konnte niemand in den Hubschraubern nach unten sehen. Sie konnten ihre Scharfschützengewehre nicht gegen uns einsetzen, ohne zu riskieren, selbst getroffen zu werden. Durch die Wolke abzusinken, wäre ein Risiko, das sie vermutlich nur unter äußerst ungünstigen Umständen eingehen würden.

Der Nebel war bereits über meinem Kopf und ich hoffte, dass niemand, der sich bereits auf der Bohrinsel aufhielt, ihn bemerken würde. Das war aber nicht der Fall. Gabi hielt an der Tür des Wohnblocks inne und hob ihre Hand zum Mund. Ich war zu weit weg, um zu hören, was sie sagte, aber Lippenlesen gehörte zu den Fähigkeiten, die in meiner Kindheit auf dem Lehrplan gestanden hatten. Und Gabis Lippen waren genau die, die ich zu lesen gelernt hatte.

„Situation unter Kontrolle", sagte sie. "Haltet euch bereit, bis ich das Kommando gebe."

Das war ja schon mal gut. Genau das, was ich mir gewünscht hatte.

Ich beobachtete, wie Gabi ihre Gasmaske aufsetzte, die Tür öffnete und so lautlos wie ein Werwolf hinein schlüpfte. Hinter ihr traten ebenfalls fünf Soldaten ein und die Tür schloss sich hinter ihnen.

Nur ein Soldat blieb zurück, um den Ausgang zu bewachen. Er war äußerst wachsam und scannte das vermeintlich leere Deck, aber es würde nicht schwer sein, ihn auszuschalten.

Mein Plan würde aufgehen.

„Bringt alle in die Boote", forderte ich Orion über die Gefährtenbindung auf.

Oder ich versuchte es zumindest. Unsere Verbindung war seltsam gedämpft. Als ob die Wolken, die ich über uns erschaffen hatte, sich auch in unserer nicht greifbaren Verbindung wiederfanden.

Zu meiner Überraschung meldete sich jedoch eine andere Stimme laut und deutlich in meinem Kopf. *„Jetzt erteilst du mir schon Befehle?"*

Ich zuckte zusammen und drehte meinen Kopf von einer Seite zur anderen, um herauszufinden, woher das Geräusch kam. War Vega so schnell zurückgekommen?

Nein, das war ihre Stimme, aber sie war nicht körperlich anwesend. Stattdessen waren die Worte tatsächlich in mir, so wie ich Orion in der Gefährtenbindung gehört hatte.

„Tante Vega?", fragte ich zögernd auf dieselbe Weise.

„Das ist mein Name. Verschleiße ihn nicht."

Zusammen mit ihrer kindischen Erwiderung kam die Gewissheit, dass sie schon jetzt ihr Rudel in Bewegung setzte, um sich den Weg nach unten zu bahnen. Ich hörte nichts. Ich sah nichts. Aber ich spürte, wie Vega vor Schreck zusammenzuckte, als der angeschossene Teenager auf halbem Weg nach unten seinen Halt verlor und jemand anderes ihn gerade noch auffangen konnte. Ich spürte ihre Freude, als einer ihrer Rudelkameraden das erste Boot betrat und die anderen bald darauf folgten.

Fühlte es sich so an, Teil eines Shifterclans zu sein? Diese Erfahrung war beunruhigend ... und zutiefst wärmend, Es war auch äußerst seltsam, diesen Augenblick mit jemandem zu teilen, der mir gestern noch nicht mal seinen Namen verraten wollte.

Ich schüttelte den Kopf und machte mich wieder an die Arbeit. Denn Gabi würde nicht lange brauchen, um den ganzen Wohnblock zu durchsuchen, nicht mit der Hilfe der fünf anderen. Nicht lange genug für uns alle, um die Leiter hinunter und in die Boote zu steigen.

Ich musste also den Fehler wiedergutmachen, der all diese Shifter vor Monaten in die Falle gelockt hatte. Ich musste dem Angriffstrupp den Kopf abschlagen.

Ohne, dass ich ein weiteres Sprichwort hätte flüstern müssen, schickte die Wolke eine Ranke herab, die mich in dem Augenblick einhüllte, als ich aus der Deckung des Pfostens trat, an den ich mich geschmiegt hatte. Im Schutz des Nebels schlich ich den langen Weg um die Außenseite des Platzes herum und arbeitete mich auf die gut erkennbare Wache zu.

Ich hatte erwartet, dass Vega mich nicht weiter beachtete, während sie die Evakuierung ihres Rudels begleitete. Stattdessen hatte ich den Eindruck, dass sie oben auf der Leiter zurückgeblieben war und sich wieder in meine Richtung drehte. Sie tat es mir gleich, um sich dem Wächter von der anderen Seite zu nähern.

Meine Tante hatte keinen Nebel, in dem sie sich verstecken konnte, aber ein Hauch der Verbindung zwischen uns deutete darauf hin, dass sie sich jetzt in ihrer Wolfsgestalt befand. Ihre Pfoten waren lautlos. Während wir uns unserem gemeinsamen Ziel näherten, konnte ich kaum das Flackern einer Bewegung zwischen zwei rostigen Pfosten wahrnehmen, obwohl ich genau wusste, wohin ich schauen musste. Der Wächter hatte keine Chance.

Wir kamen im selben Augenblick von rechts und links auf ihn zu. Dank unserer Verbindung wussten wir beide, was der andere vorhatte. Aufgrund unserer Schnelligkeit als Shifter hatte der Mensch keine Zeit mehr zu schreien, bevor meine Hand seinen Mund bedeckte und der Kiefer meiner Tante sich um seine Luftröhre schloss.

Dann ließ Vega von seiner Kehle ab und sank im selben Augenblick zu Boden, als der Körper des Wächters erschlaffte. „Gut", wandte ich mich an sie. Es erforderte ganz besondere Fähigkeiten, einen Gegner auszuschalten, ohne mehr als einen

Kratzer zu hinterlassen. Kein Wunder, dass sie so selbstgefällig dreinschaute.

Ich hatte den Wachmann gefesselt, geknebelt und in den Schatten an der Wand des Wohnblocks gerollt, bevor sich meine Tante aufrichtete, nackt und menschlich, mit der Gasmaske, die sie dem Wachmann abgenommen hatte, in einer Faust. *„Danke"*, sagte ich leise und hielt ihr meine Hand hin.

Aber sie überreichte mir nicht den Gegenstand, mit dem eine von uns den Wohnblock betreten und Gegner ausschalten könnte. Stattdessen schob sie sich die Maske über das Gesicht und begann, die Bänder auf beiden Seiten zu schließen.

„Tante Vega", begann ich laut und hoffte, dass ich die Situation missverstanden hatte. Vielleicht war die Verbindung, die wir eingegangen waren, nicht dieselbe wie die, die ich mit Orion hatte. Vielleicht war die kurze Phase, in der ich Worte hatte hin- und herschicken können, verblasst.

Doch es war zwecklos. „Glaube ja nicht, dass du mich aus der Sache raushalten kannst", konterte Vega, deren Worte durch die Maske, die ihre Nase und ihren Mund bedeckte, gedämpft wurden. „Sie haben es auf mein Rudel abgesehen. Das ist meine Angelegenheit."

So barsch ihre Worte auch waren, es war klar, dass sie mich beschützen wollte. Das spürte ich durch unsere neu gefundene Verbindung, auch wenn ich vermutete, dass Vega dieses Gefühl nicht in meine Richtung senden wollte. Sie bewegte sich rückwärts auf die Tür zu ... und in dem Augenblick öffnete sich die Tür und traf sie in den Rücken.

Und Gabi hielt Vega eine Waffe an die Schläfe, bevor eine von uns beiden überhaupt reagieren konnte.

Kapitel 29

„Das Schöne am Lehrerberuf ist", stellte Gabi fest, „dass man auch seine Schüler kennenlernt, während sie einen selbst kennenlernen."

Ich war wie erstarrt und öffnete meine Hände vor mir, um zu zeigen, dass sie leer waren. Ich war überzeugt gewesen, ich hätte Gabi manipuliert. Aber stattdessen hatte sie gewartet, bis sie meine gegenwärtige Schwachstelle herausgefunden hatte, und dann zugeschlagen, genau wie es mir beigebracht worden war.

„Celeste wird erstaunt sein, wie schnell du dich für eine Ersatzfamilie entschieden hast", fuhr Gabi fort und zückte ihr Handy, ohne dass die Pistole auch nur ein kleines Stückchen von Vegas Kopf gewichen wäre. „Gib sie mir", fuhr sie fort und unterhielt sich vermutlich mit jemandem in einem laufenden Telefonat.

Ein Augenblick der Stille gab mir Zeit, die dichte Wolkendecke zu betrachten, die nun den Freiraum zwischen mir und Gabi ausfüllte. Das Gefährtenbranding wollte helfen, aber in dieser Situation konnte der feuchte Nebel nicht viel ausrichten. Ich musste schlauer sein. Weniger wie Gabi denken und mehr wie ... eine Wölfin?

Dann vergaß ich alles außer Celeste, als meine Schwester sich zu Wort meldete.

„Elspeth?" Ihre Stimme war so leise, dass ich sie ohne Shifterohren nicht hätte hören können. Ihr Tonfall erinnerte mich an die Zeit, als wir noch Kinder gewesen waren und ihre Angst vor der Dunkelheit ihre Entschlossenheit überwältigt hatte, genau so groß und mutig zu sein wie ich. „Kannst du nach Hause kommen? Ich hatte einen" – ich konnte hören, wie sie die Tränen herunter schluckte – „einen schrecklichen, furchtbaren, ganz und gar nicht guten, sehr schlechten Tag."

Celeste zitierte nur dann Zeilen aus Kinderbüchern, wenn sie am Ende ihrer Kräfte war. So wie damals, als sie am Drive-In versehentlich in ein anderes Auto gekracht war, das nicht schneller als fünf Kilometer pro Stunde unterwegs gewesen war, und der zweite Fahrer dennoch eine Nackenverletzung vorgetäuscht und dann die Polizei und einen Krankenwagen gerufen hatte. Meine Schwester war nach dem Gespräch mit den Behörden so erschüttert gewesen, dass sie Angst hatte, wieder in ihr Auto zu steigen.

Ich musste sie eine Woche lang zur Schule fahren, bevor sie einen selbst auferlegten Fahrkurs absolvierte und sich dann endlich wieder hinter das Steuer setzte.

Aber sie hatte sich damals weiterentwickelt und das würde sie auch jetzt. Denn ich wusste, dass ich manipuliert worden war. Und dass auch Celeste manipuliert worden war, um mich zu manipulieren.

Trotzdem wäre ich am liebsten in einen der Hubschrauber gestiegen und an die Seite meiner Schwester geflogen.

Aber das konnte ich nicht. Nicht jetzt, wo ich wusste, was der Rat den Shiftern, die ich hier auf der Bohrinsel zurücklassen würde, antun könnte. Sie hatten meine Eltern auf dem Gewissen. Genauso erbarmungslos würden sie all diese Werwölfe beseitigen.

Für einen Sekundenbruchteil kniff ich die Augen zusammen und hoffte. Dass Orion alle Boote voll besetzt hatte. Dass er und die anderen jetzt durch das aufgewühlte Wasser segelten und sich auf ihrer Flucht vor den Helikoptern in den Wolken versteckten.

Aber meine Gefährtenbindung lieferte im Augenblick keine Informationen, also konnte ich mich nicht darauf verlassen. Außerdem musste ich auch an Vega denken. Vega, die in meinem Kopf stumm war, aber deren Blick meinen traf, als ich meine Augen wieder aufschlug. Jeder Zentimeter ihres Körpers strotzte vor wölfischer Kraft.

„Celi." Ich erhob meine Stimme, damit meine Schwester meine Worte hören konnte. „Es tut mir leid, dass ich vorhin nicht da war. Und ich kann jetzt nicht kommen. Ich ..."

„Daddy hat gesagt, dass du lieber den Wölfen als mir zur Seite stehst? Dass du gewusst hast, dass jemand mit einer Waffe meine Schüler bedroht hat und du trotzdem nicht gekommen bist?"

Sie klang ungläubig. Wir beide waren uns gegenüber mehr als verpflichtet. Sie wollte, dass ich ihr sagen würde, dass Julius gelogen hatte.

Aber das hatte er ja gar nicht. Er hatte lediglich die Wahrheit verdreht, um die Tochter zu schützen, die er für schutzbedürftig hielt. Die, in der sich keine Wölfin verbarg. Die, die sein Blut teilte.

Die, die ich nicht mit einer Halbwahrheit beleidigen wollte. „Das stimmt", teilte ich meiner Schwester mit. „Aber nur, weil die ganze Sache ein abgekartetes Spiel war. Der Schütze war ein Komplize. Du warst nie in Gefahr."

Ich erwartete, dass Gabi nun auflegen würde, aber das tat sie nicht. Stattdessen atmete sie laut, langsam und gleichmäßig durch die Gasmaske ein und aus. Als ob ich genau das getan hätte, was sie sich gewünscht hatte. Als hätte ich ihr wieder einmal direkt in die Hände gespielt.

Was entging mir?

Ich hatte übersehen, dass Celeste schon fast so lange Gabis Schülerin war wie ich. Unsere Lehrerin hatte über ein Jahrzehnt lang beobachtet, wie wir beide miteinander umgingen. Sie verstand unsere Dynamik besser als jeder andere. Sie wusste, wie meine Schwester reagieren würde.

„Du lässt zu, dass meine Schüler traumatisiert werden?" Celestes Stimme war höher als damals, als Julius die alten Stofftiere, die sie als Freunde betrachtet hatte, weggeworfen hatte. „Was ein Kind sieht", erklärte sie mir jetzt, „ist die Wirklichkeit, auch wenn es bloß gestellt ist."

Celestes Logik war nicht mehr so ganz schlüssig, aber ich verstand, was sie meinte. Ich hatte ihren Ausführungen über negative Kindheitserlebnisse aufmerksam gelauscht und wusste, dass Ereignisse, die ein Kind erschüttert hatten, im Erwachsenenalter in Form von Drogenmissbrauch, chronischen Gesundheitsproblemen und der Unfähigkeit, stabile Beziehungen zu führen, wieder auftauchen konnten.

Das wusste ich, weil ich die Symptome bei mir selbst festgestellt hatte.

Celeste hatte mich damals zu einer Therapie gedrängt. Sie hatte mir geholfen, meine Neigung, anderen zu gefallen, abzulegen und meine ersten Grenzen in Beziehungen zu ziehen. Es war auch kein großes Geheimnis, warum sie sich für den Beruf der Kindergärtnerin entschieden hatte. Sie wollte, dass jeder ihrer Schüler den sicheren Start erhielt, den ich verpasst hatte. Auf diese Weise wollte sie die Zukunft verbessern, ohne sich zu sehr mit der Vergangenheit zu beschäftigen.

„Celi …"

„Lass es. Versuch bloß nicht, dich so herauszureden, wie Daddy das tun würde. Gib einfach zu, dass ich dir nicht wichtig genug war, um einen Job aufzugeben."

Dann brach ihre Stimme und ihre Schluchzer waren schlimmer als die Worte, die ihnen vorausgegangen waren. Und als ihr Weinen abrupt aufhörte, brauchte ich viel zu lange, um zu erkennen, dass sie aufgelegt hatte.

Trotzdem rief ich ihren Namen. „Celeste!"

Gabi ließ das Handy zurück in ihre Tasche gleiten und nahm sich die Zeit, die Gasmaske abzunehmen, bevor sie mich ansprach. Ohne die reflektierende Gesichtsmaske konnte ich Mitleid in ihren Augen sehen, dasselbe Mitleid, das sie mir entgegengebracht hatte, als ich als Teenager aus Trotz meinen Körper zu sehr beansprucht hatte, um Julius' Anerkennung zu erlangen. Die daraus entstandenen Stressfrakturen hatten Monate gebraucht, um zu heilen. „Komm mit uns zurück", verlangte sie jetzt. „Bring das mit deiner Schwester wieder in Ordnung."

Ich schüttelte den Kopf und versuchte zu verstehen, was gerade passiert war. Julius hatte Celeste Lügen aufgetischt und sie hatte jede einzelne davon geglaubt. Sie hatte einfach aufgelegt, ohne auf eine Erklärung zu warten. Obwohl sie versprochen hatte, dass ihre Liebe bedingungslos ist. Obwohl wir Schwestern waren.

Aber konnten eine Wölfin und ein Mensch wirklich Schwestern sein? Konnten zwei Leute, die nicht durch ihr Blut verbunden waren, eine Familie sein?

Mein Blick richtete sich wieder auf Vega, die einzige Blutsverwandte, die ich je gekannt hatte. Die, auf die gerade eine Waffe gerichtet war und die sich in größter Gefahr befand.

Die ganze Zeit über war meine Tante so regungslos geblieben wie ein Wolf beim Anpirschen. Sie hat darauf gewartet, dass ich ihr einen Weg eröffnete, aber ich hatte keine Ahnung, wie ich das anstellen sollte. Mein ganzes Training war in das schmerzende Zusammenziehen meines Magens geflossen und in den Tränen, die wie Nadeln hinter meinen Augen stachen.

Mein Training mochte zwar weg gewesen sein, aber das Gefährtenbranding nicht. Es schlängelte sich um meinen Arm und schuf ein Bild, das wie die Wolken aussah, die uns jetzt umhüllten.

Wie Wolken ... oder Dampf. Dampf, den ich wegblasen konnte, um Hubschrauber vom Himmel zu reißen und Gabi aus dem Gleichgewicht zu bringen und Vega den Weg freizumachen.

„Mach dich bereit", wandte ich mich an meine Tante.

Und dann ließ ich all die Wut und den Schmerz aus mir heraus, Worte waren gar nicht nötig, um den Wirbelsturm der Unzufriedenheit zu entfesseln, der sich den Großteil meines Lebens in mir aufgestaut hatte.

EMOTIONALER DAMPF BESITZT einen ganz eigenen Willen. Der Wind schlug uns allen ins Gesicht, altes Metall knarrte in der Ferne, während ein Schwall von Rostpartikeln auf meine ungeschützte Haut prasselte. Ein verzweifelter Schrei *„Rückzug!"* drang durch das, was ich für Gabis Headset hielt, denn durch unsere Nähe war das Geräusch gerade noch hörbar. Es folgte langes und erfindungsreiches Fluchen, als ob mindestens einer der Piloten kaum noch die Kontrolle über sein Fluggerät behalten konnte.

Gabi hingegen blieb ruhig. „Hör auf damit", forderte sie.

Ich konnte sie nicht sehen, da einer der Rostpartikel in meinem linken Auge gelandet war. Aber ich wusste aus Vegas wortloser Enttäuschung, dass meine Tante es nicht geschafft hatte, sich loszureißen. Dass sie immer noch bedroht wurde.

Aber egal. Die Hubschrauber waren Gabis einzige Möglichkeit, die Bohrinsel zu verlassen, und der Wind ließ nicht nach. Nicht, bis ich es ihm befahl. „Lass Vega gehen", konterte ich.

Ich hatte mit einem Streit gerechnet. Stattdessen hörte ich einen Schuss. Eine Kugel durchschlug meine Haut wie ein heißer Schürhaken und jagte mir mit einem markerschütternden Schrei die Luft aus den Lungen.

Aber Moment mal. Das war gar nicht meine Haut. Das war Vegas Haut. Was ich da spürte, war nicht mein eigener körperlicher Schmerz, sondern der Schmerz aus zweiter Hand, der von einem möglicherweise letzten Fehltritt herrührte.

Denn Gabi war eine Spielerin. Wie hatte ich das nur vergessen können? Eine Spielerin wählte nicht den sicheren Weg. Eine Spielerin würde auch mal ihre Geisel erschießen, um ihren Standpunkt zu beweisen.

„Vega!", schrie ich durch unsere körperlose Verbindung. Doch niemand antwortete. Und ich konnte nichts sehen …

Ich blinzelte heftig gegen den Rostfleck, der meine Sicht beeinträchtigte, und versuchte zu erkennen, wo meine Tante verletzt worden war, wo Gabi und sie sich befanden, wie viel Blut floss und ob noch Zeit blieb, sie zu retten. Aber alles war verschwommen.

Und das Band zwischen mir und Vega war jetzt leer, völlig leblos. Vielleicht gab es die Verbindung ja gar nicht mehr. Als ob ein Ende durchtrennt worden wäre …

Das Blut rauschte in meinen Ohren und übertönte alles, außer den riesigen Ozean der Empörung, der in mir anschwoll. Mein Atem ging stoßweise, als sich das Grauen zu glühender Wut verdichtete. Noch nie in meinem Leben hatte ich so sehr den Wunsch verspürt, jemanden zu töten, zu verstümmeln, leiden zu lassen, wie in diesem Moment.

Daraufhin drehte sich das Gefährtenbranding in mir wie ein Wirbelsturm. Wie ein Kampfhund, der am Ende seiner Kette bellte und darum bettelte, freigelassen zu werden, damit er einen gefährlichen Eindringling verjagen konnte. Viel mehr, als ich kontrollieren konnte. Das war gefährlich.

Und ich erinnerte mich an Julius' wiederholte Warnungen. *„Benimm dich nicht wie eine Wölfin. Verhalte dich vernünftig. Sei ein Mensch."*

Das Gefährtenbranding war alles andere als vernünftig. Es war nicht menschlich. Es war in seinem Wesen ganz und gar ein Wolf.

Aber der Verlust meiner Verbindung zu Vega wühlte meine Gefühle auf, egal, wie sehr ich versuchte, mich von den Wünschen des Gefährtenbrandings zurückzuziehen. Warum war es Shiftern verboten, Waffen zu tragen, während die Mitarbeiter des Rates immer bewaffnet unterwegs waren? Warum behandelte Gabi alle um sich herum als austauschbar, während sie mit meiner verzweifelten Angst vor dem Verlassenwerden spielte?

Warum nahm sie mir jeden weg, den ich liebte? Warum hatte sie das Band zwischen mir und meiner Schwester zerrissen? *Warum hatte sie Vega erschossen?*

„Sei vernünftig", befahl Gabi, die ihre Worte sorgfältig einstudiert hatte. Als ob sie und Julius aus dem gleichen Lehrbuch gelernt hätten. „Hör auf, dich wie eine Wölfin aufzuführen."

Aber ich war eine Wölfin. Eine wütende Wölfin.

Als mich das Gefährtenbranding das nächste Mal mit seiner Frage anstupste, ließ ich die Kette los.

Kapitel 30

Die Welt kehrte in den Fokus zurück, als eine Böe aus Wind und Wasser mich auf das Deck schleuderte und etwas Großes und Scharfes durch die Luft flog, wo ich einen Augenblick zuvor noch gestanden hatte. Das Projektil schlug mit einem ekelerregenden Kreischen von Metall auf Metall in die Wand des Wohnblocks ein und verfehlte Gabis Kopf nur um einen Zentimeter.

Meine Sicht war immer noch von Tränen getrübt. Aber ich konnte das Geschehen nun wahrnehmen. Gabi stand aufrecht da, auch wenn ihre Uniform mit Blut bespritzt war. Vega war zu ihren Füßen zusammengesackt, in Wolfsgestalt und regungslos. Eine rote Lache umgab meine Tante. Die Waffe, die dieses Rot verursacht hatte, hielt meine Lehrerin fest in der Hand.

Dann schlug das Gefährtenbranding ein weiteres Mal zu. Gabi fluchte, als ein neues Stück herumfliegender Trümmer die Waffe losriss und sie von uns beiden weg schleuderte. Eine Sekunde später erhob sich eine Wasserwand um sie herum und drängte Gabi von Vega weg, hin zu den baumelnden Leinen, die wie Peitschen durch die Luft sausten.

Die Hubschrauber waren noch da oben, aber nicht mehr lange. Der Zorn in mir wühlte sowohl das Meer als auch die Luft auf.

Die Windgeschwindigkeit, die für einen sicheren Hubschrauberflug vorgeschrieben war, war bereits überschritten worden. Wenn ich wollte, dass diese Leute, an deren Seite ich einst gearbeitet hatte, entkommen konnten, musste ich das Gefährtenbranding im Zaum halten.

Ich schluckte schwer und versuchte erfolglos, meine Wut zu zügeln. So lange war ich gezwungen gewesen, zu verbergen, wer ich wirklich war, was ich wirklich war. Man hatte mir winzige Brocken von Liebe als Gegenleistung dafür angeboten, dass ich mich an alle Regeln gehalten hatte, die man mir auferlegt hatte. Ich hatte Julius für meinen Vater gehalten und zu Gabi wie zu einer Mentorin aufgeschaut. Gleichzeitig hatten mich beide lediglich als Versuchsobjekt betrachtet, das sie zu ihrem eigenen Werkzeug formen wollten.

Trotzdem wollte ich Gabi nicht tot sehen. Ich wollte nur, dass sie verschwand. Also biss ich mir auf die Innenseite meiner Wange, um das Gefährtenbranding einzudämmen, während sie sich an einem der Seile festhielt, anstatt hochzuklettern.

Sie wartete auf etwas. Suchte das Deck ab ...

Da tauchten ein Agent nach dem anderen aus dem Strudel auf. Sie waren unbewaffnet. So zerzaust wie ein Wurf Katzenbabys, die zum Ertrinken in einen Teich geworfen worden waren. Aber sie erreichten die Leinen. Fingen an zu klettern.

Jetzt endlich zog sich auch Gabi neben ihnen hoch. Sie warf mir nicht einen einzigen Abschiedsblick zu.

Das wäre auch gar nicht nötig gewesen. Ich hatte gewonnen. Sie hatte verloren. Es hätte nicht wehtun sollen, dass es ihr so leicht fiel, mir den Rücken zuzuwenden, während sie sich zurückzog. Dass sie mich so einfach zurücklassen konnte wie eine Waffe, die ihr aus der Hand geschlagen worden war und die es nicht wert war, zurückgeholt zu werden.

Aber es tat weh. Wirklich weh.

Ich schmeckte das Blut in meinem Mund, als ich fester zubiss. Ich hielt meine Wut zurück und verhinderte, dass das Gefährtenbranding die fliehenden Agenten wie Ungeziefer zerquetschte. Dann sah ich aus dem Augenwinkel, wie Vegas Hinterbein zuckte. Und ich verlor jedes Interesse daran, das Leben des Feindes zu schützen.

Das Wasser, das Gabi zu den Hubschraubern getrieben hatte, hatte Vega in die entgegengesetzte Richtung gedrängt. In Richtung der Kante des Decks der Bohrinsel. Ich stürmte auf sie zu, aber das Gefährtenbranding reagierte auf eine Art und Weise auf meine Absicht, die mir überhaupt nicht weiterhalf. Eine Welle schleuderte mich nach vorne und spülte gleichzeitig Vega weiter von mir weg. Sie rutschte mit einem Hinterbein über die Kante des Decks und erinnerte mich an die Szene, als ich mich von Prince hatte bedrohen lassen, um Julius aus dem ersten Hubschrauber zu locken.

Zu dem Zeitpunkt hatten die Rotoren Wellen auf der Oberfläche des Ozeans aufgewirbelt. Jetzt war das Wasser unter mir genauso aufgewühlt wie der Wind, der gerade eine andere Gruppe von Hubschraubern in Richtung Horizont fegte.

Ich klammerte mich mit klammen Fingern an einen rostigen Pfosten und versuchte das Gefährtenbranding zu kontrollieren, beides fühlte sich gleich rutschig an. Jetzt musste ich dringend zu Vega gelangen, aber jede noch so kleine Bewegung könnte sie über Bord spülen. Also verharrte ich regungslos und beobachtete mit zerzausten Haaren, wie sich meine Feinde in der Ferne in kleine Punkte verwandelten.

Sobald sie weg waren, würde das Gefährtenbranding vielleicht verstehen, dass es mich nicht mehr zu beschützen brauchte. Ich machte einen Schritt ... und schon traf Vega eine Welle. Sobald ich zurückwich, zog sich auch die Welle zurück.

Worte. Ich würde Worte statt Taten benutzen müssen. „Vega!", schrie ich und hoffte, dass das leichte Zucken, das ich gerade noch aus dem Augenwinkel gesehen hatte, bedeutete, dass sie noch am Leben war. Ich hoffte, dass sie noch genug Kraft besaß, um sich mit den Krallen festzuhalten, bevor sie in den tobenden Ozean stürzte, der jetzt wie wild an die Seiten der Bohrinsel klatschte.

Trotz des aufgewühlten Wassers bewegte sich meine Tante nicht mehr. Und die entfesselten Elemente des Gefährtenbrandings gehorchten mir nicht mehr.

Oder besser gesagt, sie gehorchten nur noch meinen Gefühlen. Gefühlsregungen, die mir völlig entglitten waren.

Der Aufruhr in mir war gleichbedeutend mit dem Aufruhr außerhalb von mir. Die Wellen schlugen immer höher und höher. Eine hob Vega an und verlor gerade noch ihren Schwung, bevor sie sie mit sich riss.

Sie schlug mit einem dumpfen Aufprall auf Deck auf, wie ein Sack. Eine blutige Pfütze bildete sich viel zu schnell um sie herum, ein Zeichen dafür, dass sie schneller blutete, als sie verkraften konnte. Ich musste unbedingt etwas tun. Aber ich konnte nicht ...

Plötzlich tauchte eine dunkle Gestalt am Rande der Plattform auf, etwa sieben Meter vor Vega. Diesmal war es keine Welle. Ein Shifter.

Besser gesagt, zwei Shifter. Einer eilte an die Seite meiner Tante, während der andere sich durch den peitschenden Wind auf mich zubewegte.

Starke Hände legten sich wie Anker um meine Schultern. „Wir müssen hier weg." Orions Stimme war leise, aber irgendwie schaffte er es trotzdem, das Tosen des Windes zu durchdringen. „Kannst du laufen?"

Das konnte ich nicht. Ich konnte nicht mal meinen Kopf schütteln. Die Welt wurde immer dunkler.

„Dann trage ich dich", versprach Orion. Seine Stimme war ein beruhigendes Grollen, seine schwieligen Hände hoben mich unglaublich sanft hoch.

Aber es war schon zu spät. Ich hatte nicht nur die Kontrolle über meine Gefühle, sondern auch über meinen Körper verloren.

Ich war das Wasser. Ich war der Wind.

ICH SCHÄUMTE, RIESIGE Wellen schlugen gegen Metallpfeiler. Ich peitschte und riss die Gebäude auseinander, in denen meine Verwandten gefangen waren.

„Die Arschlöcher haben versucht, Vegas Eingeweide zu entfernen", rief ein Metallsplitter; die männliche Stimme war weit entfernt und undeutlich. „Aber das haben sie nicht geschafft."

Da streichelte eine Hand durch mein Haar. „Hast du das gehört?", fragte eine in der Wüste blühende Kaktusblüte. „Deine Tante ist am Leben. Die Hubschrauber sind weg. Du kannst dem Gefährtenbranding sagen, es soll sich beruhigen."

Seine Worte ergaben für mich kaum Sinn. Ich war das spiralförmige Herz eines sich anbahnenden Hurrikans. Ich war ein kräftiger Seitenwind, der die kostbaren Boote ans Ufer trieb.

„Elspeths Herzschlag verlangsamt sich", berichtete der Kaktus mit belegter Stimme. „Sie atmet kaum noch. Ideen? Irgendjemand?"

„Das Gefährtenbranding ist keine Einbahnstraße", entgegnete der Metallsplitter. „Wenn du dir Sorgen um deine Gefährtin machst, dann halte sie doch davon ab, es zu benutzen. Gegen den Geschwindigkeitsboost habe ich allerdings nichts einzuwenden. Vega braucht dringend einen Arzt."

„Nicht gerade hilfreich", knurrte der Kaktus. Er war längst keine Blume mehr. Nur noch stachelige Dornen, als er zugab: „Unsere Verbindung ist nicht gerade funktional. Das Gefährtenbranding reagiert nicht auf mich."

Da ertönte ein bellendes Lachen aus dem Metallsplitter. „Sie hat dich wohl auch beschissen, hm?"

Ich hatte den Kaktus betrogen. Ich hatte sie alle betrogen.

Der Zorn auf die Welt ist zu Zorn auf mich selbst umgeschlagen. Der ganze Ozean war nicht groß genug, um all die Folgen zu verschlucken.

Aus der Ferne hörte ich Flüche, während ich in den Himmel schoss. Dann stürzte ich zurück und schlug auf das Wasser, so wie ich mich selbst hätte schlagen wollen.

„Hör auf damit, Elspeth!", rief mir jemand ins Ohr, aber seine Stimme war so leise wie die Erinnerung an Regenbögen. „Du trocknest dich selbst aus!"

„Wenn du möchtest, dass sie aufhört, musst du sie aufhalten."

„Wie?" Das Knurren des Kaktus war wild, fast wild genug, um meine Aufmerksamkeit zu erregen.

Aber nicht ganz. Die Außenwelt war jetzt so weit weg. Ich war kein Wind mehr. Ich war nicht mal mehr Wasser. Ich war ein Staubkorn, das auf den Meeresboden herabsank und sich in der Dunkelheit absetzte, zu der das Sonnenlicht nicht vordringen konnte.

Es war friedlich. Hier hätte ich eine Ewigkeit verbringen können. Ich würde hier eine Ewigkeit verbringen.

Wenn mich eine Erinnerung überkam, war das wie ein störendes Eindringen. Eine unerwünschte Erinnerung daran, dass ich einst mehr als nur Staub gewesen war.

„Was machen die da?", hatte ich den Kaktus vor einigen Tagen gefragt, als das Flugzeug, in dem wir gesessen hatten, auf einem texanischen Flughafen aufsetzte. Ich hatte bereits festgestellt, dass die Aufmerksamkeit des Kaktus, wenn es nichts Dringenderes zu tun gab, immer auf grüne Flecken gerichtet war. An einer Zierpflanzung, die wir gerade im Blickfeld hatten, waren Arbeiter gerade dabei gewesen, von einem Busch mit rosafarbenen Blüten große Teile abzuschneiden. Danach hatte ich gefragt.

„Krankheit", hatte der Kaktus geantwortet. *„Manchmal muss man das Problem herausschneiden, um die Pflanze zu retten."*

„Sieht aber nicht so aus, als würden sie die Pflanze retten."

„Manchmal ist das Wachstum so geschwächt, dass das, was übrig bleibt, nicht gerettet werden kann."

Jetzt, während ich mich im dunklen Wasser des Ozeans treiben ließ, bekamen die Worte des Kaktus eine zusätzliche Bedeutung.

„Manchmal ist das Wachstum so geschwächt, dass das, was übrig bleibt, nicht gerettet werden kann."

In der Ferne fühlte sich die Stimme desselben Kaktus wie die unvermeidliche Fortsetzung des früheren Gesprächs an, als er flüsterte: „Verzeih mir."

Dann durchzuckte ein Schmerz meinen Körper, den ich schon längst vergessen hatte. Schmerzhafte Schübe schnitten durch meine Arme, meine Hände, meinen Nacken. Der Schmerz war anders als jeder andere körperliche Schmerz, den ich bisher erlebt hatte – tiefer, alles verzehrend. Er brannte sich durch meinen Körper und in meine Seele.

Mit dem Schmerz verstand ich auch sofort, was der Kaktus – Orion – vorhatte. *„Ich löse unsere Bindung niemals"*, hatte er mir vor nicht allzu langer Zeit noch versprochen. Aber genau das hatte er beschlossen: unsere Verbindung zu zerstören, um zu verhindern, dass das Gefährtenbranding mich aussaugt. Sich von den einsamen Orten zu entfernen, von denen ich nie verstanden hatte, dass sie existieren, bis er mein Partner wurde.

Das Gefühl des Verlustes stach auf mich ein wie ein Messer, als Orion das zerstörte, von dem ich angenommen hatte, dass er es so schätzte. Unsere Verbindung hatte uns so sehr zusammengeschweißt, dass sich das nun anfühlte, als hätte man mich lebendig gehäutet.

Ich wurde ausgehöhlt, verlor einen Teil von mir, von dem ich gar nicht gewusst hatte, dass er überhaupt entfernt werden konnte, während mein Herz weiterschlug. Meine Tätowierungen wehrten sich und schlugen gegen eine unsichtbare Wand. Sie weigerten sich, sich aus unserem Band zu lösen. Stattdessen verflochten sie sich und knüpften es neu.

Oder sie versuchten es zumindest. Aber Orions Wille war unerbittlich. Mit einem letzten Schmerz löste sich schließlich unser Band.

Ich spürte, wie die Magie aus meinen und Orions Tätowierungen wich. Wie die Leere dauerhaft wurde, als die magischen Runen zu bloßer Tinte wurden, die unsere Haut überzog.

Und dann war es plötzlich vorbei.

Der Wind legte sich augenblicklich. Das Wasser beruhigte sich. Das verrückte Beben des Himmels über uns wurde ruhiger, als das Boot wieder in ruhiges Fahrwasser geriet und sich dem fernen Horizont näherte.

Und zu dem Schmerz in meiner Kehle, der entstanden war, sobald ich Orions Absicht verstanden hatte, gesellte sich etwas ganz anderes. Er hatte mich von dem rätselhaften Band befreit, das ich nicht ganz verstanden hatte, als ich es erschuf. Er hatte mich von unkontrollierbarer Magie und Verpflichtungen befreit, auf die ich so nicht vorbereitet gewesen war.

Und das andere Gefühl, das ich empfand? Es war Erleichterung.

Kapitel 31

Erst als ich aufwachte, überkam mich die große Leere. Leere und Kälte.

Nicht, dass mir buchstäblich kalt gewesen wäre. Die Wüstenhitze brannte auf meiner Haut. Die Sonne schien von oben herab und heißer Sand umhüllte meinen Körper. Kein Wunder, dass meine Kehle wie ausgedörrt war und meine Augen so verklebt waren, dass sich die Lider nicht öffnen wollten.

Während ich so dalag und mich treiben ließ, begann eine Stimme, die sich wie die Wüstenluft anfühlte, Gedichte aufzusagen, Zeilen, die mir anfangs bekannt vorkamen und dann immer weniger:

„Unter dem schweigenden Mondesglanz, vereint sich das Gefährtenbranding im Tanz.

„Geschmiedet aus Liebe, im Dunkel entfacht, erwacht es erneut in der Tiefe der Nacht.

„In alten Runen tief verwoben, zwei Herzen schlagen unverlor'n.

„Die Tinte wird zu hartem Stein, der Weg des Brandings soll nie zu Ende sein.

„Wo Runen brechen, fern und leer, da schweigt das Leben, nichts ist mehr ..."

Da war noch mehr, aber ich wollte es nicht hören. Wollte nicht darüber nachdenken, was ich verloren hatte.

Stattdessen ließ ich mich vom Schlaf übermannen. Beim Aufwachen erinnerte ich mich an Gabi, die Agenten des Rates, die *Gefahr*.

Jemand schwebte über mir. Ich konnte seinen Atem hören.

Ich war schon auf den Beinen und hatte beide Hände voller Sand, um ihn in die Gesichter der Gegner zu schleudern, bevor ich überhaupt meine Augen ganz geöffnet hatte.

„Wenn du das tust, reiße ich dir die Kehle raus."

Tante Vegas Stimme war belustigt und sie stand nicht auf, um mir ins Gesicht zu sehen. Konnte sie vielleicht auch gar nicht. Hatte man sie nicht angeschossen?

„Ich bin die schnellste Wandlerin im Westen", stellte Tante Vega fest, als hätte ich die Frage laut gestellt. Und vielleicht hatte ich das auch. Meine Kehle tat jetzt noch mehr weh, als hätte ich mir die Worte aus dem Mund gerissen.

„Du bist einer Kugel ausgewichen?", krächzte ich, nachdem ich so viel Spucke herausbekommen hatte, dass die Glasscherben in meinem Hals zu Sandpapier wurden. „Das ist doch nicht möglich."

„Ich bin der Kugel nicht ausgewichen. Ich habe die Tatsache ausgenutzt, dass ein Wolfskörper anders beschaffen ist als ein menschlicher Körper, so wie jemand anderes, den du kennst, letztes Jahr. Die Kugel hat mich trotzdem gestreift. Aber ich bin gesund genug, um Wache zu halten."

„Meinetwegen?"

„Aber nein." Sie deutete mit dem Kinn herum und ich wandte mich um, um mehr von dem zu sehen, was mir wie eine endlose Sandwüste vorgekommen war, als ich es Sekunden zuvor unwillkürlich nach Gegnern abgesucht hatte.

Die Formen, die ich für Dünen gehalten hatte, waren jedoch in Wirklichkeit Häuser. Ein Dorf war komplett im Sand versunken, nur hier und da war noch eine gerade Kante zu sehen. Als ob eine gewaltige Macht – dieselbe Macht, die auch das Gefährtenbranding antrieb – beschlossen hätte, dass dieses Rudel seine Heimat nicht durch die Manipulationen des Rates verlieren sollte.

„Die Wüste hat unser Territorium verteidigt, nachdem wir entführt worden waren", bestätigte Vega. „Für niemanden außer uns hat sich das ganze Schaufeln gelohnt."

Und die anderen Alphas? Hatten Prince und die beiden Anführer, deren Namen ich nie erfahren hatte, ihre eigenen Rudel wiedergefunden, die auf sie gewartet hatten? Es war einfacher, unbelebte Gegenstände mit Sand zu bedecken, als familiäre Bindungen lahmzulegen. Wahrscheinlicher war, dass alle drei obdachlos und orientierungslos waren.

Das flaue Gefühl in meinem Magen wurde immer schlimmer. Ich wollte mich so gern um die Zukunft von Prince kümmern, ich wollte alles wiedergutmachen, was ich damals angerichtet hatte, als ich die Befehle des Rates befolgt hatte. Aber in Wahrheit ging es mir in diesem Augenblick nur um mich selbst.

Ich war noch nie so einsam gewesen wie jetzt.

So ähnlich muss ich mich als Kind in dem Labor gefühlt haben, bevor Celeste mich in ihre Schwester verwandelt hatte. Aber ich konnte mich nicht mehr an die Einzelheiten erinnern. Konnte mich lediglich auf Julius' Notizen stützen, und denen traute ich nicht so recht. Celeste hingegen ...

Meine Finger glitten in meine Tasche und suchten nach einem Handy, das ich schon seit Tagen nicht mehr benutzt hatte.

„Möchtest du jemanden anrufen?“ Vega war schlau. Sie kam nun ebenfalls auf die Beine und bewegte sich wie eine ältere Dame, die sie nicht war, aber sie zeigte keine offensichtlichen Anzeichen einer Verletzung. „Wir können dir ein Handy besorgen.“

Wollte ich Celeste tatsächlich anrufen? Ja, so sehr, dass sich das Bedürfnis in meiner Kehle hoch kratzte und versuchte, sich den Weg über meine Lippen zu bahnen.

Aber diese Leere in mir verschaffte mir auch Klarheit. Meine Schwester war von einem bewaffneten Mann bedroht worden, wodurch ich dazu gebracht werden sollte, zu Julius zurückzukehren und seinen Willen zu erfüllen. Ihre zukünftige Sicherheit hing davon ab, dass die Kluft zwischen uns real und dauerhaft war.

Und genau das würde sie ohnehin wollen.

Ich schluckte schwer und schüttelte den Kopf. „Nein“, antwortete ich meiner Tante aufrichtig. „Ich wüsste nicht, wen ich anrufen sollte.“

SPÄTER, NACH SAFT UND Brühe und dem Versprechen, dass ich, sobald mein Magen für eine Stunde Ruhe gegeben hatte, etwas Festeres zu mir nehmen konnte, suchte ich Orion auf. Er hatte einen eigenen Clan, der sich sicherlich nach seiner Aufmerksamkeit sehnte, aber er hatte sich bis auf eine leichte Hose ausgezogen, die an seinem Hintern hoch rutschte, während er sich bückte, um Sand von der Behausung eines anderen zu schaufeln. Seine Rückenmuskeln waren schweißnass.

Das hätte mir gehören können. Die Sehnsucht, die mich erfüllte, rührte nicht von dem verlockenden Anblick her, oder zumindest nicht nur davon. Es lag an dem Wissen, dass Orion wer weiß wie lange hier geblieben war, um sicherzustellen, dass es mir gut ging. Und nun arbeitete er, um einem Rudel zu helfen, dessen Mitglieder aufgrund der Nähe zu seinem eigenen Rudel wahrscheinlich Konkurrenten, wenn nicht sogar Feinde waren.

Er hatte das alles getan, weil er ein guter Mann war. Nein, ein guter Wolf. Orion wäre ein wunderbarer Gefährte gewesen, wenn ich nicht von Vorurteilen geblendet gewesen wäre, als wir uns kennengelernt hatten.

Ich war nicht in sein Blickfeld getreten. Hatte keinen Laut von mir gegeben, den er hätte hören können, als er mit seiner Schaufel durch den Wüstenboden schaufelte. Aber er drehte sich trotzdem zu mir um, mit diesem Funkeln in seinen Augen. „Elspeth."

„Orion." Es gab so viele Worte, die ich eigentlich hätte sagen wollen, aber mir fiel nichts anderes ein. Und nach einem Augenblick löste Orion die Stille zwischen uns, auch wenn er die zwei Meter Abstand, die sich gleichzeitig zu weit und nicht weit genug anfühlten, nicht überwand.

„Ich muss mich bei dir entschuldigen", grummelte er. „Ich habe mein Wort gebrochen."

Das hatte er. Sein Wort und unsere Gefährtenbindung. Ich schüttelte jedoch den Kopf. „Du hast das Richtige getan. Du hast mein Leben gerettet."

Mein Blick fiel auf seinen Unterarm, auf dem sich gestern oder wie lange auch immer ich mich auf der Bohrinsel verloren hatte, Tätowierungen gebildet hatten. Die Muster waren immer noch da, aber jetzt sahen sie aus wie ganz gewöhnliche Tattoos. Wie auf meinem Arm zappelten sie nicht mehr schmerzhaft. Stattdessen wirkten sie wie tot, eine bloße Erinnerung an das, was hätte sein können.

Und endlich fand ich die passenden Worte. „Mir tut es leid. Ich habe dich unter falschem Vorwand gebeten, mein Gefährte zu werden. Du hast alles richtig gemacht und ich habe alles falsch gemacht ...“

Als ich abbrach, stieß Orion ein Lachen aus, das sich sehr nach dem seiner Schwester anhörte. „Ist das jetzt die berühmte *Es liegt nicht an dir, sondern an mir*-Rede? Denn du musst schon etwas deutlicher werden. Ich werde nicht weggehen, bis du mir sagst, dass du mit mir fertig bist.“

„Ich bin noch nicht fertig mit dir!“ Die Worte kamen wie eine Explosion heraus. Dann wiederholte ich sie leiser und merkte, dass sie wahr waren. „Ich bin noch nicht fertig mit dir.“

„Gut.“

Der Abstand zwischen uns wurde immer kleiner. Orions Schweiß hätte sich eigentlich unangenehm anfühlen müssen, als er seine Arme um mich schlang. Stattdessen wurde das feuchte Salz zur Freiheit des Ozeans. Ich durfte meine Gefühle ohne Konsequenzen ausleben. Er erlaubte mir, so zu sein, wie ich wirklich war.

Dann küssten Orions Lippen fast meine Stirn. Plötzlich verflog der süße Duft der Kaktusblüten und er wandte seinen Kopf ab. „Ich bin mir nicht sicher, was das Gefährtenbranding zum Anlass nehmen wird, unsere Beziehung in die nächste

Stufe zu heben. Also küsse ich dich nicht. Auch, wenn ich das so gerne würde."

„Ja", flüsterte ich. Zwischen uns gab es keine Verstellung. Nur Orions Beständigkeit. Und meine Unsicherheit.

„Was brauchst du?", fragte er, und einen Augenblick lang dachte ich, die Gefährtenbindung hätte ihn in meinen Kopf sehen lassen, so wie früher. Aber nein. Er war einfach nur so aufmerksam wie immer.

War jemand, den ich nicht loslassen wollte. Zumindest nicht dauerhaft.

Aber vielleicht musste ich einen Schritt zurücktreten, nur für eine kleine Weile. Um mir den nötigen Freiraum zu verschaffen, herauszufinden, ob die Sehnsucht, die ich für Orion empfand, mehr war als magische Manipulation. Um sicherzugehen, dass er und ich uns nicht aus einem traumatischen Kindheitserlebnis heraus aneinander klammerten.

Denn der Bruch unserer Gefährtenbindung hatte mich schon einmal tief getroffen. Wenn wir die Verbindung wieder aufleben lassen würden, könnte ich es nicht ertragen, sie wieder zu verlieren.

Trotz dieser Klarheit machte ich keinen Schritt rückwärts. Noch nicht. Stattdessen zwang ich mich, ihm die Wahrheit zu sagen. „Ich muss verstehen, was es bedeutet, ein Werwolf in einem Rudel zu sein."

Der folgende Augenblick der Stille wurde durch das Knarren eines Saguaro-Kaktus unterbrochen, der sich bei Sonneneinstrahlung ausdehnte. Dann fragte Orion genauer nach. „Ein Werwolf in diesem Rudel?" Er räusperte sich und ließ seinen Blick zum westlichen Horizont schweifen, wo sein eigener Clan wartete. „Ich kann nicht hierbleiben. Maya würde Junge bekommen."

Der Schmerz in seiner Stimme war echt. Es juckte mich in den Fingern, ihn von seinem Elend zu erlösen und zuzugeben, dass ich keinen wirklichen Grund hatte, meine Wolfsseite in diesem Rudel kennenzulernen und nicht in dem von Orion.

Keinen anderen Grund als die Erkenntnis, dass das Gefährtenbranding im Augenblick zu viel für mich war. Ich war nicht bereit, mich zu 100 % zu binden, und ich weigerte mich, Orion jemals wieder diese bedingte Liebe zu schenken, die Julius mir angeboten hatte.

Wenn das bedeutete, dass ich warten musste, bis ich mir sicher war, bevor ich einen weiteren Schritt nach vorne machte, dann war ich fest entschlossen zu warten. Trotzdem fühlte sich meine Bestätigung in meinem Mund wie alte Socken an. „In *diesem* Rudel", brachte ich schließlich hervor.

Orion gefiel meine Antwort nicht. Ich konnte seine Ablehnung an seinem starren Körper spüren. Daran, wie er mich für den Bruchteil einer Sekunde fester umarmte, bevor er mich losließ.

Aber als ich wieder in seine Augen sah, funkelte das Sternenlicht immer noch in der Dunkelheit. „Ich melde mich", grummelte er. Dann, als ich zusammenzuckte, stellte er klar. „Das soll jetzt keine Abfuhr sein. Das Gefährtenbranding versetzt buchstäblich Berge, wenn wir nicht wenigstens einmal am Tag telefonieren. Kann ich dich anrufen?"

Sieht aus, als bräuchte ich doch ein neues Handy. Meine Wangen fühlten sich wie gelähmt an, aber meine Lippen verzogen sich zu einem Lächeln.

„Ja", antwortete ich. „Das würde mir gefallen."

Kapitel 32

Wochen später tauchte die Sonne tief über dem Horizont unter und färbte den Wüstensand rosa und orange. Um mich herum verteilte sich mein Clan, einige in Sichtweite und andere, die gerade nicht zu sehen waren. Ich wusste jedoch, wo die letzteren waren, genauso wie sie wussten, wo ich war. Wir verbanden uns durch Rudelbindungen, die in Vega zusammenliefen, Bindungen, die uns weniger wie einzelne Teile und mehr wie ein Ganzes erscheinen ließen.

Unsere Einheit war zwar nicht vollkommen, aber heute Abend waren wir fest entschlossen, eines der Probleme zu beseitigen, die während der Abwesenheit des Rudels entstanden waren. Die Pekaris hatten diesen Teil der Wüste zu ihrer Heimat gemacht und ihre Herden waren so stark angewachsen, dass ihre scharfen Hufe den Boden aufgewühlt hatten, bis das Ökosystem aus den Fugen geraten war. Es war an der Zeit, die Landschaft wieder ins Gleichgewicht zu bringen ... und gleichzeitig unsere Bäuche mit heißem Fleisch zu füllen.

Zu diesem Zweck hatte ich am Nachmittag den Standort der Pekariherde ausgekundschaftet und darauf gewartet, dass meine Rudelkameraden, die außerhalb des Geländes beschäftigt waren, ihren Tag in der menschlichen Welt beendeten. Nun waren Papierkram und lästige Kollegen vergessen. Der Wind umspielte unser Fell und eine gewaltige

Lust erfüllte uns alle. Ich war nicht die Einzige, die tief einatmete und den Moschusduft genau dort aufsog, wo wir ihn erwartet hatten. Wir waren ganz nah dran.

Nah genug? Ich warf einen Blick auf Vega, die mit den Ohren zuckte. Sie führte unsere Jagden an. Im Augenblick hielt sie sich zurück, als drei Wölfe und ich uns von der Hauptgruppe absetzten, genau wie sie geplant hatte. Ein Jungtier und ich schlugen einen Bogen nach links, während zwei erfahrene Jäger nach rechts abbogen. Wir würden die Pekaris umzingeln und sie dorthin treiben, wo der Großteil unseres Rudels wartete. Dann würde das Festmahl beginnen.

Meine Pfoten schienen wie von selbst über den Sand zu fliegen. Mein Wolfskörper bewegte sich wie zum immer lauter werdenden Klang einer Flöte, während meine Rudelkameraden den Rest der Sinfonie gestalteten. Der Nervenkitzel des gemeinsamen Jagens war ganz anders als die einsamen Missionen von früher. Das hier war Freiheit, Kunst und ein Gefühl der Zugehörigkeit zugleich.

Viele Dinge waren inzwischen besser, als sie es früher waren. Nur weniges war schlechter. Die Freude an der Jagd füllte fast die schmerzende Leere, die sich jeden Nachmittag verschlimmerte, wenn Orion und ich uns miteinander unterhielten und unsere Worte aufgrund der Entfernung immer leiser wurden.

Fast. Aber nicht ganz.

In meiner Wolfsgestalt war es einfacher, im Moment zu leben. Deshalb begleitete mich kaum Traurigkeit, während ich meinen Schritt verlangsamte und mich an den Boden schmiegte, jetzt, wo ich nahe genug war, dass die Pekariaugen die nahende Gefahr erkennen konnten. Die scharfen Blätter einer Yucca boten mir Schutz. Ich ging in die Hocke und spähte zwischen den stacheligen Blättern hindurch.

Da! Ungefähr dreißig Meter entfernt hockte unsere Beute wie angewurzelt im Gestrüpp, ohne zu merken, dass sie gejagt wurde. Ich drosselte meine Atmung und wartete auf Vegas Signal. Meine Muskeln spannten sich in Erwartung an ...

„Jetzt", befahl unsere Alpha, ihre Stimme klang in meinem Kopf wie ein abgefeuerter Schuss.

Ich sprang aus meinem Versteck, die Beine in langen Schritten über den Boden fegend. Ich würde das alte Schwein, das beim Gehen hinkte, zu Fall bringen, was die anderen in die richtige Richtung scheuchen würde. Ich würde ...

Aber der Wolf, der sich mir in den Weg warf, war ein Vollidiot. Wir stießen zusammen und purzelten übereinander, weg von den flüchtenden Pekaris. Meine Rolle würde nun zwischen den anderen drei Jägern aufgeteilt werden müssen. Das war zwar nicht das Ende der Jagd, aber es war äußerst *ärgerlich*.

Hätte äußerst ärgerlich sein können. Wäre es auch gewesen, wenn ich nicht Kaktusblüten gerochen hätte, wo gerade keine Kakteen blühten. Hätte der Wolf, der mich aufgehalten hatte, nicht seine menschliche Gestalt angenommen, bevor seine Hände mich aufgerichtet und über meine Wange und Schnauze gestreichelt hatten, um sich zu vergewissern, dass ich unverletzt war.

Seine Berührung gab mir das Gefühl, wertvoll, begehrt und gebraucht zu sein – alles auf einmal. Sie füllte die Leere in mir. Alle Pekaris und die Jagd wurden dadurch zur Nebensache.

„Orion", hauchte ich, als ich mich wandelte und in seinen Armen landete.

WIR UMARMTEN UNS NUR kurz, denn Orion war nicht gekommen, um den Schmerz in mir zu lindern. Er war gekommen, weil ein unerwarteter Gast vor seiner Haustür aufgetaucht war. Ich hatte vergessen, auf mein Handy zu schauen, während ich auf der Suche nach den Pekaris war. Angesichts meines Schweigens hatte Orion beschlossen, den Gast hierher zu bringen.

Sie wartete im Wohnzimmer des aus Lehm erbauten Hauses, das ich mir mit drei Teenagern teilte. Es war eine Art Zwischenstation für Jugendliche, die sich nach Unabhängigkeit sehnten, aber noch nicht wussten, wie sie diese aufrechterhalten konnten. Ich war fast zehn Jahre älter als die anderen, aber ich war mir nicht sicher, ob ich mehr auf die Reihe bekam als sie. Ich hätte allerdings mit Sicherheit aufgeräumt, wenn ich gewusst hätte, dass jemand, der nicht wölfisch war, zu Besuch kommen würde.

Vielleicht zögerte ich deshalb an meiner eigenen Tür und ärgerte mich über meine Unordnung. Wenigstens waren in der Reservekiste auf der Veranda noch Klamotten, sodass ich nicht ganz nackt war. Aber ich wusste, dass ich nach Wolf roch, als ich die Schwester begrüßte, die ich nicht erwartet hatte, wiederzusehen. Ich wusste, dass ich wie alles aussah, wovor Julius gewarnt hatte.

„Celeste", sagte ich und zwang mich, ihren Vater zu vergessen und einzutreten. „Möchtest du etwas zu trinken? Bist du hungrig?"

Es war schwer, menschlich zu bleiben, wenn Celestes vorstehendes Kinn und ihre geröteten Wangen verrieten, dass sie immer noch sauer war. Ich hätte sie am liebsten aufgefordert, mich zu schlagen. Wollte auf die Knie fallen und versprechen, eine bessere Schwester zu sein. Ihr versprechen, dass ich alles wieder gutmachen und sie nie wieder betrügen würde.

Celestes Absichten, außer ihrer Wut, waren jedoch unklar. Denn sie schüttelte auf meine Fragen nur steif den Kopf und schenkte Orion keine Beachtung, als dieser sich in die Küche zurückzog, um die Snacks zu holen, die sie nicht wollte, und uns etwas Privatsphäre zu verschaffen. Dann, ohne sich mit einer Begrüßung aufzuhalten, kam sie direkt auf das zu sprechen, weswegen sie offensichtlich gekommen war.

„Als du fortgegangen bist, bin ich neugierig geworden. Erst war ich richtig sauer, aber *dann* bin ich neugierig geworden."

Am liebsten hätte ich mich nun wieder entschuldigt, aber irgendetwas verriet mir, dass jetzt nicht der richtige Zeitpunkt dafür war. Also nickte ich nur und hörte zu, als Celeste mir erklärte, wie sie die Sicherheitsvideos von der Nacht meines Besuchs durchgesehen hatte. Dabei war ihr aufgefallen, dass ich in Julius' Arbeitszimmer gegangen und dort länger geblieben war, als es dauerte, das Tagebuch zu lesen, das sie auch schnell in dem Regal hinter seinem Schreibtisch gefunden hatte.

„Es war offensichtlich eine Fälschung", stellte sie fest und ihre Wangen waren noch röter als einen Augenblick zuvor.

Ich war so sehr damit beschäftigt, den Ärger meiner Schwester zu beobachten, dass ich einen Augenblick brauchte, um auf ihre Worte zu reagieren. „Warte, was?"

„Seine Aufzeichnungen sind angeblich über zwei Jahrzehnte alt", erklärte Celeste, „und das Papier war billig. Nicht säurefrei. Aber es war nicht vergilbt."

„Das … ist mir gar nicht aufgefallen." Aber jetzt, im Nachhinein, fiel mir ein, dass der Einband des Büchleins steif und unversehrt war und nicht weich an den Kanten. Nicht das, was man von einem Notizbuch erwarten würde, in das jemand über Wochen und Monate hinweg in Abständen geschrieben hat.

Celeste zuckte mit den Schultern. „Notizbücher sind wohl nicht dein Ding. Geheimfächer schon. Also habe ich danach gesucht."

„Du hast die Dokumente im Deckenbalken gefunden."

„Die und die unter der losen Bodendiele."

Hatte ich wirklich etwas so Einfaches wie ein Bodenfach übersehen? Ja, das hatte ich wohl. Ich hatte so lange gesucht, bis ich die Informationen über meine Vergangenheit und die meiner Eltern gefunden hatte, dann hatte ich keinen anderen Gedanken mehr gehabt, als so schnell wie möglich aus dem Haus zu verschwinden, das nie mein Zuhause gewesen war.

Jetzt schluckte ich und versuchte zu verstehen, warum Celeste hierher gekommen war. Sie schien noch nicht darüber reden zu wollen, also lenkte ich sie zurück auf das Thema, das sie gerade angesprochen hatte. „Was war denn unter den Bodendielen?"

„Das weißt du nicht?" Celestes angespannte Schultern entspannten sich nur ein kleines bisschen. Und zum ersten Mal wurde mir klar, dass sie nicht sauer auf mich war. Oder zumindest nicht nur auf mich.

Ich schüttelte den Kopf, während Orion einen Teller mit Käse und Crackern und eine Armladung Getränkeflaschen hereinbrachte. Er hielt einen Augenblick inne und untersuchte die Erde des eingetopften Kaktus, den er mir zwei Wochen zuvor zusammen mit Anweisungen geschickt hatte, die darauf hinausliefen, dass ich die Pflanze nicht weiter beachten sollte, um ihr Wohlbefinden zu gewährleisten.

Das konnte ich jedoch nicht. Viel zu sehr erinnerte sie mich an Orion, also hatte ich sie gegossen. Und nochmals gegossen. Und jetzt sah sie kränklich und gelb aus.

Orion hob eine Augenbraue und zuerst dachte ich, er würde mich für meinen fehlenden grünen Daumen tadeln. Dann warf er einen Blick auf Celeste und mir wurde klar, dass er mich etwas ganz anderes fragte – sollte er sich rar machen?

„Bleib", antwortete Celeste auf seine wortlose Frage und ließ sich auf das Ende einer Couch sinken, die über und über mit Wolfshaaren bedeckt war. Als ich zögerte, klopfte sie auf den Platz neben sich. „Ich beiße nicht. Zumindest nicht dich."

Meine Schwester zog die Beine unter sich zusammen und ich war so versucht, mich in Kniehöhe niederzulassen, so wie wir uns als Kinder Geheimnisse zugeflüstert hatten. Aber dann wandte sie sich wieder nach vorne und ich nahm den offensichtlichen Platz ihr gegenüber ein, fünfzehn Zentimeter Luft und so viele meiner Fehler trennten uns voneinander.

„Es ist so", erzählte Celeste, „Julius ist mein Vater. Aber ich war ein Experiment, genau wie du. In-vitro-Befruchtung nach Manipulation meines Genoms."

Diese Behauptung eröffnete so viele Möglichkeiten, dass es schwer war, sich auf eine davon zu besinnen, als Celestes Körpersprache mir die Kehle zuschnürte. „Aber was hat das zu bedeuten?", fragte ich nach einem Augenblick betretenen Schweigens.

Sie nickte. „Tja, was hat das also zu bedeuten?"

Anstatt jedoch sofort zu sprechen, schluckte sie so laut, dass ich mir ziemlich sicher war, dass sogar Orion es hören konnte. Dann waren ihre Worte mucksmäuschenstill, als sie zugab:

„Ich bin eine Wölfin. Wie du. Und ich bin nicht die Einzige."

ICH HOFFE, Gefährtenbranding *hat dir gefallen! Wenn ja, geht die Geschichte in* Schattenverpaart *weiter, wo Elspeths nicht mehr länger funktionierende Tattoos anfangen, Ratschläge für Datings zu erteilen und Celeste am Ende selbst ein magisches Tattoo hat.*

Außerdem solltest du dich auf jeden Fall in meine E-Mail-Liste eintragen (www.aimeeeasterling.com), damit du als Erster erfährst, sobald neue Bücher verfügbar sind. Vielen Dank fürs Lesen! Deinetwegen schreibe ich.

9 798822 749751 2